Buch

Kann man die Monotonie der Zweisamkeit vermeiden? Der Langeweile durch Bewunderung für den anderen aus dem Weg gehen, Trägheit durch Erotik vertreiben? Dies ist die verdeckte Fragestellung, der die Personen dieses Romans nachgehen, als sie sich auf einer Schiffsreise nach Indien kennenlernen. Während der langen Tage an Bord erzählt Franz, Arzt aus Paris und querschnittsgelähmt, Didier die monströse Geschichte seiner Beziehung zu Rebecca. Eine tiefe Faszination verband die beiden vom ersten Tag an und trieb sie in eine sich maßlos steigernde physische und psychische Abhängigkeit, bis die Faszination plötzlich ins Gegenteil umschlägt. Trotzdem kommen Franz und Rebecca nicht voneinander los. Für beide ist klar: So wie anfangs im Guten, sind sie auch im Bösen füreinander geschaffen.

Der biedere Didier weiß sich zunächst auf die offenmütige Erzählung des Gelähmten keinen rechten Reim zu machen, zieht sich auf die Rolle des stummen Zuhörers zurück. Zu spät erkennt er, daß sich hinter den Eröffnungen ein eiskalter Racheplan verbirgt, dem nicht nur Rebecca, sondern auch die brave Beziehung von Didier und Béatrice zum Opfer fallen soll.

Mit der Verfilmung des Romans *Bitter Moon* kehrt Starregisseur Roman Polanski (Wenn Katelbach kommt, Frantic) in die Kinos zurück. Neben den männlichen Hauptrollen mit Hugh Grant (Franz) und Peter Coyote (Didier) ist Polanskis Ehefrau Emanuelle Seigner in der Rolle der männermordenden Rebecca zu sehen.

Autor

Pascal Bruckner, geb. 1948, Doktor der Philosophie, lebt in Paris. In Frankreich wurde er durch zahlreiche Romane und essayistische Veröffentlichungen bekannt. *Bitter Moon* löste bei seinem Erscheinen vor zehn Jahren in Frankreich eine erregte öffentliche Diskussion aus. Es ist der erste Roman von Pascal Bruckner, der ins Deutsche übersetzt wurde.

ROMAN

Aus dem Französischen von
Angelika Weidmann

GOLDMANN VERLAG

Die französische Originalausgabe erschien unter dem Titel
»Lune de fiel« bei Editions du Seuil, Paris.

Umwelthinweis:
Alle bedruckten Materialien dieses Taschenbuches
sind chlorfrei und umweltschonend.
Das Papier enthält Recycling-Anteile.

Der Goldmann Verlag
ist ein Unternehmen der Verlagsgruppe Bertelsmann

Made in Germany · 2. Auflage · 2/93
Copyright © 1981 by Editions du Seuil, Paris
Copyright © der deutschsprachigen Ausgabe 1993
by Wilhelm Goldmann Verlag, München
Umschlaggestaltung: Design Team München
Umschlagmotiv: »Bitterer Mohn«, Scotia Film, München
Satz: Uhl+Massopust, Aalen
Druck: Elsnerdruck, Berlin
Verlagsnummer: 42140
Lektorat: Ulrike Kloepfer · SD
Herstellung: Stefan Hansen/sc
ISBN 3-442-42140-3

Hüte dich, in der Persönlichkeit
eines anderen unterzugehen,
sei es Mann oder Frau.

SCOTT FITZGERALD

Für Brigitte

ERSTER TAG:

Der Zauber erwachender Zuneigung

Die Ewigkeit, Monsieur, begann für mich an einem Juliabend im Autobus der Linie 96 zwischen »Montparnasse« und »Porte des lilas«. Vor vier Jahren. An der Haltestelle »Odéon« setzte sich ein junges Mädchen in schwarzem Volantrock mit langen weißen Strümpfen mir gegenüber. Mein Blick blieb gebannt auf ihr haften. Ich war wie geblendet von diesem Gesicht, das ich mit angehaltenem Atem betrachtete. Ich weiß nicht, was ich mehr bewunderte: diese Wangen, die in Milchteig geknetet schienen, oder diese Wimpern, die die grünen Augen streichelten und gleichzeitig indiskrete Blicke abschirmten. Ich sah ihren Blick nicht, ich war hypnotisiert, und ich hatte nur einen Wunsch: sie anzusprechen; nur eine Angst: sie gehen zu lassen. Meine Bewunderung mußte das Maß überschritten haben, denn die Unbekannte drehte alsbald mit einem genervten Seufzer den Kopf, worauf ich einen Augenblick lang Angst hatte, sie würde sich woanders hinsetzen. Aber diese Reserviertheit, die mir vornehm erschien, machte sie um so anziehender.

Spotten Sie nicht über den Autobus: Man kann sich den Ort für die Liebe auf den ersten Blick nicht aussuchen. Selbst eine rollende Blechbüchse kann zum Vorzimmer des Paradieses werden, wenn man an den Zufall glaubt. Ich werde dem zufällig entdeckten Menschen immer den Vorzug vor jenem geben, den Freunde mir vorstellen; denn das Schicksal, das unsere Begegnung eingefädelt hat, wird, so stelle ich mir vor, fortfahren, sie auf mysteriöse Weise zu befruchten. Und das Unvorhergesehene ist und bleibt die einzige Kraft, die dem Leben Wärme zu geben vermag.

Ich war also der Panik nahe, daß ich kein Wort finden könnte, um das Schweigen zu brechen, und dadurch die Gelegenheit dieses einander Gegenüberseins verpatzen würde. Wie sollte ich die ewig gleichen ersten Worte vermeiden und mich trotzdem feinfühlig, originell, verführerisch und anziehend zeigen? Eine schwerwiegende Frage, die, nehme ich an, die Frage des Teufels am letzten Abend der Schöpfung gewesen sein muß. Ein Kontrolleur kam mir zu Hilfe. Ich kann der RATP niemals genug für ihre Unterstützung danken. Er wollte unsere Fahrscheine sehen. Meine schöne Nachbarin behauptete, ihr Fahrschein sei auf den Boden gefallen. Wir bückten uns alle, um die kleine gelbe Karte zwischen dem Müll am Boden zu suchen. Der Beamte war schon dabei, die Anzeige vorzubereiten. Sie errötete und senkte verwirrt die Augen. Ich begriff, daß sie log. Ihre Verwirrung traf mich mitten ins Herz. Ohne, daß irgendwer es sah, schob ich meinen eigenen Fahrschein, den ich eben vorgezeigt hatte, in ihre Hand. Sie war zuerst verblüfft, dann schenkte sie mir ein Lächeln. Der Kontrolleur entfernte sich. Ich war gerettet. Wir hatten jetzt eine Geschichte. Sie können verstehen, daß ich seither dagegen bin, daß die öffentlichen Verkehrsmittel gratis sein sollen. Meine Sünderin dankte mir mit einem Händedruck und beging dabei die große Ungeschicklichkeit, mir meine Fahrkarte zurückzugeben. Eine Dame, die uns beobachtete, ein fettes Huhn mit Dauerwelle, bemerkte unser Komplott und rief den Kontrolleur. In dem Moment hielt der Bus bei »Saint-Paul« an. Ich hatte gerade noch Zeit, unserer Verräterin eine lange Nase zu machen und auszusteigen. Ich war verloren, ich hätte vor Wut heulen mögen. Ich machte meiner Komplizin Zeichen mit der Hand, aber das Fahrzeug entriß sie schnell meinen Blicken. Ich irrte umher wie ein Verdammter, Paris ist nicht groß, aber die Menschen können darin untertauchen wie in einem Brunnen. Ich hatte nur noch diesen einzigen Wunsch: Sie um jeden Preis wiederzufinden, selbst wenn ich den ganzen Sommer dazu brauchen würde.

Der Mann, der mir dies alles erzählte, saß neben mir in der Kabine eines Passagierdampfers mitten im Mittelmeer. Es war Nacht. Die Beine unter einer Decke, hockte er auf einem Stuhl und ließ seine rastlosen, unsteten Augen umherwandern. Hin und wieder kreuzte sein Blick den meinen. Er sah geschlagen aus, man konnte sein Alter an seinem Gesicht nicht ablesen, obgleich noch jugendliche Spuren darin zu finden waren. Seine ganze Persönlichkeit strahlte eine seltsame Unruhe, eine unterdrückte Nervosität aus. An jenem Abend war ich ebenfalls reserviert – denn von unserem ersten Gespräch an haßte ich Franz mit einer Inbrunst, die mich selbst überraschte – doch ich war weit davon entfernt, den Geist dieses perversen Mannes zu durchschauen. Ich lauschte einfach dem regelmäßigen Fluß seiner Worte, seiner rauhen Stimme, die wie ein rostiges Reibeisen klang, begleitet von dem melancholischen Summen eines Teekessels.

Doch gestatten Sie mir, die Umstände unserer Begegnung genauer zu beschreiben. Ich war gerade 30 geworden und mit meiner Gefährtin Béatrice auf dem Weg nach Indien. Wir waren glücklich, und wir waren überzeugt, einer Wahrheit näherzukommen. Es war der 28. Dezember 1979. Wir hatten an diesem Morgen an Bord der Truva, einem türkischen Fährschiff, das über Neapel, Venedig und Piräus die letzte Seeverbindung zwischen Frankreich und Istanbul darstellte, Marseille verlassen. Auch wenn verständliche Gründe uns drängten, für ein paar Monate die Lasten eines entwerteten Berufs hinter uns zu lassen – ich lehrte Philosophie an einem Pariser Lycée, Béatrice Italienisch – waren wir doch vor allem vom Orient magnetisch angezogen. In diesem Wort lag so etwas wie feiner Goldstaub, eine strahlende Morgenröte, die mich verzückten. Ich bebte unter dem unbestimmten Glanz, und meine Vorstellungen über diese fernen Länder enthielten, glaube ich, so etwas wie Inbrunst. Ich war auf dem Weg nach Asien, fuhr einer heiligen Unordnung entgegen, die Europa mir nicht mehr bieten konnte. Endlich konnte ich alles, was mir bislang unentbehrlich schien, hinter mir lassen. Für diese Reise, die wir seit langem vorbereitet hatten, hatte ich mir ein Jahr Urlaub genommen und den ganzen Sommer über in einer Versicherungsfirma gearbeitet. Die Entscheidung, in kleinen Etappen bis nach Indien zu gelangen, die Lust, zu Beginn der langen Reise uns Zeit zu lassen, hatten unsere Wahl des Schiffs begünstigt, vor allem, weil die Linie billig und unrentabel war und demnächst eingestellt werden sollte.

Man male sich die Atmosphäre von Hoffnung und Ungewißheit zu Beginn einer Kreuzfahrt aus. Ein Dampfer, mag er auch noch so bescheiden sein, ist mehr als nur ein Transportmittel. Er ist eine Geisteshaltung. Kaum hat man den Steg überquert, verändert sich die Sicht der Welt; man wird Bürger einer eigenen, kleinen Republik, einer geschlossenen Welt, deren Bewohner allesamt müßig sind. Vom ersten Moment an liebte ich es, wie die Gänge die Geräusche dämpften, oder auch die intensiven Gerüche, von denen sie geschwängert waren, diese Mischung aus Meeresdüften und heiß gewordenem Gummi. Die Truva, ein alter norwegischer Dampfer, von den Türken wieder aufgerüstet, hatte mit ihrem kleinen Schornstein, der wie ein umgedrehter Fingerhut auf dem Kamm thronte, nichts von einem Mastodont. Unsere Kabine, eingezwängt zwischen Metallwänden, war ein enger Raum mit zwei übereinander angebrachten Betten, einem winzigen Waschbecken und einem Schrank. »Was für eine niedliche Höhle«, hatte Béatrice beim Hereinkommen gesagt. »Du nimmst den oberen Sarkophag, ich den unteren.« Das Zahnputzglas rappelte auf dem Eisengestell des Waschbeckens, und unsere ganze kleine Stube bebte unter der Erschütterung der Maschinen. Unsere Unterkunft war bescheiden, aber die Aussicht auf fröhliche Liebespromiskuitäten tröstete uns über den Mangel an Luxus und Platz hinweg. Und außerdem gab es ein Bullauge. Für mich hatten Bullaugen immer einen speziellen Charme: alles zu sehen, ohne gesehen zu werden. Es ist das kleine Schlüsselloch, durch das man die Geheimnisse des Meeres erhaschen kann, eine gefahrlose Konfrontation mit dem salzigen Monster, ein gelungener Streich, den man der Feindseligkeit des flüssigen Elements spielt.

Man mußte die Unermeßlichkeit durch diese Luke angehen, die dadurch, daß sie von Vorhängen eingerahmt ist, noch ergreifender wirkt und der Kabine den Charakter einer Puppenstube verleiht. Und hinter jeder dieser Scheuklappen befindet sich eine Behausung, Lebewesen, tausend Schicksale, die sich kreuzen.

Übrigens herrschte in Marseille am Morgen unserer Abfahrt ein Wetter von einer an Wunder grenzenden Schönheit: Die Sonne prallte auf die Flanken des Rumpfs, und unter ihrem Feuer glitzerte unser abgeblättertes Schiff wie ein Stück Zucker. Ich war glücklich. Wir hatten das Wohlwollen des Lichts, das heißt, der Götter, und ich sah darin ein gutes Vorzeichen für den Rest der Reise. Wir genossen die frostige Konsistenz der Luft wie ein Fruchteis. Der Wind wehte uns betörende Düfte von Kräutern und Kiefernwäldern zu. In der Ferne durchbrachen andere Dampfer wie weiße Spielzeugschiffe die Seide des Horizonts. Noch nie hatte ich eine vergleichbare Glückseligkeit empfunden. Von unschuldigen Gefühlen getragen, sah ich zu, wie sich die französische Küste in einem Lichternebel entfernte, fürchtete einen Augenblick lang, ich sei das Spielzeug eines Traumes, und hatte Mühe, meinen Überschwang zu zügeln.

Dieser erste Tag der Schiffsreise, die insgesamt fünf Tage dauern sollte, war durch den Eindruck der glücklichen Leere, den er mir bereitete, ganz außergewöhnlich. Jedermann weiß, daß an Bord eines Schiffs nie irgend etwas geschieht und daß man eine Art gehobener Langeweile erlebt, die an Euphorie grenzt. Die bedeutungsloseste Plattitüde zwischen Béatrice und mir bekam im Zusammenhang mit der Abreise den Wert eines Talismans. Diese Odyssee legte unsere Seelen bloß, und wir unterhielten uns redselig und angeregt an Deck, ohne irgend jemand wahrzunehmen, völlig voneinander absorbiert. In den fünf Jahren, die wir zusammengelebt hatten, war dies unser erstes Abenteuer.

Wir hatten wenig erlebt, doch wir hatten uns vieles mit Hilfe von unzähligen Büchern, die wir gelesen hatten, angeeignet. Unsere Beziehung war eine Bibliothek, die Folianten ersetzten uns Kinder und Reisen. Und wir hatten lange gezögert, diese Pilgerfahrt anzutreten, die unsere liebsten Gewohnheiten durcheinanderbringen würde. Béatrice besaß die kühle Schönheit einer Angelsächsin und hatte sich, obgleich sie so alt war wie ich, den Charme eines jungen Mädchens bewahrt. Ihr Körper schwankte zwischen Kind und Frau, und wäre da nicht die Kaskade wilder Wellen gewesen, die ihr hinreißendes, manchmal ernstes Gesicht umrahmte, so hätte man sie auf kaum 20 geschätzt. Ich nannte sie meine »Auserwählte«, und wir flüsterten uns Geheimnisse ins Ohr, die jeder kennt, die wir aber nicht ausplaudern wollten.

Beim Mittagessen waren wir nicht zahlreich, höchstens 30 Leute, in einem Panoramarestaurant, das die ganze Breite des Schiffs einnahm und mindestens 200 Personen fassen konnte; an vier Tischen zusammengerückt, sympathisierte die kleine Truppe sofort miteinander. Die Mahlzeiten sind die große Zerstreuung während einer Kreuzfahrt: Man mustert seine Reisegefährten, um zu erraten, wer sie sind, was sie tun und was man mit ihnen tun wird. In dieser Abgeschlossenheit bekommen die Fremden extreme Wichtigkeit, und das Verlangen nach angenehmen Bekanntschaften lauert im Bewußtsein aller Passagiere. Es waren, abgesehen von dem unvermeidlichen Anteil an Deutschen und Holländern, die durch die Prosperität ihres Geldes in die Ferne gelockt wurden, ein englisches Paar, zwei weitere Franzosen, ein paar Italiener und eine kleine Gruppe von griechischen und türkischen Studenten. Ich hatte das Gefühl, auf einer Arche Noah zu reisen, auf der man ein Spezimen jedes Landes, das ans Mittelmeer grenzt, zusammengepfercht hatte. Man wußte nicht, wie man miteinander reden konnte, und nachdem mehrere romanische Sprachen ausprobiert worden waren, einigte man sich auf Englisch als gemeinsames Kommunikationsmittel. Nur sehr wenige sprachen richtig englisch, und dadurch entstanden lange Verzögerungen, weil die Vokabeln fehlten, und Mißverständnisse, die Gelächter auslösten. Alle aßen und tranken, als würde man uns bis zu unserer Ankunft keine weitere Mahlzeit servieren. Ich überließ mich ungehemmt dem Vergnügen, uns gegenseitig zu entdecken, und sei es nur mit den Augen, und dachte dabei, daß wir vielleicht schon morgen alle diese Leute mit dem Vornamen anreden würden.

Als wir uns vom Tisch erhoben, bat mich Béatrice, vor der Damentoilette auf sie zu warten. Als sie nach einer langen Weile nicht herauskam, ging ich widerstrebend hinein. Ich fand sie über ein weinendes, junges Mädchen gebeugt, dessen Gesicht von schwarzer Wimperntusche verschmiert war.

»Was ist denn passiert?«

»Sie hat zu viele Joints geraucht«, erwiderte Béatrice.

Ich konnte mir ein Schulterzucken nicht verkneifen.

Die Unbekannte verdoppelte ihre Schluchzer. Sie trug einen gefütterten Anorak und Jeans. Wir hatten sie beim Mittagessen nicht gesehen. Ihr Geheul ärgerte mich. Auf unsere Fragen gab sie einsilbige Antworten, als sei ihr unsere Neugier lästig. Ihr Weinen begleitete wirre Worte, aus denen ihre Wut, auf diesem Schiff zu sein, und ihre Ungeduld, es so bald wie möglich zu verlassen, mitklangen. Sie sagte, ihr Name sei Rebecca. Innerlich schon völlig abgestumpft, gab sie sich keinerlei Mühe mehr, ihren Zustand zu verheimlichen.

»Wo fahrt ihr hin?« brachte sie mit schwerer Zunge hervor.

»Zuerst nach Istanbul, dann Indien und vielleicht Thailand.«

»Nach Indien? Aber das ist doch völlig aus der Mode.«

Ich erwiderte nichts und schob diese Bemerkung auf ihren Rausch.

»Ich werde dich in deine Kabine bringen«, sagte Béatrice zu ihr.

»Du... du bist nett, deine Haare erinnern mich an den Honigkuchen von Roch Hachanah.«

»Komm mit auf Deck. Die frische Luft wird dir guttun.«

Ich mußte sie den ganzen Korridor entlang stützen; die Sonne ließ eine Kette mit einem Anhänger an ihrem Hals aufblitzen: zwei gespreizte Finger gegen den bösen Blick. Sie fing wieder an zu fantasieren, schwankte zwischen Lachen und Weinen, stammelte Sätze, die sie dann prusten machten. Ich schämte mich und fürchtete, daß man uns in ihrer Gesellschaft sehen könnte. Béatrice spürte mein Unbehagen und bat mich freundlich, sie mit ihr allein zu lassen.

Bei ihrer Rückkehr äußerte ich mich enttäuscht darüber, wie bitter es sei, auf hoher See die verkommenen Kinder aus der Rue de la Huchette und vom Place Saint-Michel wiederzufinden.

»Sag das nicht, Didier. Sie ist hübsch und offenbar sehr unglücklich.«

»Ihr Kummer interessiert mich nicht, und ihre Schönheit hat mich nicht umgeworfen.«

Die Angelegenheit wurde mit einer Serie von Küssen besiegelt, und es begann ein ebenso friedlicher wie zauberhafter Nachmittag. Das kleine Deck, auf dem wir uns zum Lesen hingelegt hatten – ich die *Bhagavad Gita*, Béatrice einen Roman von Mircea Eliade zur Hand – war eine richtige, wie mit dem Rasiermesser in den Himmel geschnittene Terrasse, vom Schornstein vor dem Wind abgeschirmt. Nur das Rascheln der Seiten, wenn meine Freundin umblätterte, unterbrach das ferne Rauschen des Wassers am Schiffsrumpf und das Schnaufen der Maschinen. Sämtliche Willenskraft war dahin, wir kuschelten uns in die Hitze, durchdrungen von dem Licht, das sich vom Heck bis zum Bug an diesem weißen Stahlpalast brach.

Bei Sonnenuntergang, obgleich eine eisige Nacht hereinbrach, gönnten wir uns in unserem Alkoven eine heilige Stunde der Wollust. Überwältigt von so starken Gefühlen wäre ich auf der Stelle eingeschlafen, wenn Béatrice nicht darauf bestanden hätte, daß ich sie zum Abendessen begleitete. Verglichen mit der eindrucksvollen Ruhe draußen, summte der weitläufige Speisesaal, wenn auch nur zu einem kleinen Teil gefüllt, wie ein Bienenhaus. Man hätte sagen können, daß die kleine Gruppe, die ihn bevölkerte und es sich in seinen vibrierenden vier Wänden gemütlich gemacht hatte, aus der Feindseligkeit des Meeres Schätze von Intimität und Fröhlichkeit schöpfte. Bei Tisch machten wir die Bekanntschaft des einzigen indischen Passagiers an Bord – ein in England eingebürgerter Sikh, Arzt von Beruf, der in London lebte und zu einem Akupunkturkongreß nach Istanbul reiste. Raj Tiwari, so war sein Name, mußte heftig lachen, als er mich mit der *Bhagavad Gita* unter dem Arm sah.

»Wissen Sie, daß das in Indien niemand mehr liest? Außer ein paar Nostalgikern.«

»Aber es ist doch das Fundament Ihrer Kultur?«

»Nicht mehr, als die Bibel das Fundament der Ihren ist. Aber Vorsicht: Die Götter lassen sich nur schlecht exportieren. Kali, in Kalkutta eine schreckenerregende Gottheit, ist in Paris nichts als ein Gipsidol.«

»Didier will sich in einen Ashram zurückziehen«, sagte Béatrice schelmisch.

»Um den ganzen Tag lang Kühe zu melken? Was für eine absurde Idee, wenn man eine so schöne Frau hat wie Sie!«

Wir lachten alle drei, und die Konversation schwenkte ab. Raj Tiwari trug einen Tweedanzug, sprach ein gepflegtes Englisch und hatte jene adligen Züge des erwachsenen Inders. Unsere Begeisterung für Indien erstaunte ihn manchmal, und dreimal fragte er uns, warum wir nicht eher nach Taiwan oder Singapur, zwei saubere und moderne Länder, führen. Diese Vorurteile irritierten mich, aber seine liebenswürdige Art und die Komplimente, die er Béatrice weiterhin machte, veranlaßten uns, ihm nach dem Abendessen in die Bar der ersten Klasse zu folgen, die ganz aus honigfarbenem Holz bestand, mit Armlehnen aus dickem Leder und einem zugedeckten weißen Klavier. Wir, die wir nur selten tranken, waren dank der guten Qualität von Gin und Bourbon sehr bald fröhlich beschwipst, und Béatrice entpuppte sich als die lauteste und überschwenglichste von uns dreien. Unser Gastgeber war in seinem Element und erzählte die absurdesten Geschichten, um sie noch mehr zum Lachen zu bringen.

»Kurz bevor die Engländer Indien verließen, hatten sie, um die Halbinsel für immer zu verwestlichen, überall ultramoderne Hühnerfarmen errichtet. Diese Hühner, ausgewählt, zweisprachig und mit Diplomen der besten Universitäten, hatten die Besonderheit, fertig zubereitete Eier zu legen – halbweich, weich oder hart – die direkt auf den Tisch der Kolonisten gelangten. Die britische Regierung, die wußte, daß Hühnervögel für die politische Propaganda recht unempfänglich sind, rechnete damit, daß diese aufsehenerregende Erfindung Gandhis Unabhängigkeitsbewegung zum Scheitern bringen würde. Man erfand das Omeletthuhn. Eine kleine, kräftige Bewegung des Beckens auf Ragtimerhythmus genügte, um Eiweiß und -gelb miteinander zu vermischen – die ausgewählten Hühner hatten Unterricht im Stepptanz erhalten –, als die Propaganda der Gewaltlosigkeit das Geflügel selbst erreichte, das daraufhin den berühmten Frühstücksstreik auslöste, den »bacon and eggs strike«. Die Unabhängigkeitserklärung von 1947 läutete die Todesstunde dieser Züchtungen ein. Die Hühner, die kollaboriert hatten, wurden unter Androhung von Sanktionen gezwungen, das Englisch aufzugeben, und durften nur noch rohe Eier legen.«

Obgleich diese Geschichte und noch ein paar weitere völlig absurd waren, lösten sie, unterstützt vom Alkohol, bei uns Stürme von Lachsalven aus. In bester Stimmung verabschiedeten wir uns von Tiwari, nachdem er mich um Erlaubnis gebeten hatte, Béatrice auf die Wangen küssen zu dürfen. Diese Sauferei hatte uns amüsiert; ich brachte meine Freundin mit zärtlicher Bestimmtheit ins Bett, versprach ihr, gleich zurückzukommen, und ging auf Deck, um meinen Rausch etwas zu kühlen. Die kalte Luft brannte in den Nasenlöchern, es war Vollmond, und ich betrachtete unser phosphorisierendes Kielwasser, das trotz der Dunkelheit das Meer hinter uns erhellte, ehe es in der Nacht verschwand. Eine milchige Schicht perlte über die Wände und die Rettungsboote, ein kleiner, trockener Wind ließ das Tauwerk knarren. Meine Schritte führten mich ganz natürlich auf die oberen Etagen des Dampfers, wo sich außer einem im Winter geschlossenen Schwimmbad eine kleine Bar befand, die gleichzeitig als Diskothek diente. Ich ging hinein und schwor mir, nur ein paar Minuten zu bleiben. Ungefähr zehn Männer waren dort, und ein Mädchen in eng anliegenden schwarzen Satinhosen tanzte allein mitten auf der Tanzfläche. Ich setzte mich hin und betrachtete sie und genoß das Schauspiel ihres gestreckten Halses, ihres schöngeformten Rückens, ihrer Arme, die wie ein Flügelpaar durch den Raum flatterten. Ihre wirbelnde Silhouette, die schwerelose Schnelligkeit ihrer Bewegungen boten ein hinreißendes Bild. Wer mochte sie sein? Sie sah niemanden an, glitt unter einem Lichtkegel, der sie nach oben zu saugen schien, mit der Leichtigkeit eines Schleiers über den Boden. Dann hörte sie ganz plötzlich zu tanzen auf, verließ die Tanzfläche und setzte sich an die Bar. Zu meiner Überraschung meinte ich das weinende junge Mädchen des Nachmittags wiederzuerkennen. Ich ging zu ihr. Auch wenn sie mir nach dem Mittagessen uninteressant und lächerlich erschienen war, fand ich sie nunmehr ausgesprochen attraktiv. Sie hatte ihre Lider mit Schminke verlängert und ihre Wangen mit Karmin gefärbt; ihr sehr gerader Nasenrücken und ihr nach hinten gebundenes dunkles Haar gaben ihr ein leicht orientalisches Aussehen.

»Wie geht es Ihnen seit heute nachmittag?«

»Was geht Sie das an?«

»Aber Sie weinten in der Damentoilette, erinnern Sie sich nicht?«

»Sie müssen sich schon was Besseres einfallen lassen, um ein Mädchen anzumachen.«

Diese Brutalität brachte mich aus der Fassung; und wenn ich verlegen bin, bin ich nicht gerade schlagfertig. Mißmutig zog ich mich zurück. Sie rief mir nach:

»Komm her, natürlich habe ich dich erkannt; aber ich erkenne nur, wen ich erkennen will.«

In diesem Satz hörte ich einzig, daß sie mich duzte; und dennoch, trotz ihrer Vertraulichkeit, sprach sie mit einer Art traurigen Trotzes. Ihre langgezogenen, mandelförmigen Augen, verbarrikadiert in ihren Höhlen, betrachteten mich, ohne mich anzusehen, als wollten sie den Gedanken meiner Gegenwart transparent werden lassen.

»Was spielen Sie?«

»Ich spiele das Spiel spielen.«

Sie brach in Gelächter aus. Es war burlesk und peinlich zugleich.

»Tanzt du mit mir?«

»Hm, nein, nein, ich tanze sehr wenig.«

Mir war schon so unbehaglich zumute, daß ich vor Angst gestorben wäre, hätte ich mich an ihrer Seite zur Schau stellen müssen. Ich kann brillant sein, wenn es ausreichen würde, mittelmäßig zu sein, aber an Orten verbindlicher Fröhlichkeit erstarre ich grundsätzlich.

»Das wundert mich nicht. Du bist so steif wie ein Pfadfinder.«

Sie lachte wieder, und ihre langgezogenen Augen milderten für einen Moment ihre strengen Züge. Tausende von Banalitäten, von konventionellen Fragen rasten mir durch den Kopf. Sie fragte mich nach meinem Namen, der sie zu enttäuschen schien. Ich wußte nicht, worauf sie hinaus wollte, und mir fiel nichts mehr ein. Meine kläglich Attitüde mußte belustigend wirken.

»Didier, erzähl mir was Lustiges, muntere mich ein bißchen auf.«

Ich hatte ein Brett vorm Kopf bei dieser Forderung. Ich war unzufrieden mit mir selber, dieser Unterhaltung nicht gewachsen zu sein. Ich war nervös, und meine notorische Verklemmtheit wurde durch die unerträgliche Erkenntnis, daß ich mit dieser Art von Frauen nicht umzugehen wußte, nur noch schlimmer. Das belanglose Geplauder wurde zur Kraftprobe. Ich überließ mich der peinlichen Lage. Ich bin schüchtern, und wenn mir das Schicksal nicht hold ist, sage ich Mektoub; ich füge mich dem Unvermeidlichen, will nichts davon wissen, daß sich alles umkehren, verwandeln läßt. Die Dreistigkeit dieses Mädchens, ihre brüsken Meinungsumschwünge irritierten mich. Jetzt war ihr Blick in die Ferne gerichtet, ohne daß sie sich weiter um mich gekümmert hätte.

»Bist du sauer?« fragte ich sie, wobei ich mich nun meinerseits mit dem Du versuchte, vielleicht in der vagen Hoffnung, etwas wiedergutzumachen.

Sie zuckte mit den Achseln.

Um einen Scherz zu machen, wenigstens einen, fragte ich sie noch einmal, indem ich jede Silbe einzeln betonte:

»Bist du er-zürnt?«

»Was heißt das denn?«

»Erzürnt? Das heißt verärgert sein.«

Sie stand auf.

»Du bist zu witzig für mich, mein Schatz, ich habe Seitenstiche vor Lachen.«

»Du... du willst schon gehen?«

»Ja. Guten Abend. Ich überlasse Sie Ihrer amüsanten und fesselnden Persönlichkeit.«

Diese letzten Worte verletzten mich mehr als alles. Sie war nicht nur wieder zum »Sie« übergegangen, das heißt auf Distanz, sondern sie unterstrich, indem sie von meinen Scherzen und meiner Persönlichkeit sprach, in grausamer Weise, wie wenig ich von beidem besaß. Wie blöd ich jetzt dastand! Und dabei ist »erzürnt« ein ganz gebräuchliches Wort, und es ist nicht meine Schuld, wenn die neue Generation einen beschränkten Wortschatz benutzt. Daß ich mich mit 30 Jahren von den Provokationen einer Heranwachsenden, die meine Schülerin sein könnte, aus der Fassung bringen ließ, während das erstbeste Pickelgesicht sie mit ein paar Formeln abgekanzelt hätte! Plötzlich wurde mir bewußt, daß ich sie nicht einmal gefragt hatte, wohin sie ging oder ob sie allein an Bord war. Ich war nicht mehr müde, bestellte mir etwas zu trinken und verbrachte eine weitere Stunde damit, diesen Vorfall zu verdauen. Als ich in Gedanken versunken zu meiner Kabine zurückkehrte, mußte ich den falschen Weg eingeschlagen haben, denn ich fand mich in den Gängen der ersten Klasse wieder. Diese langen, leeren Flure mit flackernden Lampen, die Stille, die von dem fernen Hämmern der Maschinen durchbrochen wurde, die Schatten, die ich über die Wände huschen sah, alles in dieser Nacht hatte eine merkwürdige Wirkung auf mich. Wahllos machte ich eine Tür auf und gelangte auf eine schmale Gangway: Eisige Kälte schlug mir entgegen, und ich sah überhaupt nichts. Plötzlich hörte ich hinter mir so etwas wie einen Klagelaut. Ich drehte mich um, ohne etwas erkennen zu können. Noch einmal hörte ich den gleichen Ton: Ich schaute angestrengt in die Finsternis und meinte, eine Form zu erkennen. Eine Silhouette lauerte dort. Ich zuckte zusammen und wollte wieder hineingehen, als eine kräftige Hand mich am Arm packte.

»Sind Sie Didier?«

Die Feierlichkeit, mit der er die Frage gestellt hatte, diese leisen, pfeifenden Worte, hatten mich gewaltig erschreckt. Und dazu dann noch die Kraft dieser Hand! Ich rechnete mit einem Angreifer: Es war jedoch ein Behinderter in einem Rollstuhl, der zum Vorschein kam. Ich hatte ihn noch nie gesehen. Ein gezeichnetes Gesicht und schütteres Haar. Er fixierte mich mit verstörten Augen, die in der Finsternis beinahe erschreckende Dimensionen annahmen.

»Sie sind Didier, nicht wahr? Seien Sie vorsichtig, hüten Sie sich vor ihr.«

»Wovon, von wem reden Sie?«

Ich hatte Mühe, die Emotionen, die in mir aufwallten, zu meistern. Ich wäre gerne geflüchtet, aber diese Hand hielt mich wie in einem granitenen Schraubstock fest: Man hätte meinen können, daß sich sein Körper für seine Atrophie gerächt hätte, indem er seine Extremitäten übermäßig entwickelte. Durch die Handgelenke über das Netz der geblähten Venen schien eine Kraft zu fließen, die alles, was ihr entgegentrat, zu zermalmen vermochte. Der Behinderte hatte mir sein trauriges, bleiches Gesicht genähert. Er begann zu keifen:

»Sie, ich meine natürlich Rebecca, das junge Mädchen, mit dem Sie vorhin gesprochen haben. Verbrennen Sie sich nicht die Finger an ihr. Sie legt überall, wo sie vorbei kommt, Fallen aus. Schauen Sie sich an, was sie aus mir gemacht hat: Es hat nur ein paar Jahre gedauert, um dieses Resultat zu erbringen.«

Er hob eine Wolldecke, die auf seinen Knien ruhte, und zeigt mir seine beiden Beine, die leblos herunterbaumelten.

»Aber woher wissen Sie, daß ich sie gesehen habe? Woher wissen Sie meinen Namen?«

»Sie hat mir von Ihrer Unterhaltung berichtet und hat Sie beschrieben. Ich habe Sie sofort erkannt.«

»Was wollen Sie eigentlich von mir? Lassen Sie mich los, das ist doch alles einfach lächerlich.«

»Längst nicht so lächerlich, wie Sie meinen. Haben Sie noch nicht bemerkt, Monsieur, wie die Frauen vor allem Männer in guter Begleitung begehren? Wenn sie eine hübsche Person an ihrer Seite haben, verleiht ihnen das auf der Stelle einen unvergleichlichen Wert, selbst wenn sie häßlich oder unansprechend sind. Das widerfuhr Rebecca, als sie Sie mit Ihrer Freundin sah.«

»Und was haben Sie mit ihr zu schaffen, würden Sie mir das verraten?«

»Entschuldigen Sie meine Unhöflichkeit, ich habe mich noch nicht vorgestellt. Mein Name ist Franz, und ich bin ihr Ehemann.« Er ließ meinen Arm los, um meine Hand mit einer Überschwenglichkeit zu schütteln, die mir unpassend vorkam. Ich fröstelte: Der Nebel und die Nacht ließen mich bis auf die Knochen frieren, und diese Unterhaltung in der Finsternis erschien mir als der Gipfel der Absurdität.

»Ihnen ist kalt, nicht wahr? Lassen Sie uns hineingehen.«

Er wendete seinen Rollstuhl, den er mit der Hand in Bewegung setzte, und stieß die Tür auf. Mechanisch folgte ich ihm. Sobald wir wieder im Flur waren, sprach er weiter:

»Didier, erlauben Sie, daß ich Sie beim Vornamen nenne? Didier (er zögerte einen Moment), was halten Sie von meiner Frau?«

Ich schrak zusammen.

»Hm, nun ich finde sie anziehend.«

»Nicht wahr? Und wie gut sie gebaut ist!«

»Gewiß.«

»Oh, so ein Schlingel! Sie gefällt Ihnen, Sie haben sie mit begehrlichem Blick gemustert.«

»Ganz und gar nicht.«

»Nun, keine falsche Scham, das würde mich kränken. Und übrigens, ich bin sicher, daß wir Sie neugierig machen. Doch, doch, ich fühle es. Sie wissen, wer Rebecca ist, aber Sie haben keine Ahnung, wie oder was sie ist. Würden Sie gerne mehr über sie erfahren?«

Ich weiß nicht, wieso mir die Lächerlichkeit dieser Worte nicht sofort ins Auge gesprungen ist. Ich mußte zu dieser späten Stunde schon ein wenig benommen gewesen sein. Ich lehnte zunächst ab, denn ich sage immer erst einmal nein, und wies darauf hin, daß mich ihre privaten Angelegenheiten nichts angingen. Aber ich habe wohl nicht allzu überzeugend geklungen.

»Sie haben eine so nette Art, nein zu sagen, während Ihr Blick Sie gleichzeitig Lügen straft. Sehen Sie, ich kenne Sie kaum, doch alle Eigenheiten Ihrer Person enthüllen mir den Vertrauten, auf den ich seit Jahren warte. Und außerdem habe ich ein Lebensprinzip: Man muß sich vor den Menschen hüten, die einen lieben, denn sie sind gleichzeitig die schlimmsten Feinde. Das ist der Grund, warum ich mich Unbekannten vollständig ausliefere. Die Aufmerksamkeit, die Sie mir zollen, gereicht Ihnen voll zur Ehre, denn ich bin mir bewußt, wie wenig Gelegenheit ein Abenteuer hat, Sie anzurühren, es sei denn, es geht Sie persönlich etwas an?«

»Ich weiß nicht, in welchem Sinne?«

»Keine Ahnung, nur reine Intuition. Also, nehmen Sie das Angebot an?«

Ich machte ein paar Einwände und willigte dann schließlich lahm ein. Warum soll ich es nicht eingestehen? Die romanhafte Seite der Situation schmeichelte meinem Lehrerhirn, das voll von literarischem Ballast steckte, und ich folgte also Franz in seine Kabine, einem mittelgroßen, holzgetäfelten Raum mit zwei Bullaugen. Auch wenn es die erste Klasse war, gab es nichts, was mich beeindruckt hätte. Bei Licht betrachtet glich das Gesicht des Behinderten einem Spiegel, der einst vielleicht Lebensfreude reflektiert haben mochte, doch inzwischen von einer unlöschbaren Patina überzogen war. Seine blaßblauen Augen waren wie zwei Pfützen aus kaltem, bitterem Wasser.

»Enttäuschend, nicht wahr? Selbst die erste Klasse erinnert an einen Drugstore! Ein Kaufhausdekor mit dem Anschein nordischen Wohlstands und Gastarbeitereleganz. Gut, genug gejammert! Möchten Sie Tee? Einen Darjeeling?«

Darjeeling: die Stadt, die wir zu besuchen träumten, Béatrice und ich. War das vielleicht ein Zufall? Der Behinderte holte einen elektrischen Wasserkessel aus seinem Koffer, füllte ihn und schloß ihn an einer Steckdose an. Ich setzte mich aufs Bett. Seine beweglichen, glänzenden Augen flitzten von einem Gegenstand zum anderen. Der prüfende Blick eines Mannes, dessen Frau mich kurz zuvor angemacht hatte, verursachte mir ein gewisssses Unbehagen. Als wolle er mich beruhigen, sagte er:

»Ich wohne allein hier. Rebecca hat ihre eigene Kabine drei Türen weiter. Das ist unsere Abmachung.«

Dann begann er mit jener Beichte, die ich weiter oben wiedergegeben habe, die er nur unterbrach, um einen siedendheißen, stark gezuckerten Tee zu servieren. Dann, nachdem er den ersten Schluck getrunken hatte, fuhr er fort:

Ich wartete drei Abende hintereinander an der Haltestelle der 96 am Odeon, immer zur gleichen Stunde. Vergebens. Ich wollte nicht aufgeben und beschloß, das Viertel mit dem ganzen Eifer eines Spürhundes abzusuchen. Alles, was vorher gewesen war, zählte nicht mehr, es zählte nur noch jene Frau, die ich nicht besaß. Meine einzige Hoffnung bestand darin, daß sie in der Umgebung des Odeon wohnte oder arbeitete, wo ich damals selbst lebte. Ich hatte jede Menge Zeit, hatte mein Medizinstudium der Parasitologie abgeschlossen und meine letzten Prüfungen mit Erfolg abgelegt. Ich inspizierte die Boutiquen, die Tanzschulen, die Töpferei- und Yogakurse, die Ausgänge der Gymnasien und Schulen, die Cafés, alles, wo Frauen sich mit großer Wahrscheinlichkeit aufhalten. So verstrichen zwei Wochen, und ich war kurz davor aufzugeben. In der Zwischenzeit hatte ich eine Friseuse in der Rue de Buci kennengelernt, ein großes rothaariges Pferd, die mir nur mittelmäßig gefiel, die aber meine Einsamkeit verscheuchte, ein Notgroschen für den Durst in Erwartung von Besserem. Manchmal ging ich sie abends abholen – sie arbeitete bis Ladenschluß –, aber ich hatte nie eine ihrer Arbeitskolleginnen gesehen.

Eines Tages war ich zu früh dort angekommen und ging auf dem Bürgersteig hin und her, als ich aus dem Frisiersalon das Mädchen aus dem Autobus kommen zu sehen meinte. Ich rieb mir die Augen, weil ich glaubte, meine Einbildungskraft spiele mir einen Streich. Aber nein, sie war es wirklich! Sie freute sich, mich wiederzusehen, sagte mir ihren Namen – Rebecca – und daß sie hier arbeite, und schlug vor, ich solle sie am nächsten Tag anrufen. Sie können sich meine Freude vorstellen: Ich hatte dieses Mädchen überall gesucht, nur nicht dort, wo ich sie hätte finden können; ich war selig und konnte meine Freude vor der Rothaarigen nur schwer verbergen, die diese Euphorie auf sich selber bezog.

Ich wartete ungeduldig auf den Sonnenaufgang und rief gleich in den frühen Morgenstunden die süße, hinreißende Rebecca an. Viermal telefonierte ich umsonst, sie war noch nicht da, sie war gerade hinausgegangen. Beim fünften Anruf erreichte ich sie endlich und wir verabredeten uns für den Abend um acht Uhr. Auf die Minute genau ist sie da, ich war schon zehn Minuten früher gekommen. Sie ist genauso schön und anziehend wie beim ersten Mal. Wir tauschen ein paar Banalitäten aus, ich versuche, den Zwischenfall im Autobus heraufzubeschwören, mein Herz schlägt Purzelbäume, gehen wir erst ins Kino und dann ins Restaurant? Da erscheint plötzlich die eindrucksvolle Rothaarige, die Erstaunen vortäuscht und fragt, ob sie sich dazusetzen darf. Ich begreife zu spät, daß ich in eine Falle getappt bin, und daß die beiden sich hinter meinem Rücken verabredet haben, um mich dafür zu bestrafen, daß ich zwei Hasen gleichzeitig gejagt habe. Zuerst stolpere ich über die Spötteleien, dann suche ich, in die Enge getrieben, nach einem Ausweg. Ich ahne, daß sie insgeheim Rivalinnen sind und sich hinter dem Schein ihrer Pseudosolidarität in Wahrheit hassen, und ich spiele diese Rivalität in vollen Zügen aus, indem ich mit kleinen Spitzen die eine gegen die andere unablässig aufhetze. Die Strategie klappt, und bald greife ich, unterstützt von Rebecca, die sich vor Lachen krümmt, die Störende an. Aber der Schein muß gewahrt werden. Ich lade sie zum Abendessen in ein amerikanisches Restaurant bei den Hallen ein. Ich muß mit beiden Konversation treiben, doch insgeheim meine ich nur eine, während ich mit dem gräßlichen Problem zu kämpfen habe, wie ich die andere loswerden könnte. Ich vermehre die Scherze, mache mich über das rothaarige Pferd lustig, das bei jedem Seitenhieb, den ich auf sie loslasse, aus Höflichkeit schallend lacht. Als sie fühlt, daß sie die Partie verloren hat, murrt sie, daß ich nur dummes Zeug rede, aber ich fahre um so heftiger fort, sie zu brüskieren, und genieße es, ihr Wiehern zu hören, ihre großen Zähne knirschen und ihre Zunge wie einen Peitschenhieb auf dem Hals eines Percherons schnalzen zu hören.

Gegen Mitternacht schlendern wir durch die Straßen des Marais, klingeln an Toreinfahrten, spielen Verstecken hinter Mülltonnen. Endlich hat das lästige Kalb keine Lust mehr, sich an uns festzuklammern und äußert den Wunsch, schlafen gehen zu wollen. Ich freue mich über ihren Entschluß, fürchte aber, daß es auch Rebecca nach Hause zieht. Nach den üblichen Küßchen nimmt unsere Schindmähre ein Taxi. Rebecca geht auf die andere Straßenseite, um dort eines in der Gegenrichtung zu finden. Kaum ist unser Zerberus um die Ecke gebogen, kommt sie lachend wieder zurück, packt mich am Arm und schlägt vor, daß wir noch ein bißchen weiterlaufen.

Es war eine der schönsten Nächte meines Lebens. Ich wußte sofort, daß dieses Mädchen mehr war als eine kleine Affäre. Sie war so voller Charme, Jugend und Witz, daß man nicht umhin kam, sich zu fragen, wie man je eine andere hatte lieben können. Alle ihre Vorgängerinnen erschienen wie Skizzen von der, die ihre Apotheose war. Damals hatte ich gerade eine zweijährige Beziehung hinter mir, der Langeweile und Routine den Garaus gemacht hatten. Ich fand den Jungbrunnen wieder, der allem Anfang eigen ist. Ohne Rebecca zu kennen, liebte ich in ihr schon die Liebe, zu der sie mich inspirieren würde. Konnte ich mir anmaßen, den Weg in ihr Herz zu finden? Von Anbeginn an war sie für mich eines jener Geschöpfe, die einen bis an seine Grenzen bringen, während wir ahnen, daß die anderen uns niemals das Gefühl des Unbekannten vermitteln. Sie wirkte verrückt und zärtlich, bereit zu allem, was mir gefiel. Sie hatte eine strahlende Art, sich gehen zu lassen, wobei sie sich gleichzeitig meiner Reichweite entzog, was mich in hellen Aufruhr versetzte. Mit dieser subtilen Distanziertheit, hinter der ich extravante Absichten vermutete, gelang es ihr, mich zu fesseln, indem sie mich beunruhigte. Wie auch immer, ich brachte sie zum Lachen, indem ich geistreiche Witze machte, den Reichtum der nichtigsten Dinge zelebrierte und aus der Banalität die Fähigkeit zu endlos neuen Wiederholungen schöpfte. Wahre Begegnungen schleudern uns aus uns selber heraus, versetzen uns in Trance, in permanente Kreativität. Ich amüsierte und erstaunte sie, weil ich mich selbst amüsierte und erstaunte.

Der Abend war reinstes Geturtel, Geschmeichel, Umarmungen, Kniebeugen, Süßholzraspeln und harmlose Lust. Ich erfuhr, daß Rebecca 18 Jahre alt war, zehn Jahre jünger als ich. Arabische Jüdin aus Nordafrika, aus bescheidenen Verhältnissen – ihr Vater hatte einen Lebensmittelladen in Belleville –, während ich selber entfernte germanische Vorfahren hatte und aus einer mittelständischen Familie stammte. Sie werden zu gegebener Zeit, falls Sie mir die Ehre erweisen wollen, mir bis dahin zuzuhören, die Bedeutsamkeit dieser Einzelheiten begreifen. Rebecca hatte die Erfahrung mehrerer Dutzend Liebhaber – sie hatte ihr Liebesleben in einem Alter begonnen, in dem ich gerade meine letzten Plüschtiere aufgab –, zwei oder drei Aufenthalte im Vorderen Orient und in Israel, und diese verwirrende Mischung aus sexueller Reife und kindlichem Idealismus, die das metaphysische Gepäck der heutigen Jugend darstellt. Sie prahlte mit ihren Eroberungen mit naiver Provokation, die gleichzeitig Herausforderung und Entschuldigung waren, als wolle sie sagen: Verzeih mir, ich kannte dich ja noch nicht.

Von Anfang an war unsere Beziehung ausgelassen und sorglos. Der Humor und die Lust, die sich die Geschlechter geben können, wenn sie sich einigen, für einen Moment das zu vergessen, was sie voneinander trennt. Sie genoß ebenso wie ich die kindischen Scherze, die ausgeleierten Redensarten, die Anagramme, die Wortspiele, die anzüglichen Schüttelreime, die Kinderlieder, konnte den größten Teil der Comic-Helden nachmachen, vor allem Asterix und Obelix, die ihr besonders gut gelangen. Ich ergötzte mich an der kindlichen Frische ihrer Äußerungen und fand in ihr einen Lebenshunger, der mich zutiefst anrührte. Mir blieb nichts mehr, nicht einmal die Erfahrungen, die ich aufgrund meines höheren Alters hatte machen können. Und obwohl ich zwei Monate zuvor einer anderen Frau, die in mir identische Gefühle ausgelöst hatte, gesagt hatte »Ich liebe dich«, kam es mir vor, als hätte ich Jahre ohne die Liebe zugebracht. Ich hatte ein Geschöpf gefunden, das mit einer Folge von Treffern meine Erwartungen erfüllte und überstieg und dessen Ähnlichkeiten und Unterschiede aus ihr gleichzeitig einen Teil meiner selbst und etwas außerhalb von mir machten. Ich habe Ihnen gesagt, daß Rebecca in meinen Augen schön war; nicht so sehr durch die Harmonie, sondern durch die Reinheit ihrer Züge, die ihr Gesicht in einer weiteren Dimension erstrahlen ließen.

Im Morgengrauen dieser ersten Nacht saßen wir auf einer

Bank auf dem Square de L'Archevêché, hinter Notre-Dame, in Gesellschaft zahlreicher Homosexueller, die dort seit Jahren Sodom einen Kult widmen. Ich mochte die Nähe dieser emsigen Leiber hinter dem Glaubenstempel; sie gaben unserer Liebe den leichten Geruch von Heimlichkeit, der heutzutage so selten geworden ist. Eine Beziehung, die in dieser Weise in der Nachbarschaft dieser Ausgeflippten und vor dem Dekor ihrer schaudernden Zuckungen begann, konnte nur ausgeflippt und romantisch werden. Der noch immer warme Schatten schien voller Küsse. Alle diese kopulierenden Leute verbreiteten ein Fieber, das von der gleichen Glut geheizt wurde.

Was für ein bezauberndes Schauspiel Paris im Schein des ersten Lichts eines Sommertages von diesem Park aus bot. Die Sonne war kurz davor aufzutauchen. Hellweißes Licht enthüllte dem Auge die Seineufer, die hier von einem Mantel aus wildem Wein bewachsen sind. Die Stadt begann sich zu rühren, und man hörte das unterirdische Grollen der ersten Metros. In jenem Moment, daran erinnere ich mich, bat mich Rebecca, ihre Füße zu wärmen. Von den Beinen wanderte ich, der Anstandsregel gehorchend, die verlangt, daß man das obere Ende ehrt, um den Schlüssel für unten zu bekommen, bis hinauf zum Mund. Aber wir mußten so lachen, daß zunächst unsere Zähne und dann unsere Nasen gegeneinanderstießen, und es dauerte einige Zeit, bis unser Kuß eine erwachsene, kanonische Form annahm.

»Hör zu«, sagte ich, nachdem sich unsere Münder wieder voneinander getrennt hatten. »Ich muß zum Arzt gehen. Mit mir passiert irgendwas Seltsames.«

Ich nahm ihre Hand und ließ sie die Erektion fühlen, die unser Kontakt provoziert hatte. Die kleine Beule in meiner Hose schmeichelte ihr, doch sie versetzte sie nicht in besondere Erregung. Wir hatten es nämlich durchaus nicht eilig, die Sache zu vollziehen. Wir brauchten keine plumpen, fleischlichen Beweise, die einen Mann und eine Frau darauf brennen lassen, sich einander hinzugeben, sobald sie zusammenkommen. Im Vergleich zu dem Feuerwerk, das ihm vorausging, erschien uns der Liebesakt an jenem Abend überflüssig oder wenigstens ohne Dringlichkeit. Wir schwebten in einem Verführungstaumel, der sich an sich selbst berauschte, über seine Heldentaten staunte und dem das Ergebnis gleichgültig war. Und ich muß Ihnen gestehen, daß Rebecca so schön war, daß man sich einfach nicht vorstellen konnte, sie sei sexuell ebenso ausgestattet wie die anderen. Ihre Silhouette und ihre Züge unterschieden sie derartig von der gewöhnlichen Spezies Mensch, daß ich vermutete, sie sei auch in ihrer Intimität ganz anders. Mein in Leidenschaft entflammter Geist unterstellte ihr irgendwelche unglaublichen Organe, eine wundervolle, und in der gleichen Weise umwerfende Unschicklichkeit wie ihr schönes Gesicht. Und wenn sie, sagte ich mir, unter ihrem Bauch kein Geschlecht hätte? Die Natur mußte für sie eine ganz neue Lösung erfunden haben!

Und erst gegen acht Uhr, nach einer durchwanderten Nacht, betrat sie meine Wohnung. Sie wissen, wie Männer und Frauen, wenn sie sich ausziehen, oft die Grazie einbüßen, die sie angezogen an den Tag gelegt haben: Die Nacktheit ist ein schlecht sitzendes Gewand, in dem sie voller Verlegenheit herumschwimmen. Rebecca entkam dieser Ernüchterung. Schon angezogen war sie wie nackt, so deutlich traten ihre Formen mit üppiger Selbstherrlichkeit hervor, während sie nackt von ihrer Frechheit geschützt wurde. Sie begnügte sich damit, einen künstlichen Kniff gegen den anderen auszutauschen, spielte mit ihrer Haut, als sei sie eine Stoffdraperie, ein Geschmeide, in das sie sich wickelte. Sie stellte sich zur Schau und spielte ihren ganzen Charme rückhaltlos aus. Ihre stattliche Erscheinung schüchterte mich dermaßen ein, daß ich sie mehrere Tage weder richtig sah noch durchschaute.

Es dauerte also einige Zeit, bis unser Geschlechtsleben die Höhe des stürmischen, abwechslungsreichen Niveaus erreichte. Ich hatte ihren üppigen Körper sofort geliebt, der seinen höchsten Wert nicht in der Taille erreichte, sondern in vielfältigen Wundern erstrahlte, jedes so attraktiv wie das andere. Von der Frisur bis zu den Zehen bewahrte sie diese präzise Fülle. Die beiden Säulen ihrer Beine strebten in einem einzigen Schwung vom Boden aufwärts, führten zu einem Rücken, der sich bis zum Kopf unendlich fein und schlank entfaltete. Ich verehrte vor allem ihre Üppigkeit zur Zeit ihrer Mauser: Dann schwollen ihre Formen an und sie errötete in ihrem Überschwang; ihre Brüste bekamen ein Eigenleben, wurden animalisch, bebten, überzogen sich mit Äderchen, die sie bläulich färbten wie Wellen. Sie reckten ihre großen braunen Blütenkronen in die Höhe wie Nomadenzelte, und diese große, hyperbolische Brust auf dem Körper einer Jugendlichen versetzte mich in Ekstase. Zwei Lebensalter trafen in ihr zusammen, ich küßte den Mund eines Kindes, die Brüste einer Frau, Mutter und Tochter vereinigten sich in ein und derselben Person. Ich inhalierte sie wie ein luxuriöses Seidenkontor, das üppige, berauschende Düfte ausdünstet, bis hin zu dem Schweiß, der ihre Achselhöhlen befeuchtete, eine herbe, salzige Flüssigkeit, auf die ich so gierig war, daß ich oft in diesem brennenden Busch einschlief.

Sie besaß auch noch intimere, ebenso erstaunliche Schätze. Wenn ich sie zum Beispiel etwas zerstreut betrachtete, fand ich, verzeihen Sie das Detail, ihren Spalt diskret und schüchtern, als wolle sie seine Schamlosigkeit verstecken, indem sie ihn in dem geheimsten Winkel ihres Bauches verbarg. Doch bei den ersten Zärtlichkeiten streckte sich dieses kleine Tierchen, drückte die Wiege aus Gras auseinander, wo es schlief, hob den Kopf, wurde zu einer naschhaften Blüte, zum Mund eines gierigen Säuglings, der an meinem Finger saugte. Ich liebte es, mit der Zunge das Schnäuzchen der Klitoris zu necken, sie zu erregen und dann zu ihrem Ärger naß und glänzend im Stich zu lassen, eine kleine Ente, die in einer Welle rosigen Fleisches planschte. Ich liebte es, meine Wange an der kostbaren Wäsche ihres Bauches zu glätten, meine Nase in diese sahnigen, mal wie vom Wind geblähte Segel gespannten, mal lockeren Wülste zu tauchen, mit dem Finger diese immense Draperie zu knautschen, die von Schaudern und Seufzern erfüllt wurde. Manchmal hatte ich auch Lust, mich mit baumelnden Beinen an den Rand der Öffnung zu setzen und Minute um Minute die Entwicklung dieser riesigen Koralle zu beobachten und jedes Pulsieren, jedes Atmen ihrer von unwiderstehlichem Nektar benetzten Blütenblätter zu verzeichnen.

Ein natürlicher Widerwille gegen diese anzüglichen Vertraulichkeiten verursachten mir einen Brechreiz, den ich nicht unterdrücken konnte und der Franz nicht entging.
»Seien Sie nicht so prüde, ich beharre nicht auf diesen charmanten Einzelheiten – aber vielleicht haben Sie noch nie heftig genug geliebt, um ins Detail zu gehen –, ich bestehe nur darauf, Ihnen begreiflich zu machen, wie sehr ich damals Rebecca mit ungeteilter, massiver Überzeugung akzeptierte.«

Ich fand sie ganz einfach hinreißend, so naiv Ihnen dieses Glaubensbekenntnis auch erscheinen mag. Der Enthusiasmus, der mich später zu gewissen Exzessen führen sollte, blieb für den Augenblick im Stadium harmloser Schwärmerei und veranlaßte mich nur zu zärtlicher und glühender Verehrung, wie sie täglich sämtliche Verliebten der Welt erleben. Rebecca nutzte sehr schnell diese Faszination zu ihren Gunsten aus, als sie meine Neigung zur Abgötterei erkannte, die nur darauf wartete, kultiviert zu werden. Ich war zehn Jahre älter als sie, doch ich suchte einen Meister, der mich unterjochen konnte.
In unserer Gesellschaft ist die Nacktheit der Frau das Maß aller Dinge, der Trost und der Traum eines jeden von der Geburt bis zum Tod. Ich habe Ihnen Rebeccas Silhouette gepriesen, ihre bewundernswerten Proportionen, ihren umwerfenden Bauch, doch ich habe bislang noch nichts über das gesagt, was mich wirklich an ihr aus der Fassung brachte: ihr Gesäß, das hübscheste, das mir je zu sehen erlaubt gewesen ist. Es war ein harter Block, ein in sich völlig geschlossenes Juwel, ein runder, praller, ziemlich fülliger Po

mit dem Feuer einer Bombe, ohne daß diese Korpulenz seinen Charme in irgendeiner Weise gemindert hätte. Ich besäße gern die Beredtheit eines Dichters, um dieses doppelte Wunder wiederzugeben, dieses sublime Kissen in der Mitte des Körpers, das einen so tiefen Schlitz besaß, daß man ohne weiteres einen Brief hineinschieben konnte. Ich hatte noch nie etwas so Lebendiges, so Ausdrucksvolles gesehen. Diese beiden Daunenkissen der Liebe boten mir den rätselhaften Gegensatz des ungeheuren Umfangs, durchbohrt von einem winzigen Sandelholzbrünnlein: So als wäre das Kleine die Substanz des Großen. Die Achse der Schenkel, das obere Ende der Beine, der hervorragende Po bildeten ein überraschendes Ganzes, ein Stück reinster Linien, auf das meine Geliebte ungeheuer stolz war. Sie verpaßte keine Gelegenheit, sie vorteilhaft zu betonen, zur Schau zu stellen und selbst in der Öffentlichkeit zu entblößen, um niemandem dieses hinreißende Schauspiel vorzuenthalten. Ich habe einen viel zu schönen Hintern, um mich draufzusetzen, sagte sie, er verdient es, auf einer Säule im Museum ausgestellt zu werden.

Ich fand in diesen beiden Kugeln eine lächelnde Gutmütigkeit, die mich weich stimmte. Jedes leiseste Kräuseln dieses gespaltenen Balls war Gegenstand meiner Bewunderung. Wenn man ihn sah, konnte man nicht anders, als in Ekstase zu geraten, ihn zu küssen, sich wieder zu begeistern, ihn zu kitzeln, ihn zu essen. Wäre ich erfahrener in der Wissenschaft der Maschen gewesen, hätte ich für diese vielversprechende Ausbuchtung Wäsche gestrickt, Lätzchen, Hemdchen aus Spitzen, kleine Satin- und Seidendeckchen gehäkelt, ich hätte sie in Bänder und Stickereien gewickelt wie ein Königsbaby, für jede Halbkugel ein anderes Schnittmuster und für die Rille in der Mitte eine mit goldener oder silberner Borte gefaßte Öffnung freigelassen. Keiner meiner Küsse war eine ausreichende Ehrerbietung für die ergreifende Weißheit dieser Haut. Die Harmonie zwischen diesen Fragmenten und dem Rest erstaunte mich mehr als alles: Dieser Körper war die Summe kleiner Herrlichkeiten, und man ergötzte sich daran, in der Gesamtheit die Vervollkommnung eines jeden Details wiederzufinden. Ich philosophierte über diese beiden Kugeln, den Blick in den Rundungen verloren: Wie viele Millionen Jahre hat die Spezies gebraucht, um eine solche Perfektion wohlgerundeter Proportionen zu erreichen?

Die Pobacken meiner Mätresse hatten die Besonderheit, sich nicht zu verformen oder abzuplatten: Egal, ob sie sie auf einem Stuhl oder einem Bett niederließ, man fand sie immer wie zuvor, prall, dick, frech; zwei richtige kleine, wohlsituierte Bürgerinnen, zwei fröhliche, pausbäckige, kecke Gesellschafterinnen, wohlwollende, dralle Göttinnen, Wächterinnen des Heiligtums, kostbare Polster, Sesam einer Ali-Baba-Höhle der 40 Düfte; erhabener Glanz und niederer Überfluß, ihren Zwillingsschwestern von vorn entsprechend, schöne Schalen, schöne Galionsfiguren, unverformbare Karosserien, die eine links, die andere rechts, ohne jegliche Verdrehung, immer frische Früchte, die sommers wie winters genießbar sind, denn die Perfektion geht immer paarweise. Doch vor allem ging von diesem Po eine Art guter Laune aus, eine Liebenswürdigkeit gegenüber allen Geschöpfen und Dingen, die zu idyllischen Übereinkünften einlud. Und wenn das Gesicht mürrisch war, wandte ich mich an das Fundament, gewiß, dort Freundschaft und Trost zu finden. Wenn ich Hunger oder Durst hatte, unter Kummer oder Schmerz litt, genügte es, mir ihre leuchtende Wärme vorzustellen, mich in ihren Schoß zu kuscheln, um geheilt zu werden. Ich hatte übrigens ein geheimes Abkommen mit einem Bäcker in meiner Nachbarschaft getroffen, der mir Brot nach der Gipsform von Rebeccas Hinterteil buk, das ich ihm gegeben hatte, und jeden Tag aßen wir den knusprigen Popo meines Liebchens, aus Vollkorn, aus Roggen, aus Hefeteig und sonntags sogar aus Blätterteig.

Die Hinterbacken sind ein Bild des Paradieses, ein Symbol des Reichtums, ein lebendiges Schlaraffenland. Darauf beruhte die Anziehungskraft, die sie auf die Gläubigen und die Armen ausübten. Da ich selbst in keiner Weise über solche anziehenden Rundungen verfügte, verneigte ich mich vor denen von Rebecca als dem Mittelpunkt meines Lebens. Sie waren meine Sonne und die Quelle, an der ich mich labte. Diesem liebenswerten Altar brachte ich weit über das Vernünftige hinaus Opfer dar und hörte nicht auf, ihm immer neue Namen zu geben: der gute Hirte, das Reich der Mitte, die heiligen Sphären, die Unschuldigen, die Unberechenbaren, die Skulpturen, die Gevatterinnen der Liebe, die Meteore, die fruchtbare Furche, die Seidenballons, die Parfümzerstäuberbällchen oder auch Dick und Doof, die Marx-Schwestern, Tom und Jerry, Bonny und Clyde, oder gar 39/40, denn sie ließen mein Fieber steigen und versetzten mich, wie die Blockade im letzten Krieg, in revolutionäre Stimmung. Rebecca hatte mir übrigens den bukolischen Titel des Anushüters verliehen, des Hirten der Klitoris, des Wächters ihres himmlischen Jerusalems. Während ich so dieses verblüffende Hinterteil liebkoste, sprach ich mein Morgen- und mein Abendgebet mit dem Eifer des Fanatikers und machte aus ihrer imponierenden Majestät einen Gott, zu dessen Diener ich mich ernannte. Ich konnte mir nicht mehr vorstellen, fern von seinen dicken Mauern leben zu können.

Gegenüber meiner Geliebten war ich also von krankhafter Bescheidenheit und betrachtete mich als dem häßlichen Geschlecht zugehörig. »Die Männer tun mir leid«, sagte Rebecca, »sie sind unerfahren in den berauschenden Leiden: der Mutterschaft und der Wollust. Ich habe keine Ahnung, wie sie diese Behinderung je aufholen können.« Was ist denn ein Orgasmus? Eine Weise unter anderen, in der unser Körper auf extreme Emotionen reagiert. Man muß glauben, daß der männliche Körper kaum beeindruckbar ist, denn meine Orgasmen waren stets gleiche, armselige Zuckungen, deren Intensität sich jeweils kaum unterschied. Ich schämte mich meiner tristen Kümmerlichkeit angesichts ihres orgiastischen Strebens, und ich verschwieg mein so schnell gesättigtes Verlangen, denn es stellte den Augenblick der Trennung der Leiber und die wiedergefundene Einsamkeit dar. Ich verachtete diese weißen Blumen, die ich in ihren Bauch beförderte, diesen armseligen Strauß, der mich, indem er mir Genuß bereitete, meines Ziels beraubte. Es war Rebeccas Freude, die zu honorieren ich mich zwang, Diener der Wollust der Geliebten, gezwungen, die Pracht zu imitieren, den Überschwang vorzutäuschen, weil ich es nicht wirklich empfand. Unglücklicherweise erreichte ich armer Pflüger ihres rosigen, fruchtbaren Ackers niemals die Höhen ihres Rausches. Rebecca war, wie man so sagt, von großzügiger, reicher Natur, und bog sich wie ein Baum mit zu vielen Früchten unter dem Gewicht ihrer Gelüste. Selbstverständlich sind wir es, die dem Orgasmus der Frau so viel Bedeutung beimessen, unsere Beunruhigung oder unsere Schwäche darauf übertragen, denn ihr Orgasmus bezieht einen Teil seiner unendlichen Macht aus seiner Unsichtbarkeit. Nichtsdestotrotz: Rebecca schummelte nicht, ließ mich über keine ihrer Regungen im Ungewissen, schrie sie heraus, daß mir im Augenblick der Erlösung das Trommelfell platzte. Musikalisch war ihre Erotik die subtilste Zierde, erfunden, um mich zu verführen, ein marktschreierisches Manöver, das mich durch die kontinuierliche Monodie ihrer Stimme unterwarf. Ich konnte mich diesen klagenden Harmonien nicht entziehen, es waren Klänge, die vom Introit zum Kyrie reichten, Phasen des Gurrens, Koloraturen, die sich mit rauhem Atmen vermischten. Diese Sängerin der paroxysmalen Liebe hatte in ihrer Kehle eine Tonleiter für jedes Gefühl. Ich umarmte gleichzeitig mit dem Körper eine Stimme, eine Vielfalt von Tönen, die mich ängstigten und erregten, und deren schamlose Fanfaren den Eindruck vermittelten, auf einer Bühne zu sein, während das Haus, die Nachbarn und ich das Publikum bildeten. Sie dramatisierte unsere kleinsten Umarmungen mit theatralischer Zärtlichkeit, die ebenso gespielt wie echt wirkte. Sie brauchte zum Lieben Exzeß und Übertreibung und zeigte sich in der Künstlichkeit wahrhaftiger, als in einer erzwungenen Ehrlichkeit, die die Zuneigung wie ein Soufflé hätte zusammenfallen lassen. In den Stunden der Liebe färbten sich ihre Augen grün, als explodiere eine Sonne in ihrem Inneren und erleuchte ihre Pupillen; wenn die

Krise zu Ende war, schlugen ihre schweren Lider langsam und entblößten diesen glühenden, verstörten Blick ein wenig mehr, der mich kopflos machte.

Kurzum, ich schämte mich zu Tode, die blendende Nacht, die in der Umarmung über die Frauen hereinbricht, nicht zu kennen. Aber während ich dieses Gefühl auch schon mit anderen Frauen erlebt und mich leichten Herzens damit abgefunden hatte, beschloß ich, mit Rebecca in neuer Form dagegen anzugehen. Ich wollte mich nicht mehr mit der Einfachheit des männlichen Begehrens abfinden und versprach mir, ein wenig Sand ins Getriebe zu streuen, um die Sache komplizierter zu gestalten. Wie ein Konfirmand, der sich ein Dogma einprägt, wiederholte ich mir: Dieser Körper ist perfekt, keine Extravaganz ist groß genug, um ihr Ehre zu erweisen, er verdient es, daß ich mich durch eine aufregende Verrücktheit zerstöre, nach der ich mich heiß und innig sehnte. Mit ihr fühlte ich mich am Anfang einer starken und schmerzvollen Existenz.

Oh, diese wundervolle Verbrüderung der Anfänge, wenn jedes Wort, jede Geste aus der Quelle strömt wie eine fortlaufende Schöpfung! Eine große, eine flammende Leidenschaft war dabei, sowohl aus meiner Suche als auch meinen darauf folgenden Enttäuschungen zu entstehen. Ich glaubte damals, daß zwischen uns nichts als Edles möglich wäre, daß sie meine Fehler abwenden, meinen Krallen, die ich in meinen früheren Beziehungen ausgestreckt hatte, ausweichen würde. Diese Frau erhob mich in Gefilde, wie ich sie nie zuvor erlebt hatte. Ich binde mich vor allem an Menschen, die mich nicht brauchen, und die ich dann plötzlich mit den stärksten Fesseln an mich kette. Ich bin bereit, jemandem, der nichts verlangt, alles zu geben, aber ich bin nicht bereit, jemandem, der alles vom anderen erwartet, nachzugeben. Ich war von Rebecca völlig besessen, weil sie unsere Beziehung als eine Steigerung des Glücks in einer heiteren Existenz betrachtete, und nicht als letzte Rettung aus einer verzweifelten Einsamkeit.

Der Zauber des ersten Mals hielt einen Monat an. Wir

kamen gegen drei, vier Uhr nach Hause, rauchten ein Haschischpfeifchen oder snifften eine Linie Koks, wenn unsere Mittel es erlaubten, etwas zu kaufen, dann machten wir uns, ohne geschlafen zu haben, wieder auf den Weg, ehe die Bäume ihre ganze Nacht abgeschüttelt hatten. Unsere Wanderungen folgten zufällig den Wegen eines abenteuerlustigen Völkchens, das sich in den Straßen in der Gunst der Dunkelheit amüsierte. Oft kletterten wir über die Zäune der öffentlichen Parks – vor allem im Park Montsouris, wo er damals an mehreren Stellen heruntergerissen worden war – und legten uns auf den kurzgeschorenen Rasen, eingehüllt in die heiße, sternenglitzernde Julinacht. Wie in einem Unterhaltungsroman oder einer Kriminalkomödie gönnten wir uns dieses königliche Geschenk: Den schwarzen Diamanten Paris, die Unermeßlichkeit seines kribbelnden Theaters. Wir genossen diese Komplizität des frühen Morgens, der extremen Müdigkeit, gefährlicher Situationen, dieses Schaudern, zwei gegen alle zu sein, gegen die uralte Gewohnheit, das Leben in Tag und Nacht zu zerschneiden: Wir lebten in zwei verschiedenen Welten, und die Verliebten, die sich am Morgen trennten, waren nicht die gleichen, die sich am Abend getroffen hatten. Jedes Morgengrauen, jedes Hellwerden, wenn die Stadt sich rüttelt und die letzten Spuren des Schlafs verscheucht, haben wir erlebt. Die Luft war rein und frisch wie ein Glas Wasser, und durchdrang uns mit Tau, der uns berauschte. Ich bewahre aus dieser Zeit die Erinnerung an eine ungeheure Energie, und die verschiedenen Aufputschmittel, die wir nahmen, um uns wach zu halten, waren nichts im Vergleich zu der Dynamik, die uns veranlaßte, jeden Tag unserer Beziehung neu zu erfinden. Schon begannen wir, eine gemeinsame Verachtung der Tradition zu entwickeln, und lebten unser Zusammensein wie einen Rausch, der noch von keinem Schatten getrübt wurde.

Mitte August fuhr Rebecca in die Ferien nach Marokko. Ich hatte angefangen, in einem Krankenhaus zu arbeiten, und konnte erst im September Urlaub nehmen. Keiner von uns beiden wußte, was der andere für ihn empfand, nicht ein einziges Mal war das »Ich liebe dich« ausgesprochen worden. Es auszusprechen hätte uns in viel zu gewöhnliche Gefühle gezwängt. Wir trennten uns also mit einem unausgesprochenen Eingeständnis an einem verregneten Abend vor einem Taxistand. Ich brachte immerhin den Mut auf, sie um ein Pfand ihrer Freundschaft zu bitten. Ohne zu zögern hob sie mitten auf der Straße ihren Rock in die Höhe und entledigte sich geschickt ihres kleinen Schlüpfers, den sie mir in die Hand drückte. »Behalte ihn, bis ich wiederkomme«, waren ihre letzten Worte. Ich war unglücklich und niedergeschlagen. Die Trennung ist eine Vorwegnahme des Bruchs, da sie uns mit dem Gedanken vertraut macht, daß man ohne den anderen leben kann.

Das Wunder war von einem Tag zum anderen vorbei. Ich wußte nicht mehr, was ich mit meinen langen, leeren Nächten anfangen sollte, und meldete mich fast jede Nacht für den Nachtdienst in der Notfallstation. In meiner verdrießlichen Vorstellung bevölkerte ich die tote Zeit meines Junggesellenlebens mit der vollen und intensiven Zeit von Rebeccas Leben. Für mich waren so viele Stunden mit monotonen Aufgaben gefüllt, während sie für sie nur unendlich reich sein konnten. Einmal sprach ich mit ihr am Telefon: Sie schien sich, wie man so sagt, gut zu amüsieren. Ich gab mich meinerseits ebenfalls glücklich, Opfer dieser grausamen Lässigkeit, die die modernen Liebenden zwingt, den Kummer als ungehörig und die Eifersucht als schlechte Erziehung zu betrachten. Es fiel mir schwer zu akzeptieren, daß die Abwesenheit bei Menschen unterschiedliche Reaktionen hervorruft. Ich forderte den gleichen, sichtbaren Schmerz für alle. Ich wollte, daß Rebecca in dramatischer Weise über unsere Trennung trauerte und der Kummer sie folterte. War es möglich, daß ich ihr nur zeitweise fehlte? Nach allem, was wir erlebt hatten? Ein entsetzlicher Verdacht stieg in mir auf: Und wenn sie immer nach diesem Rhythmus lebte? Wenn ich als Ausnahme empfunden hatte, was in ihren Augen nichts als banal war? Der Nachtvogel Rebecca hatte den kleinen, fleißigen, früh schlafen gehenden Arzt, der ich war, geblendet. Kein Zweifel: Es war falsch gespielt worden, und ich war der einzige, der litt. Dieser Gedanke war mir unerträglich: Ich verfluchte die Paarbeziehung, die lange bevor sie Sicherheit gewährt, das Leben an ein einziges Wesen kettet und einen von seinen geringsten Launen abhängig macht. Lieben heißt für mich, dem anderen mit meiner Zustimmung unbegrenzte Macht über mich zu geben. Wie hatte ich so zu meiner eigenen Versklavung beitragen können?

Ich strenge mich an, sie zu vergessen, es machte mich jedoch um so unruhiger. Vor dem Menschen, der uns am liebsten ist, fürchten wir uns am meisten. Und die Eifersucht ist nichts als eine Art terrorisierter Einbildung, die den geringsten Verdacht in Gewißheit verwandelt. All diese Wunden lehrten mich das Fühlen, ein Wissen, das ich mir gern erspart hätte. Wenn die Liebenden sich erst, sobald ihre Beziehung zu Ende ist, gegenseitig eingestehen, wie sehr sie unter der Ungewißheit, in der sie sich durch ihre gemeinsame Leidenschaft befanden, gelitten haben, unter der Schlaflosigkeit, den schmerzvollen Minuten, die sie damit verbrachten, sich über das Rätsel des anderen Fragen zu stellen! Doch wenn sie es schließlich tun, hat dieses Geständnis kein Gewicht mehr, sie lieben sich nicht mehr und sind nur zu erleichtert, sich einer Zuneigung entledigt zu haben, die sie peinigte. Der Sommer ging vorbei. Ich fuhr also wie sie nach Marokko, aber einen Monat später, ohne sie wiedergesehen zu haben. Und dieses Land, das sie gerade verlassen hatte, zu besuchen, gab mir das unangenehme Gefühl, ihr nachzuspionieren. Die zufällige Bekanntschaft mit einem Pärchen, das sie getroffen hatte, machte dies Gefühl nur noch schlimmer, und die halben Andeutungen, die sie in bezug auf Rebecca von sich gaben, fachten meine Zweifel nur noch zusätzlich an. Ich hatte ein paar Abenteuer: Ich brauchte diesen Schutzwall aus Namen und Leibern, um mich vor Rebecca abzuschirmen, und sie, wenn der Augenblick gekommen war, ihren eigenen Liebschaften entgegensetzen zu können. Denn Verliebte bedienen sich ebenso wie Staaten der Geiselnahme, aus Angst, sich nackt einander gegenüber zu stehen. Diese kurzen Begegnungen linderten meine Sorgen und erlaubten mir, bis zu unserem Wiedersehen durchzuhalten.

Dies verlief viel besser, als ich befürchtet hatte. Rebecca hatte mich nicht vergessen, und abgesehen von ein paar Seitensprüngen, von denen sie für meinen Geschmack etwas zu genüßlich berichtete, hatte ich noch immer einen vorrangigen Platz in ihrem Herzen. Die Wunde dieser ersten Trennung schloß sich problemlos, und ich nutzte die Wiedervereinigung, um mich maßlos an der Frau zu laben, die mich in ihrer Abwesenheit so ungeheuer gequält hatte. Ich nahm den kleinsten Vorwand wahr, um sie an mich zu drücken, ihre Gestalt, ihr Fleisch besaßen mich völlig. Ich fand sie schön, charmant, undurchdringlich, und ich gestand es ihr. Ich habe Ihnen schon gesagt, daß ich auch zuvor geliebt und das Mißlingen jeglicher Liebesbeziehung erfahren hatte; ich war zwei Jahre lang verheiratet gewesen und hatte sogar ein neunjähriges Kind, das bei seiner Mutter lebte und mich zu Beginn dieser Geschichte ein- oder zweimal in der Woche besuchen kam. Die Liebe ist zweifellos zwei Einsamkeiten, die sich verkuppeln, um ein Mißverständnis zu produzieren. Doch gibt es ein verlockenderes Mißverständnis? Und besteht die wahre Weisheit nicht in einer endlosen Fähigkeit, sich immer wieder zu verlieben? Der Beginn einer Beziehung drückt allem Folgenden seinen Stempel auf: ein magischer Augenblick, auf den die Reden der Liebenden unermüdlich zurückkommen, um bis zur Abnutzung die Süße der ersten Tage heraufzubeschwören. Kurzum, der erste Kontakt steht auf der Seite der Hoffnung, er läßt den unsinnigen Traum von einer wahren, endgültigen Liebe wiederaufleben. Darum haben die allzu schönen Begegnungen es an sich, die Gefühle zu töten, die banalen führen zu unwürdigen Beziehungen, und andere schließlich tragen Forderungen in sich, denen die Liebenden sich nicht ohne moralischen Verfall fügen können.

Wir nahmen unser Leben wieder auf; aber der nahende Winter und die ersten Regenfälle machten unsere nächtlichen Ausflüge schwierig. Wir verbarrikadierten uns also bei mir (Rebecca wohnte bei ihren Eltern) und erlebten das typische Glück des Paares, das in zwangloser Wiederholung und wiederkehrenden Zärtlichkeiten besteht, ein Glück von eingemachter Marmelade und Holzfeuer, wo man sich gegen den Sturm draußen verkriecht. Eine Banalität, die wir um so unschuldiger lebten, als sie für uns beide neu war und wir sie als eine Ausnahmesituation empfanden. Wir waren reich und erfinderisch genug, um uns ein wenig Eheleben zu erlauben, die Mittelmäßigkeit zu wählen, statt ihr ausgeliefert zu sein. Die simple Tatsache, den Fernseher einzuschalten und kleine Schleckereien zu köcheln, war ein Luxus für uns. Die kalte Jahreszeit und eine wachsende Gefühlsregung arbeiteten zusammen, um uns aneinander zu kleben. Eine ganze Etappe fauler Trägheit entfaltete sich in unserer Zweisamkeit. Die gemeinsame Existenz brachte Vertrauen und Ruhe. Einzigartige Momente, die man nicht erzählen kann, denn das Glück hat eine Geschichte, die nicht die alltägliche Geschichte ist: Sie ist die Verwechslung der Erinnerung mit dem Vergessen: Erinnerungen an so intensive Episoden, daß sie durch ihre Perfektion selbst ausgelöscht werden und für immer verschwimmen.

Sehr schnell wurde die heiße, geschmeidige, üppige Rebecca zur Summe aller jener, die ihr in meinem Herzen vorangegangen waren. Sie war mir unerschöpflicher Quell von Gedanken und Begeisterung. Eine Lichtkrone folgte ihr überallhin, ein Zauberkreis, in dem ich mir die Flügel versengen würde, wie ein Nachtfalter, der von der Laterne angezogen wird, die ihn verkohlt. Ich lernte sie besser kennen und öffnete sie wie eine schöne Frucht in allen Dimensionen und allen Eigenheiten. Auch wenn es zwischen uns die denkbar größte Kluft gab – sozial und religiös – war ich weit davon entfernt, darüber besorgt zu sein. Für mich ist die Liebe ohnehin eine Mesalliance, und ich empfinde es als trist, im eigenen Milieu und der eigenen Religion zu lieben. Statt soziale Klassen und Kulturen zu hierarchisieren, warum sie nicht als pure Blöcke von Unterschieden betrachten, die sich anziehen oder abstoßen? Ich liebte in Rebecca die Kluft, die uns trennte, und die Brücke, die wir schlugen, um diese Kluft zu überwinden. Denn als Kind eines Krämers und als Friseuse besaß sie für mich jene Adelsqualität schlechthin, die kein reiches, kultiviertes Fräulein erlangen konnte: die Fremdheit. Sie sagte mir in der metaphorischen Weise der andalusischen Literatur: »Ich bin die ganze Poesie der Früchte und Gemüse, in bin die Tochter des Fauchon von Belleville, Prinzessin des Harissa, Königin von Koriander und Göttin des Kardamon, ich habe die Frische der Tomaten, die Saftigkeit des Salats, die Schärfe des Pfeffers; meine Haut hat die Süße und den Duft von Muskatellertrauben, mein Speichel ist ein Honig, um den mich die Bienen beneiden, mein Bauch ist ein Strand aus feinstem Sand und mein Geschlecht ein köstliches Rachat Lokum, das Zuckertränen weint.« Ach, meine Süße, meine Angebetete, die allen diesen linken Spießern, mit denen ich Umgang hatte, voller Scham ihren Beruf gestand, und die die Nase rümpften, wenn sie ihnen den Beruf ihres Vaters ins Ohr flüsterte. »Franz wird vulgär«, seufzten sie, »er hatte schon immer so eine Vorliebe für Friseusen und Verkäuferinnen.« Erlauben Sie mir zu präzisieren, daß meine Freunde und ich, alle ehemalige Militanten und zu Freiberuflern konvertiert, zu jenen Kaschmirlinken gehörten, die im Stadtzentrum von Paris wohnen und das gemeine Volk genauso verachteten, wie die Rechte es fürchtet. Wir waren diese Söhne aus guter Familie in Jeans, vom Marxismus besessen, aber in Gesellschaft eines Arbeiters unbehaglich, und Gastarbeiter tolerierten wir nur dort, wo sie hingehörten, das heißt, als Straßenreiniger oder Müllmänner. Wir bildeten also diese heute so blühende, einflußreiche Bruderschaft der Disko-Stalinisten: Ex-Militante, die ihr Sektierertum auf die überflüssigsten Bereiche anwenden und über Stoffe, Nachtlokale oder Haarschnitt mit der gleichen Kompromißlosigkeit diskutierten wie einst über eine politische Richtung. Von unserer kurzen Schwärmerei für die Revolution hatten wir nur die Neigung beibehalten, die anderen zu verdammen und uns selbst durchzusetzen, den störrischen Wunsch, unsere Gesprächspartner zu dominieren und ihnen das Maul zu stopfen. Wir waren um so unnachgiebiger, als wir wußten, daß wir oberflächlich waren und gierig darauf, durch Dogmatismus unsere Sünde der Leichtsinnigkeit wiedergutzumachen. Jahre sozialistischer Propaganda führten in unserem unbändigen Narzismus zu dieser zwanghaften Repetition von Macht und Autorität. Und ich drängte Rebecca, ihre Herkunft zu verschweigen, ihren Beruf nicht zu verraten und, zwischen zwei Stühlen sitzend, unterstützte ich ihre Schummelei, weil ich zu feige war, die meiner eigenen Kaste zu verraten. Dazu kam, daß in jenen Jahren die Geringschätzung volkstümlicher Belustigungen und schweigender Mehrheiten zum Hauptthema der offiziellen Linken geworden war. Und dennoch liebte ich ihren Beruf, das Scheppern und Schillern des Salons, in dem sie arbeitete, die weißen Kittel, die ovalen Helme der Haartrockner, die übertriebene Beleuchtung, die dem Ganzen das Aussehen eines Raumschiffs verlieh; und mit einer Vorliebe für das Gewöhnliche, die mein Medizinstudium nicht befriedigt hatte, sehnte ich mich nach dem Prunk der Mode und des *Prêt-à-porter*, und streunte mit Rebecca durch die Damenmodenläden, die extravaganten Boutiquen, befühlte die noblen Stoffe und verglich die Schnitte mit dem fiebrigen Eifer eines Novizen auf der Schwelle seiner Initiation.

Und außerdem brachte meine Geliebte mich zum Lachen, und nach wenigen Monaten wurde unsere Zuneigung zu einer Maschine, die Wortspiele, witzige Wendungen und Albernheiten produzierte, an denen wir uns weideten, als hätten wir uns verschworen, die Grammatik und die Sprache der Erwachsenen herauszufordern. Die Gewalt unserer Gefühle, das Bedürfnis, sie als einen Schrei herauszustoßen, der sich keiner geläufigen Sprache bediente, führten uns dazu, einen onomatopoetischen und kindisch tönenden Jargon zu erfinden, ein zwitscherndes Gebräu, das uns mehr am Herzen lag als unsere Umarmungen, da es uns erlaubte, die Geschlechter zu vertauschen, die Rollen von Mann und Frau zu vergessen. Sich lieben heißt, ohne Unterlaß das

Wörterbuch auf neuesten Stand zu bringen, im Namen einer gleichen Freiheit zusammen zu sein, um in aller Unschuld albern sein zu können. Wir waren nicht anspruchsvoll, lachten über jede Kleinigkeit, kleine Sprüche, die mehr Wert und Zärtlichkeit beinhalteten als Sinn. Zum Beispiel war Rebeccas Name unter all den Spitznamen, die ich ihr gab, untergegangen: Doudounette, Häschen, Ninouchinounette, Schätzchen, Pummelchen, Pausbäckchen, Pitchoune, Löckchen, Cabarette (das Anagramm ihres Namens), eine ganze Galerie lächerlicher Kosenamen, die gleichzeitig einen kräftigen Kern von Intimität in sich trugen. Wir empfanden nicht die Albernheit, nur die Verniedlichung. Oder wir tauften unsere jeweiligen kleinen Fehler mit arabischen Wörtern: Rebecca war Fräulein Inch'Allah wegen ihrer Schicksalsergebenheit, Madame Kif-kif, weil sie immer antwortete »Ist mir egal« und sich weigerte, Entscheidungen zu treffen. Ich, der ich es immer eilig hatte, war Herr Fissa, oder auch Monsieur Chouff, weil meine Augen von keiner Silhouette lassen konnten, die vorbeikam. Wir sprachen Babysprache, und je infantiler unsere Stimmen, je gedehnter unsere Sätze, je vertauschter die Silben, desto näher kamen wir der Glückseligkeit. Ja, diese Niedlichkeiten bildeten unsere uneinnehmbare Festung, das Feenreich, wo alles verziehen ist, weil wir uns dort als siamesische Geschwister zusammenfanden. Und wir schürften unsere Albernheiten, wie man in die Glut bläst, dummes Zeug gurrende Gören, die sich mit einfältigem Geplapper ein Kindheitsparadies erschufen, zu dem niemand Zugang hatte.

An meiner kindlich-inzestuösen, kleinen Schwester liebte ich alles, ich wollte alles wissen. Indem ich Rebecca liebte, konvertierte ich zu einer neuen Religion. Sie war, wie ich Ihnen schon sagte, arabische Jüdin aus Tunesien. Ich war stolz auf die blendende Allianz ihrer Schönheit und ihrer Kultur und konnte nur noch in ihrer Umgebung sein, indem ich mich mit glühender Verehrung der Intelligenz ihres Volkes in alles, was sie beschäftigte, einmischte. Ich hatte Rebecca zunächst geliebt, weil sie weder Französin, noch blond, noch katholisch, noch evangelisch war, nicht nach Weihwasser stank, mit dem man mich von meiner Geburt bis zu meinem 16. Lebensjahr bespritzt hatte, und vor allem, weil sie keine jener blonden, faden Spargel, jener Gretchen, jener durchscheinenden Walküren, jener Sprossen aus trokkenem Stroh war, die mich als Kind mit ihrer Blässe ausgeblichenen Weizens geblendet hatten. Ich erstickte unter dem nordischen Blond, dem arischen Blau, der blassen Haut, die ich naiv mit mangelndem Temperament assoziierte, und ich wollte heiße, dunkle Farben, braune Haut und sehnte mich, nach der abstoßend-germanischen Reinheit meiner Familie, nach Rassenmischung. Ich fühlte mich von Anfang an zu meiner Freundin hingezogen, wie ein Mann des Nordens zur Fata Morgana des Südens. In ihrer Nähe spürte ich wenigstens nicht das christliche Arschloch, das sich in seiner Macht gefällt, das in Sutanen gehüllte Fußvolk, die jesuitischen, römisch-katholischen Lumpen, die mich erzogen hatten, herumlungern. Und außerdem fühlte ich mich in Frankreich zu sehr eingeengt, eingeklemmt zwischen dem Fehlen von Geschichte und dem Mangel an Projekten, benachteiligt durch die Apathie eines zu alten Volkes und der Mittelmäßigkeit einer Politik ohne Größe. Wie bei jenen Renaissancelandschaften, wo, wenn man sie aus einem bestimmten Winkel betrachtet, ein menschlicher Kopf erscheint, sah ich, wenn ich Rebecca anschaute, eine ganze Gesellschaft auftauchen, eine ganze Serie mediterraner Bilder, eine Fata Morgana aus Sand und Sonne. Ihr Judentum faszinierte mich: Sie war erst 18 Jahre alt und hatte doch 5000 Jahre Geschichte hinter sich. Ich wurde angeregt, in die endlichen Größen eines Lebewesens und eines Körpers ein unendliches Gedächtnis zu integrieren. Und hätte ich vor dieser hier mehrere Einzigartige gehabt, wäre diese Einmalige die letzte gewesen, denn sie war viele gleichzeitig. Erlauben Sie mir, kurz in dem langweiligen Familienalbum zu blättern. Als Ursache meines Philosemitismus darf man meine Lust nicht unterschätzen, mit einer Tradition endlich zu brechen; bei mir zu Hause war der Jude der Sündenbock, die ständige

Zielscheibe elterlicher Ressentiments. Keine Mahlzeit, kein Familientreffen, bei dem ich nicht aus dem Mund meines Vaters oder meiner Mutter die ausgekotzten Verwünschungen gehört hätte gegen »die Judenschweine, die Mörder Jesu, die Staatenlosen, Zionisten, die Plutokraten, die jüdischen Bolschewiken, die zionistische Internationale, die Lobby der amerikanischen Juden«, so daß ich mich aus purem Widerspruch für dieses Volk begeisterte, dem ich außergewöhnliche Qualitäten zuschrieb, da es bei uns so ungeheure Wut auslöste. Unser Judenhaß, so erkannte ich, beruhte auf einer uneingestandenen Bewunderung für die Juden, die Gesamtheit dessen, was wir armen, bornierten Papstanhänger nicht zu leisten imstande waren. Ich war also voller Bewunderung und ging sogar so weit, mich mit jenen zu identifizieren, die man täglich mit Sturzbächen von Gehässigkeiten besudelte.

Der Zufall kam meiner Neugierde zu Hilfe. Als ich aus der Provinz nach Paris kam, lernte ich nur Aschkenasim und Sephardim kennen, und bald hatte ich, abgesehen von wenigen Ausnahmen, nur Freunde jüdischen Glaubens. Alles, was ich von fern und aus der Nähe liebte, was mich anzog, mich beschäftigte und erstaunte, hatte etwas mit dem auserwählten Volk zu tun. Als ich mich über beide Ohren in Rebecca verliebte, vollendete ich dieses Streben und veruntreute ganze Generationen von Antisemiten. Sie ließ meine Kindheit platzen, zerbrach meine vorbestimmte Existenz und brachte durch Haß und Raum hoffnungslos voneinander entfernte Welten zusammen.

Dreisprachig – sie sprach fließend einen arabischen Dialekt, Hebräisch und Französisch – symbolisierte sie eine strahlende, zutiefst verwundbare Diaspora zwischen Asien und dem Okzident. Glauben Sie mir, es ist nicht von Pappe, Nordafrika und den Mittleren Orient in ein und derselben Person zu heiraten, wenn man selbst von einer sehr eng begrenzten Linie abstammt. Wäre Rebecca aschkenasisch gewesen, hätte sie mich zweifellos weit weniger fasziniert, und ich betonte ständig ihre arabische Natur, auf die ich in kindlicher Weise stolz war. Was mir diese mediterrane Frau als Mitgift mitbrachte, war mehr als irgendein Erbe oder bloße Schönheit: Sie inkarnierte ein historisches Gefühl, versöhnte in ein und derselben Person Israel, Ismael und Europa. In meinen Augen hatte sie eine ausgezeichnete psychische Konstellation und verband den Zauber der Nomaden mit der Gewandtheit der Großstädter. Zwischen ihr und mir waren es nicht nur zwei Klassen, sondern drei Kulturen, drei Kontinente, die sich miteinander unterhielten.

Paradoxerweise suchte ich diesen Exotismus ebensosehr aus dem Bedürfnis nach Tapetenwechsel wie aus dem nach Verwurzelung. Ich suchte einen Menschen, der endlich authentische Bräuche und die Ewigkeit von Gesten und Worten besaß. Und da die Minoritäten ein Gedächtnis haben, das den Majoritäten abhanden gekommen ist, verehrte ich in dieser Frau eine starke, von Jahrhunderten des Leidens gestählte Identität. Ich fragte sie ständig nach den kleinsten Einzelheiten des Sabbat und des Kippur und den Vorschriften der kosheren Ernährung aus, ließ mir bei jeder Gelegenheit die Bedeutung von diesem oder jenem arabischen Wort erklären und empfand wahren Jubel, diese Sprache aus ihrem Munde zu hören, als würde durch den Klang eines Tones plötzlich vor mir eine völlig Fremde stehen. So durch die Liebe an eine Nation gebunden – und sei es auch eine Nation von Heimatlosen –, konnte ich mich, zumindest für Augenblicke, als Ehrenmitglied fühlen, bereit, mir die Wurzeln dieses entwurzelten Volkes anzueignen, dem das Herumirren schließlich den Anschein von Stabilität verliehen hatte. Ich schirrte meine leere Hülle an den Schluß dieses majestätischen Konvois, ich war Anhänger der farbenprächtigen Tunika, die die jüdische Emigration, über die ganze Welt verstreut, webt. Frankreich war meine Heimat, und aus Liebe zu Rebecca schwor ich dem Volk des Buchs der Bücher das Treuegelübde. Da der Judaismus die Wiege meiner Geliebten war, wurde er zu meiner geistigen Heimat, dem mystischen Zweig meines Herzens. Manchmal stellte ich mir vor, mit jüdischer Seele geboren und von meiner

Geliebten zu meinen Ursprüngen zurückgebracht worden zu sein; als glücklicher Moses umarmte ich in ihr das versprochene und wiedergefundene Land.

Ich erinnere mich an einen Abend außergewöhnlicher Harmonie: Im Fernsehen wurde die Holocaustserie übertragen. Nach dem Film, den wir an jenem Abend zusammen mit meinem Sohn angeschaut hatten, fiel der Kleine Rebecca weinend um den Hals und sagte: »Glücklicherweise haben die Deutschen deine Familie nicht umgebracht, sonst hätten wir dich nie kennengelernt. Wenn sie wiederkommen, dann verstecken wir dich.« Lachen Sie, wenn Sie wollen, aber ich war zu Tränen gerührt. Mir schien es, als hätten wir soeben eine ewige Allianz gegen das Übel und die Dämonen geknüpft. Wenn wir einen Sohn haben, fragte ich Rebecca, wird er dann Jude sein? Wir würden ihn natürlich beschneiden lassen, aber gleichzeitig auch nach katholischem Brauch taufen und vielleicht darüber hinaus den Koran lehren. Auf diese Weise würden wir ihm alle Chancen geben.

Ein Zwischenfall in einem Café an der Rue Saint-André-des-Arts zeigt Ihnen meinen Geisteszustand zu jener Zeit. Auf die Theke gestützt küßten Rebecca und ich uns, als ein junger Clochard, der uns beobachtete, uns als »dreckige Juden« bezeichnete. Seltsamerweise verursachte mir diese Beleidigung eine perverse Freude: Durch das Wunder eines Wortes fand ich mich in die Reihen der Söhne Abrahams erhoben und von der Sünde, christlich geboren zu sein, gereinigt! Ich ging auf den Beleidiger zu, der erwartete, daß ich ihm eine Ohrfeige versetzen wollte, doch ich umarmte ihn. Er hatte gemeint, mir ins Gesicht zu speien, doch er hatte mir meine Unschuld zurückgegeben.

Manchmal zogen wir nachts durch mein Viertel und versahen die Straßen mit Graffitti: »Ein Hoch auf die Juden«, oder wir legten Blumensträuße an den Portalen der Synagogen oder dem Denkmal für das jüdische Martyrium nieder.

Für mich verschwand die Fremdheit meiner Geliebten mit der Fremdheit des Judaismus: Ihre Zugehörigkeit zur hebräischen Familie transformierte diese Frau, die mir ohnehin so fern war, in ein grenzenloses Geschöpf; ich fühle mich in der Nähe einer Exilantin im Exil. Selbst wenn sie sich mir zu unterwerfen schien, behielt sie eine erhabene Stellung, von der ich sie nicht herunterholen konnte; ich hätte sie als Person eventuell eindämmen können, aber ein ganzes Volk einzudämmen, lag jenseits meiner Fähigkeiten. Mir wurde meine Machtlosigkeit bei der leisesten Erwähnung jener prunkvollen Welten bewußt, die sie hinter sich herschleppte; mit einem einzigen Blick erreichte sie unendliche Größe, während ich sie auf die Größe meines Begehrens zu reduzieren suchte. Ich erstickte unter ihrem Reichtum und war wütend, mich ihr gegenüber so hilflos zu fühlen.

Diese ständig nässende Wunde, die sie in mir aufriß, vergegenständlichten wir in einer gemeinsamen Liebe zur arabischen Musik. Om Kalsoum, Fairouz, Abdel Halim Afez, Farid El-Atrache wurden zur Nationalhymne unserer Zweisamkeit. Wir hörten uns die schönsten Passagen an, die Rebecca mir übersetzte – als würden sie Seelenzustände, die unserer Geschichte entsprachen, zum Ausdruck bringen – und ihr fieberhafter Rhythmus bestimmte glückliche Momente, die andere Harmonien nicht hätten bieten können. Ich verehrte die leidenschaftliche Monotonie dieser Gesänge, die durch den Kontrast die Klarheit der Stimmen zur Geltung brachte. Diese herzzerreißenden Kadenzen versetzten uns in hypnoseähnliche Trance und verliehen unserer erblühenden Liebe eine wehmütige, fast düstere Note. Es ist paradox, ich weiß, daß eine Musik der Verzweiflung uns in einer Weise aneinandergeschweißt hat, daß wir sie zum Sinnbild wählten: Man tröstet sich an dem zum Ausdruck gebrachten Unglück, es erspart einem das Leiden und schützt vor gelebtem Mißgeschick. Unsere Vorliebe für alles Zerbrechliche entzückte sich ganz besonders an dem Zittern der Derwischflöten: Sie wissen, daß in der islamischen Tradition das Schilfrohr das erste war, das Gott erschaffen hat. Ich kenne kein anderes Instrument, das einen derartig in Melancholie stürzt wie dieses. Seine Klänge von extremer Reinheit versetzten uns in eine Ekstase jenseits von Freude oder Unglück. Es blies uns in die eigenen Knochen, unsere Körper wurden von langen Schaudern gepackt, von köstlichem Beben, das uns eine Gänsehaut verursachte und mir die Tränen in die Augen trieb. Die fremdartigen, schmerzvollen Stimmen der arabischen Stars, hin- und hergerissen zwischen der unendlichen Verzweiflung und der leidenschaftlichen Sehnsucht nach Leben, ließen Register erschallen, die okzidentalische Stimmen nicht erreichen können. Wir betäubten uns bis zum Schwindel an dieser imaginären Trauer, um unseren Frühling zu bekräftigen, hingerissen von den Klängen dieser Lieder. Diese Musik von Trennung und unmöglicher Liebe, diese orientalischen Klänge reinigten uns von aller Qual. Sie beschworen den geliebten Menschen und durchbrachen seine Gegenwart mit seinem möglichen Verlust: Wir hörten nur die Beschwörung und vergaßen den Verlust.

Lassen Sie sich von diesem Bild nicht täuschen: In dieser Idylle grollten Gewitter. Die Tugenden, die ich Rebecca aufgrund ihrer doppelten Ursprünge zuschrieb, waren zu äußerlich, um sie wirklich zu definieren. Jede nordafrikanische Jüdin hätte in meinem Bewußtsein die gleichen Qualitäten besessen. Zudem hatte sie nur eine gefühlsmäßige, nicht durchdachte Zugehörigkeit zu ihrer Gemeinschaft und ignorierte ihre Geschichte und ihre Texte fast vollständig. In dem Moment, wo ich ihren Exotismus feierte und beinahe forderte, daß sie ihm entspräche, hatte sie nichts anderes im Sinn, als ihren Status zu verleugnen und sich anzupassen. Sie negierte ihr Judentum nicht ganz so wie ihre nordafrikanische Abstammung, vor allem aus Furcht davor, in einem intoleranten Frankreich als Araberin angesehen zu werden. Ich pries einen Unterschied, den sie verbergen wollte, ich gratulierte ihr dafür, anders zu sein, als sie nichts als gleich sein wollte. Kurzum, sie hatte ein Bedürfnis nach Respektabilität, das mit ihrem Status als Immigrantin zusammenhing und sie manchmal konformistischer sein ließ, als man von einem jungen Mädchen ihrer Generation erwartet hätte.

Und schließlich war Rebecca von einem Ideal romantischer Liebe besessen, das zu teilen ich weit entfernt war. Sie war zum ersten Mal wirklich verliebt, und alles, was nicht Leidenschaft war, erschien ihr Kleinkram, Absurdität, Grübelei, Gerede von Schwächlingen. Sie hing rückhaltlos an ihren Gefühlen, ohne daß der Schatten einer Verwunderung ihren Elan gebremst hätte. Fröhlich und dynamisch, manchmal darunter leidend, daß sie eine hübsche Frau war, der man nur um ihrer Schönheit willen den Hof machte, warf sie sich mit solchem Eifer in unser Abenteuer, der jegliches Bedenken, jegliche Ruhe ablehnte. Sie gab vor, in der Zweisamkeit mit voller Intensität zu leben, eine in meinen Augen absurde Utopie. Aber dieser Wille, die Intensität mit der Zweisamkeit zu vereinen, rührte mich so sehr, daß ich begann, die Leidenschaft, die sie für mich empfand, mehr zu lieben, als Rebecca selbst. Damals keimten schon die Samen unserer Konflikte.

Ein Zwist, der mich damals tief traf, warf einen ersten Schatten auf unsere Beziehung. Meine turbulente Vergangenheit, derer ich mich immer gerühmt hatte, machte Rebecca angst, die mich für unbeständig hielt. Wir verbrachten einen Abend bei Freunden; sie bildete sich irrtümlich ein – was ich erst später erfuhr –, ich wolle die Gastgeberin verführen, und es fiel ihr nichts Besseres ein, als vor meinen Augen einen recht gewagten Flirt mit einem der geladenen Gäste zu haben; sie hatte getrunken, war beschwipst, redete dummes Zeug und schleuderte mir zum ersten Mal in der Öffentlichkeit Bosheiten ins Gesicht, die die Zuhörer mit weit aufgerissenen Ohren genossen. Sie wurde zu einer Fremden, die ich nie gesehen hatte, öffnete die Tür zu Gewohnheiten, die ich an ihr nicht kannte.

Sie küßte den Schleimigen auf den Mund, gluckste über jedes seiner Worte, spie große Ausdrücke aus, trank aus sämtlichen Gläsern und ließ sich von diesem ergrauten Sausack befummeln, der sie dazu drängte, die Dinge bis ins letzte Extrem zu treiben. Und als ich sie sich derart mit einem anderen gehen lassen sah – eine Szene, die mich aus mir unerfindlichen Gründen immer fasziniert hat, vielleicht, weil ich den Verrat in der Liebe höher als alles andere einschätze —, verdrehte es mir die Nerven und den Verstand; meine Fantasie applaudierte, mein Geschmack am Skandal frohlockte und meiner Eigenliebe sträubten sich die Haare. Natürlich ließ ich mir nichts anmerken, spielte absolute Gleichgültigkeit. Als der Abend gegen fünf in der Früh zu Ende ging und Rebecca vor einem Taxi stand, ihre Eroberung küßte, die Macht der Reaktion seiner Männlichkeit mit der meinen verglich, hatte ich nichts als Rache im Sinn. Kaum zu Hause angelangt, machten wir ein letzte Mal Liebe und am nächsten Morgen verließ ich sie eisig, fest entschlossen, sie nie wiederzusehen. Zwei Tage verstrichen. Die Wut, die mich besessen hatte, wich einer gewissen Entmutigung. Um nichts in der Welt hätte ich den ersten Schritt getan, weil ich mich zutiefst gekränkt fühlte. Rebecca schickte eine Freundin als Botschafterin zu mir. Ich gab mich unerbittlich. Besser noch: Ich produzierte mich mit einem Mädchen, das ich in einem Café getroffen hatte, vor ihrem Friseursalon (meine Wohnung war nicht weit davon entfernt) und gab mir große Mühe, sie mitten auf der Straße zu küssen. Am nächsten Tag rief Rebecca mich selber an. Sie entschuldigte sich mit tränenerstickter Stimme für die Szene an jenem Abend. Ich war ruhig und triumphierte und bestätigte ihr meinen Entschluß, sie nie wiederzusehen. Am übernächsten Tag rief sie mich wieder an und bettelte um ein Treffen. Ich willigte ein, nur zu glücklich, daß sie sich so vor mir demütigte: Endlich fraß dieses hochmütige Mädchen Staub. Sie erschien ganz in Schwarz wie in Trauer und erklärte mir die Gründe für ihr Verhalten. Ihr Ernst, der demütige Ton ihrer Stimme rührten mich, ich gebe es zu; ich war sogar selig, daß ihr soviel an mir lag. Dieses flatterhafte und zerbrechliche Etwas, das mir bei jeder anderen Frau Angst eingeflößt hätte, machte sie über alle Maßen schön. Aber ich wollte nicht nachgeben, bevor ich sie ihren Affront hatte teuer bezahlen lassen; was wollen Sie, so bin ich nun mal. Sobald ich jemanden küsse, sehe ich schon den Augenblick voraus, wo ich die Krallen ausfahre. Ich berichtete ihr also in allen Einzelheiten meine

Abenteuer des Sommers und hackte auf allen ihren sowohl körperlichen als auch seelischen Mängeln herum; jedes Wort ließ sie zusammenschrecken und löste einen Tränenschwall aus. Nichtsdestotrotz zeigte ich, da ich mir meiner Sache nicht hundertprozentig sicher war, nur gemäßigte Grausamkeit.

Nach Stunden des Flehens und Bettelns, in denen ich ihren kleinen Fauxpas fast zum Verbrechen erhoben hatte, drückte ich sie an mich und versicherte, es sei alles vergeben und vergessen. Sie schwor mir, das, was die Frucht eines Mißverständnisses und nicht die Absicht, mir zu schaden, gewesen war, nie wieder zu tun. Ihre unerwartete Reaktion hatte mich übrigens erschreckt: Wie kann man ein so unvorhersehbares Geschöpf durchschauen? Ich hatte erkannt, wie sehr mir an ihr lag; so viel, daß ich ihr verzieh, mich lächerlich gemacht zu haben – die schlimmste aller Beleidigungen für mich, der ich nichts mehr fürchte als die Lächerlichkeit. Ich hatte gleichermaßen erkannt, wie viel ihr an mir lag; so viel, daß sie sich vor mir auf die Knie warf. Jeder von uns hatte die Widerstandskraft des anderen getestet, jeder hatte nachgegeben, nicht ohne den anderen in die Knie zu zwingen; ein schönes Beispiel gegenseitiger Kapitulation in Erwartung weiterer Kämpfe; wir hatten einen Probelauf hinter uns, und diese erste Auseinandersetzung gab den Ton für alles, was danach kam, an.

Wir hatten es mit der Angst zu tun bekommen, wir mußten der Qual ein Ende bereiten, uns mit dem Netz eines gegenseitigen Vertrags aneinander binden. Nach diesem Scharmützel waren wir bereit für das »Ich liebe dich«. Dieser Schwur wurde zwei Wochen später bei einer Radtour in der Provence, wo wir zu Allerheiligen ein paar Tage verbrachten, getan. Auf mein Geständnis hin wäre Rebecca beinah von ihrem Rad gefallen. Ich war selbst sehr erregt und beschleunigte mein Tempo, als nähme die Geschwindigkeit der Enthüllung etwas von ihrem Ernst; Rebecca ließ es mich mehrmals wiederholen, weil sie fürchtete, nicht richtig gehört zu haben. So war das Unwiderrufliche geschehen: Sobald das »Ich liebe dich!«, mit der unausweichlichen Forderung »Lieb mich!« eingestanden ist, muß man diese Schuld bis zur Erschöpfung wegwaschen. Wir hatten die Ungewißheit überwunden, wir würden den Preis dafür zu zahlen haben.

Der Behinderte hielt unvermittelt inne. Seine Augen lagen in tiefen Höhlen, seine Wangen waren bleich vor Anstrengung.
»Ihnen graust vor mir, nicht wahr?«
»Grausen? Ganz und gar nicht.«
»Aber ja. Ich schleudere Ihnen, dem ehrenwerten Touristen, meine Geständnisse ins Gesicht und sage: ›Hier, das bin ich.‹«
»Nein, wirklich.«
»Entschuldigen Sie, ich bin völlig erschöpft. Die Vergangenheit wieder heraufbeschworen zu haben, hat meine Nerven aufs höchste gereizt. Darf ich hoffen, daß Sie morgen wiederkommen?«
»Vielleicht. Warum auch nicht?«
Der Redeschwall des Invaliden hatte sich bis tief in die Nacht ergossen und es war drei Uhr in der Früh, als ich verwundert durch die menschenleeren Korridore in meine Kabine zurückkehrte. Die Türen folgten einander ins Unendliche wie in jenen riesigen Krankenhäusern, wo die Angst einen weißen Schimmer trägt. Diese ebenso melancholische wie anstößige Beichte hatte mich angestrengt, beinahe schockiert; um ehrlich zu sein, die Ungehörigkeit dieser Rede und der erfundene Vorwand, um mich zum Zuhören zu bringen, hätten mich von Anfang an wachsam machen müssen. Ich hatte nur aus Rücksicht gegenüber diesem Behinderten nachgegeben. Mich drängte danach, Béatrice alles zu erzählen und ihren Rat einzuholen, doch sie schlief schon. Die Ruhe der in weißes Mondlicht getauchten Kabine gab mir mein Gleichgewicht wieder. Die Brüste meiner Freundin waren wie zwei Backäpfel, an die ich meinen Kopf legte. Ich dachte noch einmal an die blöd-

sinnige Verachtung der Blondinen, die Franz an jenem Abend verkündet hatte, und kuschelte mich in die warmen Laken. Glücklich über unsere Jugend, unsere Gesundheit, fern von dem verbitterten, krankhaften Universum dieses Mannes, schlief ich ein.

ZWEITER TAG:

Die aus dem Wasser gerettete Katze

Lachhafte Perversionen

Gleich beim Aufwachen erzählte ich Béatrice von den Ereignissen der Nacht. Sie lächelte über meine Begegnung mit Rebecca und drängte mich, ein paar verbale Neckereien nicht als Beleidigung zu nehmen. Als ich zu der Episode mit Franz kam, schien sie interessierter.

»Was hat er dir denn genau gesagt?«

»Er hat mich seine Frau mit Worten kosten lassen, nur intime Auskünfte über sie gegeben und die lyrische Auslegung ihrer Umarmungen nachgezeichnet.«

»Geniert es dich nicht, daß ein Unbekannter dir sein Herz ausschüttet und dir keine Einzelheiten seines Lebens erspart?«

»Er hat mich beinahe mit Gewalt gezwungen, ihm zuzuhören; ein bißchen im Stil des ›Ewigen Ehemannes‹, verstehst du? Und dabei hörte er nicht auf, sich zu entschuldigen, sich zu beschuldigen.«

»Um sich derart selbst anzuschwärzen, muß er etwas zu verbergen haben.«

»Ich glaube ihm seine Laster nicht; um ehrlich zu sein, ich fand ihn eher bemitleidenswert. Ich weiß nicht, ob ich noch mal hingehe.«

»Warum nicht? Für dich ist es eine Abwechslung, du tust einem Gelähmten einen Gefallen und du kannst mir ja immer erzählen, was er dir gesagt hat.«

Dieser Vorschlag und mehr noch die Gleichmut, mit der Béatrice das aufnahm, beruhigte mich. Wie naiv ich doch war, mich wegen einer so harmlosen Sache so aufzuregen.

Es war noch früh. Wir gingen zum Heck, jenem weiblichsten Teil eines Schiffs, weil es mit seiner Rundung beinahe die Vorstellung eines Hinterteils nahelegt. Kein Windhauch kräuselte die Wasseroberfläche, der Tag kündigte sich ebenso schön an, wie der gestrige. Das Schaukeln des Schiffs, das Geschrei der Möwen – wir fuhren in Sichtweite an der Küste entlang und hatten im Morgengrauen Neapel passiert – und schließlich das Dröhnen der Maschinen erfüllten mich mit unwiderstehlicher Freude. Was gibt es Schöneres, als mit der, die man liebt, zu flüchten, den Traum vom Nomaden mit der Beständigkeit der Zuneigung zu verbinden? Jede Minute brachte uns Asien näher, und unsere Vorstellungskraft, die noch von nichts getrübt war, konnte sich jenes ferne Land nach Lust und Laune in den üppigsten Farben ausmalen. Plötzlich entdeckten wir auf dem Sonnendeck inmitten der Deckstühle einen Mann, der Yoga machte. Aufrecht wie ein Stengel, gekleidet in Strumpfhosen und ein fließendes Hemd, nahm er mit unendlicher Langsamkeit die schwierigsten Positionen ein, gleich einer Blume, die wie durch ein Wunder aus den Fugen des Decks gewachsen schien. Sobald er geendet hatte, näherten wir uns ihm. Er begrüßte uns ohne Überschwang. Er war während der Nacht in Neapel zugestiegen. Er war Italiener, hieß Marcello und sprach fließend französisch. Er behauptete, diese frühen Morgenstunden und diesen Ort für seine Übungen zu lieben: »Es ist der einzige Moment, wo ich meine Füße in den Himmel stellen kann.« Wir hatten eine kurze Unterhaltung. Er hatte schon zwei Jahre in Indien verbracht, wo er diesmal in einen Ashram in der Nähe von Bombay fahren wollte. Er sagte über Indien, daß es kein Ort im Raume sei, sondern ein Niveau im menschlichen Bewußtsein, und er riet uns, im Geiste von Armut und vollständiger Demut hinzugehen. Ich stimmte eifrig zu und trank seine Worte wie Nektar. Dann zählte ich ihm alle Bücher auf, die ich über dieses Land gelesen hatte. Er antwortete mir voller Skepsis, daß nicht die Bücher das Wesentliche seien, und daß das Lesen sowieso zu nichts tauge. Was war demnach also zu tun? Er stand auf und sagte:

»Rabindranath Tagore bat Gott, ihn zu einem Schilfrohr zu machen, das er mit Seiner Musik füllen könne. Streben wir danach, nichts als das beste Instrument in Seinen Händen zu sein.«

Nach diesen enigmatischen und an diesem profanen Ort beinahe deplacierten Worten verließ er uns. Ich fürchtete, etwas Dummes gesagt zu haben. Béatrice brach in Gelächter aus.

»Auf diesem Dampfer gibt es aber auch wirklich alles: einen indischen Sikh, der sich als englischer Lord ausgibt, einen neapolitanischen Guru, der den Propheten spielt, einen Gelähmten, der sich in einem russischen Roman glaubt, und sogar zwei weggelaufene Lehrer, die sich für Abenteurer halten!«

Mittags drang eine wundervolle Sonne in den verglasten Speisesaal und reflektierte sich auf den makellos weißen Tischdecken. Der Raum war still, bis auf eine Gruppe griechisch-türkischer Studenten, die sich auf Englisch über die Zypernfrage erhitzten. Ihre lauten Stimmen ließen eine sich anbahnende Prügelei befürchten, doch ein Mannschaftsmitglied kam herbei und trennte sie. Wir waren mitten in der Mahlzeit, als Franz seinen Auftritt inszenierte. Er wurde in seinem Rollstuhl von einer als kalte, abweisende Krankenschwester verkleideten Rebecca hereingeschoben. Es war ihr erstes öffentliches Erscheinen: Die grauenvolle Diskrepanz zwischen den beiden hatte in dieser Ungleichheit etwas Schockierendes und Entsetzliches, das alle zum Schweigen brachte. Der Gelähmte senkte die Augen voller Demut, als sei er beschämt, sein Elend und seinen Zustand preiszugeben. Er saß in seinem Stuhl, sein Hals verschwand in einem viel zu weiten Hemdkragen, und er wirkte derartig zerbrechlich und zusammengefallen, daß ich meinen Hochmut des Vorabends bereute. Rebecca begrüßte uns in spöttischem Ton. Der Behinderte streckte Béatrice die Hand entgegen:

»Die angenehme Ruine, die Sie vor sich sehen, trägt den Namen Franz.«

»Eine Ruine ist nie angenehm«, schnitt Rebecca ihm das Wort ab. Dann wandte sie sich zu mir:

»Mir scheint, ›Herr Erzürnt‹, daß er Sie gestern abend bombardiert hat? Sie tun mir leid, denn das ist kein Zuckerschlecken.«

Bei dieser Bemerkung war der Invalide zusammengezuckt wie ein Kind, das man zur Ordnung ruft, deren Ernst es kennt, aber nicht befolgt. Er war wirklich ein armseliges Häufchen Elend, dieser Mann, doch selbst in seinem Elend hatten seine Augen einen Schimmer von Bosheit. Ich schämte mich, Zeuge seiner Entwürdigung zu sein, doch mir fiel nichts ein, um das Thema zu wechseln.

»Sie haben Didier zur Vertrauensperson erkoren, ist das offiziell?« fragte Béatrice.

»Didier hat einen Pakt mir mir geschlossen.«

»Und was geben Sie ihm dafür?«

»Ich beschaffe ihm Stimmungen, reicht das nicht?«

Rebecca speiste nicht mit uns, sie saß an einem anderen Tisch, wo ich den Kommandanten sowie Raj Tiwari erkannte. Kaum war seine Frau fort, rappelte Franz sich wieder zusammen und manifestierte gute, beinahe fröhliche Laune. Und dann begann ein seltsamer Dialog, halbwegs zwischen Scherz und Aggression, eine Vorahnung dessen, was unsere Beziehung während der nächsten vier Tage sein sollte. Der Invalide erkärte uns die Gründe für ihre Reise nach Istanbul: der Weltkongreß für Akupunktur, zu dem die größten Spezialisten aus China kämen und von denen er eine Besserung seines Zustands erhoffte. Er bewies äußerste Liebenswürdigkeit gegenüber Béatrice, pries ihren Charme und ihre Schönheit – was mich seltsam berührte, da er mir doch am Vorabend seine Aversion gegenüber Blondinen gestanden hatte. Doch zwischen zwei Komplimenten ließ er keine Gelegenheit aus, seine Krallen zu zeigen, als wolle er uns dafür bestrafen, von seiner Frau in der Öffentlichkeit gedemütigt worden zu sein. Er begleitete jede Freundlichkeit mit einer Gehässigkeit und spielte seinen Zustand aus, um seine Worte unschuldig wirken zu lassen. Er sprach so

schnell, mischte Süßigkeiten mit Bosheiten, daß wir keine Zeit hatten, sie zu sortieren oder ihm in dem einen oder anderen Punkt zu widersprechen. So fragte er uns zum Beispiel:
»Wie haben Sie sich kennengelernt?«
Béatrice antwortete ihm in aller Unschuld und ohne Mißtrauen.
»In der Bibliothek der Sorbonne. Didier bereitete sein Examen vor und ich meinen Magister.«
»Reichlich konventionell als Begegnung, aber von Lehrern kann man natürlich auch nichts Originelleres erwarten.«
Wenn man ihm glaubte, waren wir von schlimmstem Unheil bedroht und bewegten uns am Rande eines Abgrundes. Er behauptete:
»Etwas an Ihrer Zweisamkeit, vielleicht ein gewisses Frohlocken, proklamiert, daß Sie dadurch, daß Sie zusammen sind, nichts und niemanden nötig haben.«
Eine liebenswürdige Feststellung, die er sogleich korrigierte:
»Jede Form der Liebe, sei sie auch noch so harmonisch, birgt in sich ein Drama oder eine latente Farce. Und in dem allerehrlichsten Mann steckt immer genug Stoff, um ihn zu einem Schurken zu machen. Aber machen Sie sich keine Sorgen: Sie scheinen mir ein sehr braves Pärchen zu sein, wenn auch ein wenig altmodisch. Sie passen so gut zusammen, wie eine schwarze Krawatte zum grauen Anzug. Das sage ich ohne Bosheit, ›unmodern‹ ist heutzutage ganz in Mode.«
Oder er bombardierte uns auch mit Anspielungen auf eine angebliche Untreue meinerseits:
»Mit einer Gefährtin wie Ihnen dürfte dieser Wüstling (er wies mit einer Kopfbewegung auf mich) niemals eine andere Frau anschauen.«
»Er schaut keine an und als Wüstling zeigt er sich nur in meinen Armen«, widersprach Béatrice.
Ich applaudierte ihr für ihre Ungezwungenheit, doch

Franz gab sich niemals geschlagen: Er fuhr fort, mit kleinen Seitenhieben oder mit Fragen, die direkt darauf abzielten, Giftpfeile auf die Enge unseres Lebens und die Naivität unserer Projekte abzuschießen. Dann gab er uns bekannt, daß seine Frau nicht mit uns speise, weil sie einen dienstbaren Kavalier unter den Bordoffizieren habe.

»Sie hat einfach wahnsinnigen Erfolg, die Männer drängen sich um sie wie Fliegen. Wie kommt es eigentlich, daß Ihnen, Béatrice, die Männer auf diesem Dampfer nicht zu Füßen liegen?«

Ich dachte, sie würde aufstehen, so bleich war sie geworden.

»Ich weiß es nicht«, sagte sie schließlich. »Wahrscheinlich ziehe ich sie nicht so magnetisch an wie Ihre Frau.«

Am Ende begann mich diese Lawine von Sticheleien zu ärgern. Man kann sie für unbedeutend halten; schließlich wird man jeden Tag von irgendwelchen Unbekannten ohne erkennbaren Grund provoziert. Trotzdem war ich unerklärlicherweise gekränkt über Rebeccas Abwesenheit an unserem Tisch. Ich fragte mich, warum sie, und nicht Béatrice, zum Schwarm der Mannschaft geworden war. Und warum ließ Tiwari, der sich gestern noch so um meine Freundin bemüht hatte, sie heute zugunsten von Franz' Ehefrau fallen? Hatte ich ein Mauerblümchen zur Geliebten?

Nichts fand Gnade in den Augen des Invaliden, und er verteilte Lob und Tadel wie ein Priester die Hostie an seine Gläubigen. Als er unsere Beziehung völlig auseinandergenommen hatte, attackierte er unsere Reise.

»Was für eine Idee, zehn Jahre nach der großen Welle nach Indien zu fahren. Wissen Sie, daß Sie völlig im Abseits sind? Man reist einfach nicht mehr nach Indien.«

»Die Mode«, widersprach ich, »mag meinetwegen passé sein. Aber Indien gibt es nach wie vor und hat für mich nichts von seiner Faszination eingebüßt.«

»Verzeihen Sie mir meine Grobheit, mein Lieber, aber hören Sie doch auf, diese Engelsmiene aufzusetzen, wenn Sie von Asien reden; Sie sind ein völlig jungfräulicher Tourist, Sie werden genauso wie die anderen zurückkommen. Ich will ihren Enthusiasmus nicht unter die kalte Dusche stellen, aber erlauben Sie mir, daß ich Ihnen ein paar Geschichten erzähle. Vor drei Jahren war ich mit Rebecca in Bombay. Wir kamen aus dem Taj Mahal, einem der größten indischen Paläste, und waren auf dem Weg zu einem Miniaturenmuseum nicht weit entfernt. An einer Kreuzung trafen wir auf eine Meute von Schaulustigen. Handelte es sich um einen Unfall, einen Fakir, einen Schlangenbeschwörer? Wir hielten an. In der Mitte der Menge stand eine Frau mit einem Baby auf dem Arm, das schrill brüllte. Sie bettelte. Die Augen des Babys waren mit einem strammgewickelten Verband verdeckt. ›Mein Baby krank‹, sagt die Frau in mickrigem Englisch und streckt uns die Hand entgegen. Ich gebe mich als Arzt zu erkennen und frage, woran das Baby leidet. Die Frau antwortet nicht. Ich insistiere: ›Ich bin Arzt, lassen Sie mich sehen, was es hat, ich bin hier, um Ihnen zu helfen.‹ Die Frau sträubt sich heftig, mir das Kleine zu überlassen, das unter offensichtlich unerträglichen Schmerzen immer lauter brüllt. Die Menge beginnt, die Mutter zu beschimpfen; ich entreiße ihr das Baby und befreie es von der Binde: Auf seinen Augenlidern kleben zwei große Schaben, die mit ihren Krallen und Zangen die blutigen Lider zernagen. Wütend rennt die Frau davon und läßt das arme Geschöpf in meinem Armen zurück.«

Ich legte meine Gabel auf den Teller. Franz beobachtete uns, genoß die Wirkung seiner Gruselgeschichte und gluckste vor sich hin, so daß man nicht wußte, ob es sich um einen Schluckauf oder um Gelächter handelte. Béatrice war die erste, die sich wieder faßte:

»Ich glaube, diese Geschichte schon einmal gehört zu haben. Sie scheinen was für Gerüchte übrig zu haben.«

»Ganz und gar nicht«, entrüstete sich Franz. »Ich will Ihnen nur die Augen öffnen. Dieses berühmte Volk der Hindu, von dem man sagt, es sei durch und durch vergeistigt, ist auf der ganzen sozialen Leiter von oben bis unten korrupt: Vom Brahmanen bis zum Paria, vom Minister bis zum Bettler sind sie nichts als gierig; die Musik, die melancholische indische Musik, von der Sie überall begleitet werden, wissen Sie, wie die lautet? ›Bakchich, Sir, give me bakchich.‹«

Im folgenden gönnte er uns noch ein paar weitere, ebenso abstoßende Geschichten. Diese Anhäufung von Schmutz verdarb uns den Appetit.

»Sie sammeln Ihre Geschichten auf der Müllkippe«, sagte ich mit leichter Übelkeit.

»Ach, wie süß naiv Sie sind! Man muß wirklich auf so einem Äppelkahn reisen, um auf Typen Ihres Schlages zu stoßen. Ich kann das nicht begreifen: Sie stürzen sich auf den Orient wie auf den Körper einer Frau. Aber was suchen Sie dort, um Himmels willen? Was wollen Sie denn in einem Meer von zerlumpten Menschen tun?«

Ich schluckte den Speichel herunter und erklärte so feierlich ich konnte:

»Ich werde in Indien suchen, was uns in Europa verloren gegangen ist: Die Heimat des Seins. Ich reise dorthin, wie man auf das Wesentliche zugeht, weil ich des profanen, sinnlosen Lebens müde bin.«

»Indien ist für Sie also der Ort des Heiligen.«

»Wenn Sie so wollen. Und ich kann mir denken, daß es nicht jedem gegeben ist, sich auf der Höhe der großen Momente, die ein solches Land zu bieten hat, zu bewegen.«

»Halten Sie sich lieber auf Meereshöhe«, wetterte der Invalide, »das bewahrt Sie davor zu spinnen. Mich persönlich würde nur ein einziges Motiv zum Reisen bewegen: Selbst nach 30 Jahren der Existenz in Frankreich kenne ich nicht einmal die Namen der häufigsten Blumen und Bäume. Aber ich will Sie nicht beeinflussen, ich habe nicht das Recht, ihre Entscheidung in irgendeiner Weise umzulenken. Ich habe natürlich nur gescherzt: Jedermann weiß, daß der Orient die Summe aller Mißverständnisse ist, die in den Gemütern der Abendländer sprießen. Ich verstehe übrigens nicht, was man den Touristen vorwirft; sie animieren sterbende Orte, sie bedeuten das Leben düsterer Landstriche, die nur während der Monate, wo sie hindurchziehen, erwachen und anschließend wieder in ihre Lethargie verfallen. Wenn die Touristen die Kulturen massakrieren, dann nur, weil diese Kulturen schon im Sterben waren. Wirklich, ich hege für Sie, wie für Ihre Partnerin Sympathie, die zwar unklar ist, doch deren Gründe wir früher oder später aufdecken werden.«

Wie hätte ich mich nach derartiger Freundschaftsbekundung mit jemandem streiten oder anlegen können, vor dem ich andererseits allen Grund hatte, mich zu hüten? Ich fuhr nach Indien in der Gewißheit, Eindruck zu machen, und der Furcht, nicht verstanden zu werden. Ich schwor mir, schöne Sätze zu machen, ließ mir Zitate und seltsame Phänomene durch den Kopf gehen, deren Fremdartigkeit mir allein schon Ehre machen würden. Und dieser Invalide stahl mir meine Show! Ich konnte die Wirkung seiner Lästereien auf mich noch nicht ermessen. Das Wunder des Orients hatte noch keine Sprünge erlitten, aber ich hatte schon den leisen Verdacht, die Route geändert zu haben, ohne sagen zu können, in welchem Augenblick der Betrug begonnen hatte oder an welchem Punkt der Knick entstanden war. Ich hatte den Fehler begangen, meine Verletzlichkeit erkennen zu lassen, und er hatte es sich nicht nehmen lassen zuzubeißen. Wie hatte er so genau erkannt, was mir auf den Wecker ging? Ich war sauer, mich zu so leichter Beute gemacht zu haben. Mittlerweile kam Rebecca herbei, um Franz abzuholen. Sie rief ihn mit kalter Stimme wie einen Dienstboten.

»Ich hoffe, er ist Ihnen mit seiner alten Leier nicht allzusehr auf die Nerven gegangen. Seine Zunge rennt ihm davon, weil er nicht laufen kann.«

Ihr Gatte hatte wieder seine Haltung des unartigen Schülers eingenommen, des gehorsamen Dschinn, aber er fuhr fort zu plappern und begleitete seinen Wortschwall mit vehementen Gesten. Und obgleich wir seinen Reden nur ein halbes Ohr liehen, setzte er seine paradoxen Reden hartnäckig fort wie ein grundhäßlicher, finsterer Pelikan, der sich an Worten berauschte wie andere an Getränken. Wenn man ihn zusammen mit seiner Frau sah, konnte man sich des Verdachts einer Abartigkeit ihrer Gemeinschaft nicht erwehren, und je tiefer ich in ihr Intimleben eindrang, um so stärker drängte sich mir dieses Gefühl auf. Während er weiterschwafelte, musterte uns Rebecca mit einem Lächeln, das ich nicht anders als spöttisch deuten konnte. Ich beobachtete sie heimlich, weil ich es nicht wagte, sie direkt anzuschauen. Sie hatte etwas von einer »Köderfrau«, das mir bislang noch nicht aufgefallen war. Ich war ihr gegenüber gestern abend dumm und linkisch gewesen. Es war also besser, sie nicht wiederzusehen, damit sie mir durch ihre Gegenwart nicht in Erinnerung rief, wie sehr es mir an Schlagfertigkeit gemangelt hatte. Sie erschien mir übrigens in diesem Augenblick sehr gewöhnlich, ganz anders als das prächtige Porträt, das Franz am Vorabend von ihr entworfen hatte, und ich war erleichtert.

»Wie gut, daß wir vier sind und nicht drei«, rief der Invalide aus, »die lächerliche Trinität sollte sich nur mit Eselsohren und Hörnern auf dem Kopf zeigen!«

Er fixierte mich, während er dies sagte, und ich fühlte mich unbehaglich, als wolle er zwischen uns irgendeine Solidarität herstellen.

In diesem Moment bückte sich Rebecca, um die Serviette ihres Mannes, die auf den Boden gefallen war, aufzuheben, und drückte unter dem Tisch meine Hand. Ich war wie vor den Kopf geschlagen, rührte mich nicht und erwiderte den Druck nicht. Ich weiß nicht, wie lange diese Hand in der Position blieb, denn während der Sekunden dieser Berührung schien die Zeit ebenso still zu stehen wie die Luft in dem Saal. Als sie aufstand, sagte sie nur:

»Komm, alter Schwätzer, hör auf, dieses charmante, kleine Pärchen zu belästigen. Sie haben Besseres zu tun, als dir zuzuhören.«

Diese Worte ließen ihr Gesicht in unvermittelte Heiterkeit explodieren. Sie genoß es, uns zu Kleiderständern erstarrt zu haben. So jedenfalls fühlte ich mich in meiner Melancholie.

»Das charmante Pärchen fühlt sich in keiner Weise belästigt«, behauptete Béatrice, und die Ungeschicklichkeit ihrer Antwort zeigte mir, daß sie ebenso verletzt war wie ich.

Kaum waren der Invalide und seine Frau verschwunden, explodierte ich: Ich hatte die Nase voll von diesen Leuten, die zwei oder drei Länder mehr als wir kannten und daraus ein Motiv ihrer Überlegenheit machten. Béatrice besänftigte mich; ihrer Meinung nach hatte jeder seine Gründe. Sie fand Franz enervierend, aber man mußte seine Behinderung berücksichtigen; und was seine Frau betraf, so mußte sie unter dem Schicksal ihres Mannes leiden. Aber was mich in Wahrheit bekümmerte, war, daß wir in ein Land reisten, das jedermann schon kannte, und wir dadurch das Privileg der Originalität verloren.

»Nein, es ist keine Frage des Selbstgefühls. Für mich ist es ein anderer Orient, ein leeres Wort vielleicht, aber allein sein Klang besitzt schon den Reiz eines Zaubers, die Schönheit eines Wunders. Dieser Orient des Herzens, diese andere Seite unserer Welt, wird niemals verlöschen, sollte sich jeder Staat Asiens modernisieren und an Europa angleichen. Der unsterbliche Orient, der nicht hier oder da lokalisierbar ist, entgeht den Kapriolen der Geschichte und entzündet den Enthusiasmus der dafür empfänglichen Seelen.«

»Warum hast du Franz das nicht gesagt?«

»Weil ich mit einem Idioten nicht diskutiere und ihm das ärmliche Vergnügen lasse, recht zu behalten!«

In meinem Verdruß vermischten sich die Wut darüber, meinen Asientraum besudelt zu sehen, und der Zorn auf Rebecca. Dieses kalte, provozierende Mädchen brachte mich aus der Fassung, wie die Legende einer Frau, die ein Dritter ausmalt, einen aus der Fassung bringen kann. Und dieser Fürsprecher, der weit davon entfernt war, ein Hindernis zwischen ihr und mir darzustellen, verdoppelte ihren Wert in meinen Augen. Daß es sie aus Fleisch und Blut gab, das war es, was mich nervte: Ihre imaginäre Persönlichkeit hätte mir genügt. Aber warum dieser Händedruck unter dem Tisch?

Eine Stunde später gelangten wir von Mestre, dem Heimathafen unseres Schiffs, im Taxi in Begleitung von Raj Tiwari nach Venedig. Wir hatten einen sehr langen Nachmittag vor uns, die Truva würde erst am Abend gegen 23 Uhr weiterfahren. Es war herrliches Wetter und eine leichte jodhaltige Brise wehte vom Meer her. Die Touristen waren nicht zahlreich, und bei der Rialtobrücke verließ uns Tiwari, um die Basilika und den Dogenpalast zu besichtigen, und wir vereinbarten, uns später im Café Florian zu treffen. Ich war seit meinem zwölften Lebensjahr nicht mehr hergekommen und erwartete, eine heruntergekommene Stadt, eine Museumsstadt vorzufinden, doch ich entdeckte die Jugend selbst, ein erahntes Paradies, und das Gefühl, mich von wundervollem Wahnsinn umgeben zu fühlen, vertrieb meine Traurigkeit. Unsere Reise begann hier; in Venedig waren wir schon in Asien, wir hatten nicht einmal den Fuß an Land gesetzt, wir hatten nur das Schiff gewechselt!

Zärtlich umarmt beschworen Béatrice und ich mit jugendlich-fiebriger Begeisterung jene vergangenen Jahrhunderte herauf, als die Stadt mit ihrem Karneval und den langen, schlaflosen Nächten so fröhlich war, und vor allem priesen wir das allgegenwärtige Wasser, die flüssigen Straßen, die weise erhaltene Vermischung von Wohnraum zu Land und zu Wasser, und gingen so weit, uns auszumalen, daß man in Venedig nachts in seinem Bett so schaukelt, daß man sich festhalten muß, um nicht herauszufallen. Und so schlenderten wir bezaubert durch die Geräusche, die durch ihre Regelmäßigkeit sanft wurden, die Vögel in den zahllosen Gärten, die Kirchenglocken, die immer vibrierten. Durchdrungen von der romantischen Atmosphäre der Stadt der Verliebten, erinnerte mich Béatrice an unser erstes Jahr des Zusammenlebens. Wie war es gekommen, daß ich mich in sie verliebte? Das brauchte keine Erklärung: Sie war hübsch und kultiviert, und wir teilten eine gleiche Liebe zum Geschriebenen. Wir hatten keine Kinder, doch wir planten, welche zu bekommen, wenn wir aus Asien zurückkämen. Unsere Beziehung basierte auf einfachen und soliden Prinzipien, wir hatten die Treue gewählt, weil wir die Verzettelung haßten, wir hatten die Abenteuer dem Wesentlichen geopfert, wie andere mögliche und abgelehnte Existenzen. Ich fühlte mich nicht eingeengt: Ich hielt die Libertinage für einen Beweis von seelischem Ungleichgewicht, und das ersparte uns die Niederträchtigkeiten, die Kompromisse und die Lügen entzweiter Partner. Wir lebten im Konkubinat und waren einander aus Verachtung für den spießigen Ehebruch treu. Wir hatten die Heirat abgelehnt und ihre Beschränkungen akzeptiert. Und Venedig gab uns so recht!

Als wir auf einen menschenleeren Platz kamen, verstummten die Geräusche unvermittelt. Eine ganz sanfte, beinahe beunruhigende Melancholie tauchte alles in ein Licht ohne Leben, jenes gelbe, blasse Licht der Wintersonne. Die Stille war so tief, daß wir es kaum wagten, sie durch den Klang unserer Schritte zu stören.

»Horch auf dieses Schweigen, es ist das der Verschwörer und der Verliebten, das Schweigen, das den gewaltigen Schaudern vorausgeht.«

Kaum hatte ich das gesagt, erhob sich aus dieser dröhnenden Reglosigkeit der Dinge ein Schrei der Verzweiflung. Ich dachte zunächst an die Schreie eines Säuglings. Doch ihre eindringliche Wiederholung, ihre Kürze ließen keinen Zweifel daran, daß sie von einem Tier stammten. Wir lenkten unsere Schritte in Richtung dieser Töne: Sie kamen von der Akademiebrücke. Ein Schwarm von Kindern, in vielfarbige Tücher gehüllt, bückten sich über das Geländer und zeigten mit dem Finger in den Canale Grande. Schließlich erkannte ich den Gegenstand ihrer Aufmerksamkeit. Es war ein winziges, schwarzes Kätzchen, das ins Wasser gefallen war und verzweifelt gegen das Ertrinken kämpfte. Bei jedem Vaporetto oder Schnellboot, das vorbeikam, schluckte das Tierchen Wasser, und seine Schreie blieben ihm im Maul stecken. Jedesmal erwarteten wir, daß es untergehen würde, doch es widerstand tapfer und stieß wieder sein jämmerliches Geschrei aus. Es kämpfte mit einer verblüffenden

Hartnäckigkeit. Es rief nicht um Hilfe, es gab einen Befehl, dem sich zu entziehen nicht leicht war. Im Rahmen der Romantik eines sorglosen Italien war es die Stimme eines Geschöpfs, das gegen die Indifferenz, die grauenvolle Einsamkeit eines in einer Welt vergessenen Tieres, in der selbst die Menschen allein sind, protestierte. Als es versuchte, sich dem Ufer zu nähern und mit einem Sprung an Land zu retten, verlor es auf den glitschigen Algen den Halt und fiel ins Wasser zurück. Es schwamm im Kreis herum und verlor schnell an Kraft. Je mehr es sich entfernte, um so mehr hatte sein kurzes Wiederauftauchen etwas von einem Wunder, von einem zufälligen Erfolg, der unmöglich zu wiederholen war. Eine kleine Meute von Kindern hatte sich eingefunden, um diesen Schiffbruch zu beobachten: Die Rettung des Kätzchens war nur auf dem Wasserweg möglich, der Zugang über Land wurde durch einen Privatgarten verhindert. Aber die Boote, die vorbeikamen, konnten unter dem Getöse ihrer Motoren sein Gejammer nicht hören. Allen schnürte die Angst die Kehlen zu, denn das Kätzchen war zu einer Winzigkeit zusammengeschrumpft, die es unwiederbringlich zum Tode zu verurteilen schien. Es war offensichtlich, daß es verloren war: Wir wohnten seinem Todeskampf bei.

Also schickte ich mich an, angesichts der allgemeinen Passivität und um das Geschrei, das mich zur Verzweiflung brachte, zu stoppen, das ertrinkende Tier zu retten. Ich bin jedoch alles andere als waghalsig. Ich stieg die von Flaschenscherben übersäte Böschung hinunter und gelangte an das Gitter des erwähnten Gartens. Ein Schild besagte, daß es sich um die Schweizer Kanzlei handelte, die übrigens geschlossen war (es war Samstag). Ich stieg über den Zaun, indem ich mich zwischen zwei Spitzen hindurchzwängte, unter der Gefahr, mich aufzuspießen. Ich hätte verhaftet und vielleicht ins Gefängnis gesteckt werden können. Die Notlage der Katze schien mir Vorrang vor allen Gesetzen zum Schutz des Privateigentums zu haben, und naiv sagte ich mir, daß ein neutrales Land wie die Schweiz niemanden verfolgen würde, der einem Tier in Lebensgefahr Hilfe leistet. Und hatte ich nicht auch insgeheim das Bedürfnis, meine Gefährtin zu beeindrucken? Steckte hinter meiner Entschlossenheit nicht auch ein bißchen Angeberei? Bald erreichte ich den Anlegesteg der Kanzlei, ein kleiner Steg auf Holzpfosten, der in den Canale Grande ragte. Ich rief das Kätzchen und streckte die Hand nach ihm aus: Vor Angst strampelte es in die entgegengesetzte Richtung und steigerte sein schrilles Gejammer, und andere Kater stimmten in seine Klagen ein. Ich konnte nichts mehr tun und war wütend, so kurz vor dem Ziel versagt zu haben. Von hier unten aus gesehen hatte das träge Wasser, das von oben her das sonnige Leben des Marmors wiederspiegelte, beinahe die Konsistenz von Melasse. Verwesungswolken stiegen von dieser flüssigen Avenue auf, etwas Stinkendes verfaulte dort unter Wasser neben dem Reichtum der Paläste und Behausungen. Von meinem Platz aus konnte ich an einer Mauer ein Sprühdosengraffiti auf italienisch lesen: »Zuviel Vergangenheit, zuwenig Gegenwart, keine Zukunft.« Die ölige Strömung voller Abfälle trotzte mir, daß ich ihr dieses Häufchen Unglück aus Fell und Schnurrhaaren, das immer tiefer sank, niemals entreißen könne. Oben von der Brücke feuerten mich die Passanten an: Die Katze war nur um Armeslänge von mir entfernt, aber sie reagierte nach wie vor nicht auf meine Rufe, obwohl ich sie so sanft klingen ließ. Ich streckte mich so weit ich konnte. Das Moos unter meinem Fuß ließ mich ausgleiten und ich fiel dummerweise meinerseits ins Wasser. Ein eisiger Schauder packte mich durch meine Kleider hindurch, ich bekam Wasser in den Mund, spuckte und prustete. Ich glaube, ich wäre in jenem Moment lieber ertrunken, als in diesen verfaulten Abwässern der Stadt herumzuplanschen. Was! Unglaubliche Ungerechtigkeiten zerrissen die Menschheit, Millionen von Kindern verhungerten, zwölf Jahrhunderte der Geschichte waren mir hier zuvorgekommen, und ich riskierte mein Leben für ein Kätzchen! Diese ungeheure Diskrepanz entsetzte mich, und ich sah mich sogleich als lächerlichen Bernhardiner, als glücklosen Ritter für eine absurde Sache.

Nur die Angst, glaube ich, hat mich davor bewahrt, aus Scham in diesem nach Abwässern stinkenden Kanal zu ertrinken.

In zwei Zügen schnappte ich mir das schreiende Bündel, warf es auf den Steg und klomm selber hinauf. Ein Beifallsregen ergoß sich über mich. Er tröstete mein Selbstgefühl. Ich war durchweicht und drehte das Kätzchen um, um ihm das Wasser auszuleeren, das es wie ein Schlauch von sich gab. Es war keine Katze mehr, sondern eine Masse, ein vollgesaugter Schwamm, der im Rhythmus seines Herzklopfens zuckte. Mit erstarrten Muskeln, seine Krallen und Zähne zeigend und mit elektrischer Nervosität vibrierend, fuhr es fort zu miauen und sich zu wehren, als sei das, was ihm jetzt widerfuhr, weit schlimmer als das Ertrinken, und zeugte von unendlichem, unheilbarem Schmerz, gegen den es kein Mittel gab. Sobald ich wieder auf die Straße gelangte, fiel mir Béatrice um den Hals, löste ihr Halstuch und wickelte das schreiende Katzenbaby darin ein. Ich hätte es gerne gepflegt, vielleicht sogar mitgenommen, doch Béatrice protestierte. Es kam nicht in Frage, es zu behalten, denn an Bord der Truva waren Tiere nicht zugelassen. Außerdem war Béatrice allergisch gegen Katzen. Uns blieb nichts anderes übrig, als es in die Kolonie verwilderter Katzen zurückzubringen, die unter einem der Brückenbögen hausten, und die sich darum kümmern würden. Das Gerettete jammerte herzzerreißend weiter, und seine schrillen Sirenentöne verfolgten uns die Straßen entlang, als wir zum Florian gingen, wo ich hastig eine kochendheiße Schokolade trank, um mich aufzuwärmen. Ich war voll törichter Sentimentalität und bereute beinahe, meine Freundin nicht dazu überredet zu haben, das Kleine mitzunehmen. Im Café trafen wir Raj Tiwari wieder, dem ich, trotz seiner amüsierten Gönnermiene kein Detail meiner Heldentaten ersparte. Übertriebener als vielleicht schicklich gewesen wäre, schwadronierte ich drauflos:

»Wir haben die Legende Venedigs Lügen gestraft. Wo andere den Tod zelebrieren, haben wir das Leben wiedergegeben. Und in diese Stadt werde ich bei unserer Rückkehr meine Erinnerungen tragen als einen bescheidenen Beitrag zu seinen unerschöpflichen Schätzen.«

Am späten Nachmittag waren meine Kleider getrocknet, und wir gingen auf dem Sklavenquai auf und ab. Ein perlmuttfarbenes Licht schimmerte vom Meer her, als die Sonne plötzlich von Wolken verdeckt wurde, die sich über dem Lido auftürmten. Die Kuppeln, der Marmor, die Dome, das Gold verloschen, und das Meer nahm eine bleierne Farbe an. Der Himmel verdüsterte sich, es wurde vorzeitig Nacht. Plötzlich kräuselten Schauder den nassen Pelz des Canale Grande, der sich nervös dahinstreckte und einen Buckel machte. Ein beißender Wind drang bis in die Knochen. In wenigen Minuten wurde der leergefegte Markusplatz von Schnee überdeckt, der sich auf die vereisten Platten legte; statt ins Meer zu tauchen, ertrank Venedig, die fröstelnde Stadt, von oben her in einem weißen Ozean, versank in den Winterschlaf.

Wir beschlossen, zum Schiff zurückzukehren. Gegen Béatrices Willen bestand ich darauf, einen letzten Blick auf das gerettete Kätzchen zu werfen. Wir gingen mit schnellen Schritten zwischen den wirbelnden Schneeflocken entlang und bewarfen uns mit Schneebällen. Die Gondeln wirkten wie schwarze Schnecken, die durch Watte glitten, um irgendeinen Beerdigungszug zu begleiten. Der Schnee, der die Dächer mit einem leichten Silberteppich bedeckte, legte über Straßen und Plätze eine weiche Decke, die die Geräusche der Nacht schluckte, und nur das Knistern der Schneeflocken, die sich im Wasser auflösten, war zu hören. Der Bogen der Akademiebrücke lag im Finstern; ich machte mein Feuerzeug an; eine Meute von Raubtieren flüchtete vor der Flamme, die Zähne gefletscht, als hätte ich sie vom Essen verscheucht. An der Stelle sah ich zunächst nur ein Knäuel zerfetzter Wolle, die Falten von Béatrices Halstuch. Nicht weit davon lag in einer Blutlache mit dem Bauch nach oben ein kleiner Kadaver – den ich zunächst für einen Lederbeutel hielt –, die Hinterpartie zum Teil aufgefressen.

Unter meinen Fingern gab er mit schlaffer Elastizität nach. Ich nahm ihn ans Licht und erkannte das Kätzchen. Seine rosa Zunge ragte ein Stück aus dem Maul und entblößte die Zähne, die an einen Kamm erinnerten. Sein Gesicht war zu einer Grimasse unsäglicher Qual verzerrt. Ich wickelte es in den Schal und schleuderte es ins Wasser.

Béatrice suchte nach Worten, um mich zu trösten, aber ich empfand nicht die geringste Dankbarkeit für ihre Bemühungen. Eine boshafte Stimme flüsterte mir ein, daß die Rettungsaktion ihretwegen mißlungen war. Ohne ihre alberne Katzenphobie wäre das Tierchen jetzt noch am Leben. Sie mochte sich noch so sehr entschuldigen, ich gestand ihr keinerlei mildernde Umstände zu. Zurück an Bord ging ich allein die Luft von salzigem Schnee einatmen. Ich zwang mich trotz der Kälte zu einer aufmerksamen Nachtwache, ging die Stege und Treppen auf und ab, und verfluchte gleichzeitig meine Geliebte und Venedig, die Stadt der schönen Träume und des bösen Erwachens. Lange blieb ich dort, Beute nachklingender Gedanken, beherrscht von Enttäuschung und Mutlosigkeit, betrachtete den Hafen voller undeutlicher Schiffe, die Lichter, die sich bewegten, eingetaucht in den bleichen Zauber der Schneeflocken, die die Geräusche erstickten. Wie nahm ich mir übel, einer mehr als banalen Geschichte die Farben eines Ereignisses, beinahe einer Heldentat beigemessen zu haben! Ich war tief in diese verdrießliche Träumerei versunken, als mir eine Hand heftig auf die Schulter schlug. Es war ein Seemann. Er suchte mich seit einer halben Stunde, um mir eine Nachricht von Franz zu überbringen, die folgendermaßen lautete:

»Béatrice hat mir von Ihrem Mißgeschick heute nachmittag berichtet. Glauben Sie mir, daß ich von ganzem Herzen mit Ihnen fühle, und ich lade Sie ein, Sie in meiner Kabine darüber hinwegzutrösten, indem ich Ihnen die Fortsetzung meiner Geschichte erzähle.«

In meiner Niedergeschlagenheit war mir jeder Vorschlag recht: Meine Untätigkeit und die geringe Lust, die ich verspürte, Béatrice in die Augen zu schauen, brachten mich dazu, das Gerede des Gelähmten anhören zu gehen. Er schien guter Stimmung, empfing mich mit einem breiten Lächeln und bot mir, wie am Vorabend, einen Tee an.

»Glauben Sie mir, Didier«, sagte er, »ich lade Sie nur in meine bescheidene Behausung ein, um Ihnen mein Herz in aller Einfachheit zu öffnen. Als Gegenleistung erwarte ich nichts als ein wenig Anerkennung dafür, daß ich Sie unterhalten und vor dieser Hexe Rebecca gewarnt habe.«

Ich lächelte über die Warnung, lehnte mich an die Kissen auf dem Bett und lauschte zunächst nur mit halbem Ohr der Fortsetzung seiner Liebesgeschichte.

Lachhafte Perversionen

Verzeihen Sie gleich von Anfang an einem alten, an sein ärmliches Bett gefesselten Irren die überholte Sentimentalität und die Trivialität seiner Geschichte. Aber ich flehe Sie an: Verurteilen Sie die Ausschweifungen nicht, die ein übermäßiges Gefühl mit sich bringt. Sie müssen wissen, daß Rebecca und ich uns nach neun Monaten des Zusammenlebens ein zweites Mal unter einem plötzlichen Temperaturanstieg wiederfanden, der unsere Beziehung an einem unvergleichlichen Tag aufleuchten ließ. Zu jener Zeit also ließ meine Geliebte mich wissen, daß sie seit ihrer Kindheit Fantasien hegte, die mit dem Wasser zu tun hatten, mit der Lust, es glitzern zu sehen, es zu vergießen und fließen zu lassen, und daß sie auf jemanden wartete, der bereit und liebevoll genug wäre, sie ihre Träume ausleben zu lassen. Sie sagte mir, sie wolle ihren Träumen die verrücktesten Inhalte verleihen, und behauptete, unter ihrer friedlichen Fassade schlummere ein Vulkan. Ich beachtete diese Bemerkungen in keiner Weise.

Es muß gesagt werden, daß wir damals verrückt nach einander waren und uns keine Gelegenheit entgehen ließen, es uns zu beweisen. Wir rivalisierten an Kühnheit, und jeder zeichnete von sich selber ein großartiges Porträt, das genau auf der Höhe war, auf die wir unsere Gefühle heben wollten. Sobald Rebecca fünf Minuten Zeit hatte, stürmte sie zu jeder Tageszeit zu mir – ich hatte zusammen mit einer Gruppe von Ärzten in meinem Haus eine Praxis eröffnet, wo ich Tropenkrankheiten behandelte. Rebecca machte geile Bewegungen in ihren weißen Röcken, und eine parfümierte Wärme ging von ihr aus. Ich gab einen Notfall vor und wir umarmten uns dort auf dem Boden oder dem Untersuchungstisch, noch warm vom letzten Patienten, wie zwei Verrückte, deren Minuten gezählt sind und denen jede Sekunde kostbar ist, um sich aneinander zu sättigen. Rebeccas kleine Schwäche bestand darin, sich unglaublich auszustatten, mit Dessous zu überladen, aus Koketterie zwei oder drei Unterröcke zu tragen, die sie den Bescheidenen, den Schelm und den Geheimen nannte, und die von einem komplizierten System von Strumpfhaltern und unzähligen Hindernissen aus Spitzen eingerahmt waren, damit das absolute Mysterium bewahrt bleibe, und dann plötzlich Wege durch diese Intimwäsche zu weisen, Türen und Tore zu öffnen und mir den Weg zu ihrem heiligen Ort freizugeben und dabei bekleidet, würdig und ehrbar zu bleiben. Ihr Anblick war wie ein Wunder für mich; in dieser Frau vermischten sich die Jahrhunderte: Hure, Mutter, Gattin, Muse, Lolita, Kind; sie jonglierte mit den Rollen der Weiblichkeit, und in meiner Bewunderung verehrte ich sie als ein Atom, das Humanität verstrahlt.

Im Herzen dieser Fülle brach das Fieber aus, das das erste in den Schatten stellen sollte. Unsere Verirrungen begannen an einem Winterabend in einem Hotelzimmer in London, wo wir das Wochenende verbrachten. Wir sahen fern – verzeihen Sie die Poesielosigkeit, die Zeiten sind nun mal so: Es lief eines jener faden, aber fesselnden Programme, die den verrufenen Zauber dieser Erfindung ausmachen – ohne auch nur im geringsten zu ahnen, daß wir diese friedliche Betrachtung bald verändern würden. Mir fielen nach einem schweren Mahl die Augen zu und ich war kurz davor, dort auf dem Fußboden einzuschlafen, während Rebecca neben mir vor dem Gerät saß, gekleidet in ein einfaches, malvenfarbenes T-Shirt und vom Bauchnabel bis zu den Zehenspitzen nackt. Plötzlich, nachdem sie schon ein paar Minuten lang herumgezappelt hatte, spreizte sie die Beine und spritzte einen kleinen Strahl auf die Mattscheibe, als wolle sie das animierte Geschwätz auslöschen. Diese Schamlosigkeit elektrisierte mich. Es zündete eine Explosion, deren

Erschütterung endlos in mir widerhallte. Auf der Stelle war meine Müdigkeit verflogen. Ich rückte neben sie und legte mich wortlos auf den Boden. Wir sahen uns mit einem jener schweren, gewittergeladenen Blicke an, die wesentliche Akte determinieren. Sie ihrerseits, als sei ihr diese Rolle schon immer geläufig, kauerte sich über meine Brust, schob ihr T-Shirt über den Busen und ließ ihr Wasser in kurzen, aber heftigen Strahlen auf meinen Körper spritzen. Sie überschwemmte mich vollständig, hatte meinen Kopf eisern zwischen die Knie geklemmt und zwang mich, den Schwall ihrer Flüssigkeit in großen Schlucken bis zur Übersättigung zu trinken. Ich fürchte, nicht in der Lage zu sein, die Gefühle wiederzugeben, die mich dabei erfaßten: Es war eine Erschütterung, ein Zucken aller meiner Nerven, ein Schlag in mein Gehirn. Ich hatte bis zu dem Moment noch nie eine so erhabene Lust erlebt: Dieser goldene Wasserfall, der mitleidlos strömte, peitschte meine Haut, füllte meine Nasenlöcher, brannte in meinen Augen, hüllte mich in eine heiße Decke, in der ich badete, durchnäßt, gequält, voll von jenem Element, das den bitteren Geschmack von Schalotten auf dem Gaumen zurückläßt.

Alle Sorten von Wasser sind an unserer Heiligung beteiligt, sobald Gott in ihrem Namen angerufen wird. Doch Rebeccas Urin war in mehr als nur einem Aspekt kostbar; Honig aus Gold und Azur, strahlendes, helles Licht, ein Flammenschwert, das sich mit seiner brennenden Klinge in mich bohrte, eine flüssige Sternschnuppe, die mich mit ihrem Kometenschweif festnagelte. Es war ein ironisches Rinnsal, eine Kaskade lautstarker Fröhlichkeit, ein kindisches Geplätscher, ein Gluckern irrer Liköre, die lebten, sangen und atmeten. In diesem Brunnen glaubte ich, ein Kind plappern zu hören, einen Lausbuben, der mich aufforderte, mit ihm unisono zu rauschen. Rebecca versah sich, indem sie sich auf mir vergaß, mit einem ephemeren, kräftigen Penis, der seine Kraft beteuerte, bevor er starb und wiedergeboren wurde. Aus ihrem Fleisch geboren, war diese blonde Schnur die greifbare Seele und umschloß mich unter ihrem Regen wie eine uterine Höhle. Dieses milchige Manna wusch mich von meinen Fehlern rein, brachte mich ein zweites Mal zur Welt, war mein intimer Ganges, mein Nil, wo ich mich von den Spuren des Alters befreite, dem Tod und dem Verfall trotzte. Dem wundervollen weiblichen Leib entsprungen, brachte sie die Nässe eines archaischen Meeres, den kostbaren Schleim, das universale Element des Lebens. Und wenn ich noch hinzufüge, daß sein Strömen sie von jeder Unreinheit säuberte, werden Sie die lustvollen Gefühle verstehen, die mich unter diesem magischen Regen erfaßten.

Auch eröffnete dieses erste Mal eine lange Serie wundersamer Ausbrüche. Ich hatte Rebeccas Laster durch die Ansteckllichkeit der Liebe angenommen, wie man sich an einer Krankheit ansteckt, so daß der andre, sobald man ihn anhimmelt, einem auch seine intimsten Gelüste aufopfert. Sie entlockte meiner Haut Neigungen, die ich nie geahnt, löste Impulse aus, die ich nie gekannt hatte. Wäre Rebecca Nekrophil oder Fetischist gewesen, hätte sie mich gleichermaßen angesteckt, sie war die verführerische Prinzessin, die Kräfte erweckt hatte, die ohne sie bis in alle Ewigkeit geschlummert hätten. Schon entzündete sie meine Einbildungskraft mit anderen Verrücktheiten, die sie zwischen den Zeilen nur andeutete und die ausreichten, um mich aus der Fassung zu bringen. Sie selbst war überaus erregt durch diese Erfahrung, deren Intensität ihre Fantasien weit übertroffen hatte, und brannte darauf, noch weiter zu gehen. Da wir uns ins Reich der reinen Fantasie begeben hatten, konnten wir logischerweise nur den Weg der Extreme einschlagen.

Mit gutem Grund: Wir hatten eine viel zu heilige Vorstellung von der Liebe, um uns mit so gewöhnlichen Dingen wie dem Koitus, der Sodomie oder der Fellatio zufrieden zu geben. Die Perversion ist nicht die tierische Form der Erotik, sondern ihr zivilisierter Aspekt. Kopulieren ist der Tiere würdig, nur die Abweichung, die der Barbarei der Organe ein Maß auferlegt, ist menschlich und erbaut eine komplexe Kunst auf dem Fundament einer simplen Natur. In dem Perversen steckt ein Stück Künstler, ein Künstler, der sein Los in dem gleichen Feuereifer für das Künstliche mit einem Priester teilt.

Kurzum, mit der Zeit entstand Stolz; wir unterschieden uns in jeder Hinsicht von anderen Paaren, wir waren keine gewöhnlichen Liebenden. Wir hatten den Sinn des Wortes Ausschweifung erweitert, es machte uns gleichzeitig eitel und distant. Ich träumte einen Backfischtraum: eine Leidenschaft erleben, aus der ich nicht wiederkäme. Nun, sagte ich mir, ich werde eine begeisternde Erotik fern von dem dummen Tier mit zwei Rücken erleben: Ich wollte mir dauerhafte Laster zu eigen machen, die ebenso spontan wie der Herzschlag wären und verlangten, auf der Stelle befriedigt zu werden. Von nun an geschah alles unter Rebeccas Diktat, und ich bewunderte ihren Erfindungsreichtum, der meinen meilenweit überstieg. Jetzt erschien es mir, als gäbe ich bei jedem Koitus mein Leben als Pfand. Rebecca machte mir viele Hoffnungen, erfüllte weniger, und das Feilschen machte mich rasend. Wenn das Vorgeplänkel ausfiel und ich wie ein Idiot einfach in sie eindrang, hatte ich ein Gefühl von Unvollständigkeit, das einer Bestrafung gleichkam. Es handelte sich für mich um eine subtile Dressur: Ich lernte, mich so lange wie möglich zurückzuhalten, und die Erregung ersetzte mir am Ende die Befriedigung. Somit folgten unsere Umarmungen einander ohne sich zu gleichen. Jeder goldenen Dusche war eine heftige Tracht Prügel vorausgegangen, aber glauben Sie nicht, daß wir eine Neigung zum Masochismus gehabt hätten: Man kann jedoch eine Fantasie nicht erwecken, ohne alle anderen zu erschüttern, so verfilzt ist dieses Dickicht der Leidenschaft aus Zweigen und Ästchen und Stengeln und Stämmen und Verästelungen. Unsere Spiele forderten den Schein des Masochismus als Verbündeten, um ihnen als Abschußrampe zu dienen. Natürlich hatte ich die Möglichkeit, mit Leib und Seele der Sklave einer schönen, stolzen Frau zu sein, immer als den Inbegriff des Glücks angesehen und eine unleugbare Verbindung von Wollust und Demütigung geschätzt. Ich wollte, daß diese

Frau hart und anspruchsvoll sei, gewöhnt, alles, was man ihr schuldig war, als Tribut zu erhalten. In der Umarmung, und nur in der Umarmung, gab ich vor, die Fehler und die Ungerechtigkeiten der männlichen Gattung wiedergutzumachen, die sie seit jeher die Frauen hat erleiden lassen. Ich beugte gleichzeitig den Kopf vor einer Kultur, die meine Vorfahren hatten erniedrigen wollen, ich verneigte mich vor dem völkergemordeten Judaismus, dem kolonisierten Islam, ich vereinigte zwei Leidensgeschichten in einer einzigen Person, und diese Verschmelzung war mir wertvoller als alles.

Indem ich dies vertrete, setze ich mich der Verspottung aus: Doch der Schmerz erlaubte mir, einen Platz zu finden, mir, der ich mich nirgendwo fühlte. Heute wittere ich natürlich hinter diesen guten Gründen eine Theaterschuld, eine Heuchelei aus purem Stolz; doch zu jener Zeit zelebrierte ich unsere Saturnalien voller Genuß und suchte bei dieser Frau eine um so brutalere Behandlung, als ich ihr eine vergängliche Kraft zuschrieb, die versiegte, sobald wir voneinander ließen. In diesem Kompromiß vermochte mein Gewissen sich zu befriedigen, ohne sich in Gefahr zu begeben. Ich gewann in jeder Hinsicht, ich war der Gekreuzigte im Bett, der Haustyrann anderswo, und lebte meinen wollüstigen Betrug als authentische Leidenschaft. Rebecca genoß es sogar noch mehr, nur zu glücklich vielleicht, in der Liebe Rache am Leben zu nehmen. Ein strenges, unwandelbares Zeremoniell regelte alle unsere Liebesspiele: Zunächst kifften wir uns mit Haschisch oder Gras zu, tranken ausgiebig und ließen mit gewaltiger Lautstärke arabische Musik spielen. Rebecca trug hohe Absätze, denn ich wollte ihre Füße in Nadelabsätzen sehen, da allein der Name an Spritze, an Verfolgung erinnert; angetan mit allem möglichen Schnickschnack aus Gold und Silber, den sie an den Ohren, den Beinen, den Armen, um den Hals und sogar den Bauch trug, die Augen geschminkt, mit klimpernden Augendeckeln, die ihr ausdrucksloses Idolgesicht unterstrichen, anspruchsvoll, kostbar, streng, bekleidet nur mit einem kleinen, goldenen Dreieck, hieß sie mich um sie herumgehen und zwang mich zu gurren wie eine Taube, zu gackern wie ein Hahn. Ich bat sie, mich als Hocker zu benutzen, als Teppich, ich war unter ihrer Fuchtel, sie schlug mich, kratzte mich und fesselte mir die Hände auf dem Rücken.

Ich wand mich auf dem Teppich, auf dem eiskalten Kachelboden in der Küche und im Bad, ließ die Zunge heraushängen wie ein Hund, richtete mich auf den Knien hoch bis an ihren Spalt. Die Situation verlieh ihren Muskeln eine magnetische Kraft, die mich in einen Rausch bannte: Wenn ich ihren runden, wie einen Busen prallen Bauch sah, diesen strammen, pulsierenden Harnisch, bereit, seine Dämme zu durchbrechen, war ich nur noch eine Pflanze, die nach dem Wasser des Himmels lechzt. Dann befahl sie mir, sie zu lecken, und dann, wenn ich nichts mehr erwartete, packte sie meine Haare mit beiden Händen, riß meinen Kopf zurück und leerte sich scharf und wild auf mich und zwang mich, sie zu trinken, wie aus der Wasserflasche, bis ich nicht mehr konnte. Dieser Regen war der erotische Brennstoff, der uns half, Feuer zu fangen. Als Gefangener dieser flüssigen Membran, die für Ohren, Nase und Mund keinen Spalt ließ, durch diesen heißen Vorhang von der Welt abgetrennt, erstickte ich, wurde ich erwürgt, wußte nicht mehr, ob ich eine Frau oder eine Gottheit umarmte, verlor den Beweis meiner Selbst, vergaß meine Grenzen und schnaufte vor Anbetung für diese Priesterin, die auf mir das heilige Ritual zelebrierte. Dieser Urinerguß stellte ein Fest des Lichts dar, ein Glitzern, das sich in sprudelnde Bläschen, in phosphorisierende Kaskaden verwandelte. Und wenn ich von diesem brennenden Bad überschwemmt war, rieben wir uns aneinander, unsere nasse Haut glitschte wie die feuchte Haut von zwei Fischen, die sich am Meeresboden aneinander reiben, wir versanken in dem ewigen Ozean ihrer Weiblichkeit. Dann pflanzte sich meine höchst graziöse Göttin auf mich und suchte die Lust, wie ein aufgeladener Himmel den Blitz sucht, der ihn zerreißt; es waren endlose Zuckungen, eine Folge von Donnerschlägen, die sie mit lauten Schreien forderte, und sie flehte mich an, mich zu bewegen. Was mich betrifft, ich wurde vor

Glück fast ohnmächtig, und auf dem Gipfel der Seligkeit träumte ich davon, in der Ekstase vom Blitz getroffen zu werden.

Während ich so die Sekrete meiner Heldin trank und an ihrem goldenen Glied lutschte, verband ich mich in Freundschaft mit ihrer luxuriösen Natur, mit ihr, der Trägerin des Wassers, deren Körper ich mir von Lagunen, von Wasserstellen, von Schwimmbecken übersät vorzustellen liebte. Rebeccas Quelle erfreute sich eines subtropischen Mikroklimas, wo der Monsunregen kein Ende fand. Dieser Überfluß an Niederschlägen erklärte die üppige Verbreitung kräftiger Unkräuter, die darum herum wuchsen. Die Haut braucht, bevor sie extrem zart wird, den Beweis des Gegenteils: Ein rauher Teppich umgibt die zarten Schleimhäute; die Natur hat hier aus Sorge um Poesie einen reinen Kontrast geschaffen, geeignet, wildernde oder unzarte Hände fernzuhalten. Das Mysterium der Miktion verschmolz für mich mit dem meteorologischen Mysterium von Regen und Wasserläufen. In meiner Vorstellung erhoben sich diese ärmlichen Ereignisse meines Privatlebens zu kosmischer Höhe, ich hatte an einem universalen Rhythmus teil, der mich aus der Einsamkeit riß. Und so wurde ich aus Hingabe zum Klimatologen von Rebeccas intimen Säften. Alkohol und reichhaltige Nahrung veränderten ihren Geruch und ihren Geschmack. Jeder Erguß war für mich Genuß und Wissen. Ich gab ihr Jasmintee, Orangentee und Aprikosentee zu trinken, den parfümiertesten und den harntreibendsten, und verwob die Entsprechungen zwischen dem besonderen Zucker jeder Frucht und seiner Lösung in einer kräftigen Strömung, dann kostete ich die Mischungen an der Quelle, die Veränderungen, die der Körper an diesen Gebräuen vorgenommen hatte. Auf meine Weise war ich zum Wasserschmecker geworden, wie es in Istanbul noch ein paar gibt: Eine Lebererkrankung verursacht einen speziellen Azetongeschmack, Angst zerstört das Aroma, Fieber verseucht es, große Wanderungen beschleunigen den Fluß. Es gelang mir schließlich, durch einfaches Lecken von ein paar täglichen Tropfen, ihre

Krankheiten vorauszusagen. Und wenn Rebecca sich in der Natur erleichterte, bewunderte ich die Schönheit dieser kauernden Frau, deren Lippen den Boden küßten, so daß man nicht mehr wußte, ob es die Erde oder der Bauch war, der dem anderen seinen Strahl hinspritzte. Kurzum, die freundschaftlichen Spritzer von Rebecca mobilisierten in mir die drei Persönlichkeiten des Liebhabers, des Kindes und des Gelehrten.

Aber bald brauchte ich mehr: Mir schien, daß die Liebe zu den geheimen Rohrleitungen der Frau sich auch auf die Produkte, die sie ausstoßen, erstrecken müßte; dort, wo wir trennen, muß man durch eine Reihe sukzessiver Sympathien Verbindung schaffen. Kraft dieses Prinzips überschritten wir eine neue Etappe unserer Ausschweifungen. Um es medizinisch auszudrücken, war ich schon aquaphil und wurde skatophil. Rebecca, die mich mit ihren Ausscheidungen versöhnen wollte, warf mir schon seit langem vor, ihre Vagina zu verehren und deren direkten Nachbarn zu vernachlässigen. Ich gab diese ungehörige Bevorzugung zu und willigte demokratisch ein, sie auszudehnen. So machte mich meine süße Freundin damit vertraut, über ihre flüssigen und festen Produkte miteinander in innige Verbindung zu treten.

Hier stoppte ich den Krüppel, ich hatte schon zuviel gehört, ich war nicht in der Stimmung, seine dreckigen Spinnereien zu tolerieren. Es war nicht so sehr der Gegenstand, der mich anekelte, sondern die Hitze, mit der er ihn umgab. Er hatte nicht das Recht, von diesen abstoßenden Dingen mit dem beinahe religiösen Eifer eines an seinen Gott Glaubenden zu reden. Ich erhob mich mit hängenden Armen, versuchte, aus diesem Schlamm aufzutauchen, doch Franzens Hände, diese Krabben mit scharfen Zangen, hatten mich schon gepackt, und mit einer Autorität, die mich beeindruckte, sagte er:

»Tun Sie doch nicht so prüde. Ich versuche doch nur, Ihnen eine Schwärmerei zu beschreiben. Sie an einer Erleuchtung teilhaben zu lassen. Eine billige Entschuldigung, ich weiß, doch was wiegen unsere Schandtaten im Vergleich zu den Ungeheuerlichkeiten der Geschichte? Sie nehmen mir übel, daß ich eine Raffinesse offenbare, die Ihre groben Sinne nicht wahrzunehmen vermögen; ich vervielfache die Wege zur Liebe anstelle der zwei oder drei Weisen, die von den Sitten und Konventionen gestattet sind. Oh! Ich kann mir denken, daß Ihre Purzelbäume mit Béatrice hochanständig und hygienisch sind.«

»Welches Recht haben Sie, uns zu beurteilen? Wir haben wenigstens genug Anstand, unsere Spiele nicht in der Öffentlichkeit breitzuwalzen.«

»Anstand? Sagen Sie lieber, daß Sie sie geheimhalten, weil es nichts darüber zu sagen gibt, so konformistisch sind sie. Denken Sie gut nach, setzen Sie sich über den äußeren Schein hinweg.«

Es gab nichts Zügelloseres als meine Spiele mit Rebecca. Jeder von uns war bis zum Äußersten provokant. Jeder prahlte mit der ungeheuren Furcht, der andere nehme ihn nicht ernst und könne kneifen; und wenn der andere angebissen hatte, legte er in der Hoffnung, er würde nicht überboten werden, seine Karten offen auf den Tisch. Wir wetteiferten in sinnlichen Zweikämpfen wie andere sich in körperlichen oder poetischen Übungen aneinander messen.

Ich sehe Sie vor Ekel blaß werden. Verstehen Sie mich doch: Man liebt nichts, wenn man nicht alles liebt; und diese göttlichen Schweinereien erfüllte ich aus Liebe, denn Rebeccas Körper war für mich ein Juwel; alles, was von ihr kam, hatte etwas Heiliges, ich liebte diese finstere Prosa, weil ich ihren Autor liebte. Indem ich mich dem Kult ihrer niederen Stoffe hingab, verklärte ich sie; in einem Mülldekor wurde ich engelgleich, so tierhaft war ich. Unsere Zulassung zum Kreis der Inbrünstigen verlangte nach der Patenschaft allerhöchster Instanzen: Ich stellte mir vor, daß Himmel und Hölle jedem Zucken unseres Falls atemlos beiwohnten und ihm die Gunst einer Erhöhung garantierten. Und je mehr ich mich an der Oberfläche ergötzte, desto mehr wünschte ich, dem

Inneren meine Aufwartungen zu machen, die Wurzeln zu packen, die Leber, die Därme, das Blut, die Lymphe zu küssen, damit kein einziges Zucken dieses Organismus' meiner eifrigen Verehrung entginge. Dieses Tun hatte den Zauber der Federhalter unserer Kindheit: Man drückt sein Auge an eine winzige Öffnung, um ein ganzes Panorama sich entfalten zu sehen. Wenn ich meinen Mund an Rebeccas Krater drückte, wurde ich Zeuge der Mysterien ihres Inneren, ich nahm am Leben ihrer Darmwände, ihres Muskelgewebes, dem Schlagen ihres Herzens teil. Unsere Liebe stank nach Mist, aber wir machten aus dem Mist eine Wonne. Das Niedrigste erwies sich als mit dem Höchsten in Beziehung stehend, was mir hätte zuwider sein müssen, war mir süß, der Ekel galvanisierte mich, ein allem anderen überlegener Sinn transzendierte meinen Abscheu. Die fünf Schranken, die man die fünf Sinne nennt, halb geöffnet und gesichert, rüttelte ich mit all meiner Kraft, ich durchbrach die Grenzen, die das Nervensystem gefangen halten. In meinem Appetit war auch Hochmut. Es gibt nichts Schwindelerregenderes als über einen Widerwillen zu triumphieren: Die Kräfte steigern sich, man bekommt neue Antennen, man verlagert die Grenzen seines Körpers. Was ist denn der Ekel anderes als eine Folge von Beleidigungen, die gegen die Materie gerichtet sind? Der Sieg über diesen Abscheu ist immer die Schwelle einer Ambivalenz. »Scheiße«, scheint man zu ihr zu sagen, »du wirst mich nicht mehr einschüchtern, ich werde dich zähmen und meine Macht über dich ausdehnen.« Es ist eine kannibalische Herausforderung, man verschlingt, was einen ekelt, um es nicht mehr fürchten zu müssen.

Rebecca ihrerseits fühlte sich durch meinen Eifer, die aufeinanderfolgenden Perfektionen ihrer Individualität entgegenzunehmen, geschmeichelt. Und zudem wurde ich, indem sie mich mit ihrer intestinalen Lava überschüttete und von Kopf bis Fuß einhüllte, zu dem Kind, das sie aus ihrem Bauch ausgestoßen hatte. Ich gewöhnte mich an diese teigige Zärtlichkeit, diesen Schlick, der in mich drang, die geliebten Abfälle, die mich von meiner niederen Herkunft befreiten, indem sie mich hineinstürzten. Unser Leib hatte sich balkanisiert, hatte die periphäre Erotik abgelegt wie ein Imperium, das nach dem Tod seines Napoelon auseinanderfällt und dessen Provinzen sich als Königreiche proklamieren. Wir gehörten zu jenen »modernen« Paaren, die die alte medizinische Perversion im Sturm angreifen, um dem Gewöhnlichen Pfeffer zu verleihen, und sich aus Lust am Unbekannten zu Experimenten hinreißen zu lassen. Zu jener Zeit wiederholte ich in naiver Weise meinen Standpunkt: Wer niemals seine Geliebte bis zur Ekstase gegessen und getrunken, seinen Körper ihren uneingestehbarsten Fantasien unterworfen hat, der hat noch nie aus Liebe geliebt. Und ich war stolz darauf, zu jener Kaste der Auserwählten zu gehören, die glauben, die Hölle zu kennen, die sie Leidenschaft nannten.

Was konnten wir denn dafür? Wir hatten weder Anhaltspunkte noch Vorbilder. Durch das Fehlen jeglicher Liebeskunst im Abendland wird der Liebesakt zur Summe aller erlaubten und unerlaubten Weisen, sich zu umarmen. Da, wie die guten Seelen sagen, in der Liebe nichts schmutzig ist, ersetzte für uns das Prinzip der Neuheit das Prinzip der Lust. Äußerlich brave Bürger und voneinander besessen, waren wir im geheimen Kämmerlein Rebellen, Ganoven, Outlaws, die die Konventionen stürzten und der etablierten Ordnung trotzten. Unseren Freunden gegenüber praktizierten wir systematisch Doppeldeutigkeiten: Ohne ihnen irgend etwas von unseren intimen Gepflogenheiten zu verraten, ließen wir sie jedoch wissen, daß diese nicht ohne Originalität seien. Wenn sie nach Einzelheiten fragten, schauten Rebecca und ich uns mit mitleidvoller Miene an und versteckten uns hinter der Anstandspflicht. Hin- und hergerissen zwischen dem Drang, uns zur Schau zu stellen, und der Angst, zu enttäuschen, blieben wir bei Andeutungen. Andere haben natürlich diese Erforschung viel weiter getrieben als wir und haben vor den äußersten Extremen nicht zurückgescheut. Neben professionellen Perversen waren wir nichts als stammelnde Zwerge. Und dennoch verachteten wir aus der Höhe dieser fragmentarischen Wonnen die simplen Liebenden, die in ihrer mechanischen Wollust stecken geblieben waren. Wir empfanden an uns nicht jene anzügliche Häßlichkeit der puritanischen Grimasse angesichts der Lust, sondern etwas anderes: unserer Zeit voraus und der Vollendung nahe. Etwas Heldenhaftes in mir sagte: Das Niedere, das Obszöne, das Vulgäre zuzulassen ist das einzige Mittel, die wahre Obszönität zu vermeiden, die in der Unkenntnis des Schmutzes besteht, der Haltung der schönen Seelen. Wir hatten einen Gipfel erreicht, von dem uns die bescheidenen Freuden des Tals anwiderten. Indem wir uns dem Gewöhnlichen verschlossen, machten unsere Anomalien uns größer und bestätigten den außergewöhnlichen Charakter unserer Beziehung.

Was zum Beispiel, glauben Sie, taten wir, nachdem wir unsere unverdaulichen Intimitäten gekostet hatten? Ich wette, daß Sie es nicht erraten würden. Wir umarmten uns innig. Wir drückten uns aneinander und wogten sanft in einer heißen Ruhe, fast schwerelos, hin und wieder unter einem Kuß erschaudernd, schaukelten wir in einer lichtschimmernden Auflösung unseres Seins. Jedes Glied hatte eine spezifische Wärmeausstrahlung, die Schulter, die Hüften, die Arme hatten ihre ihnen eigene Temperatur, die sich der Haut mitteilte. Diese Umarmungen brachten unseren Liebesspielen Pausen der Stille, die Ruhe stiller Gewässer, in denen wir unsere Kräfte wiederfanden. Wenn dann die Gefühle sich mäßigten, das Blut seinen gewohnten Strom wiederfand, schlummerten wir ein und ließen dabei unseren Atem im befriedeten Takt der Respiration dialogisieren. Am nächsten Tag riefen wir uns den Vorabend in Erinnerung und bekamen Lachkrämpfe: Wir wiederholten die wahnsinnig enttäuschenden Worte der Wollust; diese keuchend gestotterten Sätze sprachen wir mit Komödiantentonfall nach. Als Linguisten des grotesken Lasters machten wir uns übereinander lustig, ich über ihr Geschrei, das Tote aufwecken konnte, und sie über mein Gegurre des heiseren Täuberichs. Auf diese Weise belebten wir als Clowns der Wollust mit unseren Scherzen den gewaltigen Sturm noch einmal, der uns am Vorabend nah an den Abgrund gebracht hatte, um ihn leichter zu exorzieren. Denn auf die Amateure seltsamer Sexpraktiken lauert ein Risiko: das Verfluchte zu kultivieren, den schwarzen Engel, den Fürsten der Finsternis, während in der tiefsten Tiefe der Verworfenheit eine pingelige Ordnungsliebe besteht, ein Aspekt von Zimmermädchen, von altem Knaben, der seine Möbel abstaubt. Die Perversion braucht Ordnung, und diese Ordnung hindert sie daran, die Form des großen Umsturzes anzunehmen. Kurzum, weit davon entfernt, von dieser Libertinage zerfressen zu werden, hatten wir uns darin niedergelassen wie andere Leute in der Küche. Wir trällerten in der Ausschweifung, wir liebten uns gemütlich eingeschlossen in den Zirkel unserer Fantasien. Wir wollten unter allen Umständen die niedrigsten Rubriken der Verderbtheit kennenlernen, ohne jedoch darauf hereinzufallen. Während alle Liebe so unweigerlich, wie das Mischen von heißem mit kaltem lauwarmes Wasser ergibt, zum Ausgleich neigt, hatten wir der unseren eine antagonistische Kraft gegeben, die die verstreuten Energien aufsaugte und in den Kreislauf der Leidenschaften zurückfließen ließ. Wir wollten unsere Geschichte vor der Häßlichkeit bewahren, simpel und verständlich zu sein. Wir stürzten uns mit energischer Direktheit in die Maßlosigkeit, trotzen unserm Widerwillen und waren stolz darauf, ihm zu trotzen. Unnötig, unsere Verworfenheit zu dramatisieren. Wir hörten nicht auf, uns mit allen Mitteln Beweise unserer gegenseitigen wachsenden Leidenschaft zu geben. Folgte unser Aufstieg zu den elaboriertesten Stufen der sinnlichen Lüste nicht der berühmten Weisheit: Ein bißchen mehr als gestern, ein bißchen weniger als morgen?

Diese Zeiten von Wahnsinn und glühendem Fieber dauerten fast acht Monate, während derer wir nur ein Ziel, ein einziges Gesprächsthema hatten. Diese Neigungen veränderten mein Leben: Ich konnte keinen Schritt tun, niemanden treffen, kein Rezept ausschreiben, keine Zeitschrift lesen, ohne daß eine Folge von Assoziationen mich zurück zu den üppigen Genüssen, die ich mit Rebecca teilte, brachte.

Aus diesen Extremen konnte ich nicht zu den mittelmäßigen Regionen des Lebens zurückfinden, ich mußte mich tiefer hineinstürzen, also weitermachen. Und während ich den lieben langen Tag mit der Analyse von infiziertem Stuhl und Urin zu tun hatte, hatte ich nur eines im Sinn: am Abend in die hinreißenden Ausscheidungen meiner Geliebten zu tauchen und unsere, wie sie es nannte, Sitzungen von Mund zu Mist wiederaufzunehmen. Mein Zimmer, das zu betreten ich meinen Freunden verwehrte, war zum Arsenal eines Sex-Shops geworden, vollgestopft mit künstlichen Penissen, Birnenspritzen, Klistieren, Peitschen, Ledermiedern, Handschellen, fransenbesetzten Schlüpfern, Ringen mit Zacken oder Kugeln – ein wahrer Keller mittelalterlicher Foltergeräte, wo nur noch der zerfetzte Schatten von Jesus am Kreuze fehlte. Wenn mein Sohn einmal in der Woche zu Besuch kam, räumten wir alles in einen verschließbaren Schrank und blieben abstinent. Während der restlichen Zeit ließ meine liebenswerte Foltermagd alle ihre Instinkte einer sensiblen Frau mit unglaublicher Gewalt explodieren: Das Blut ihrer Vorfahren, dieses arabische Blut, das in ihren Adern brannte, begann zu kochen und wild in ihrem Leib zu pulsieren. Sie verkörperte eine brutale Vitalität, die mir abging, und die mir heftige Schauder vom Kopf bis zu den Füßen verursachte. Ich erstrebte ihre Umarmungen mit der Starrsinnigkeit eines ausgehungerten Tieres, sie schleuderte mir Feuerfunken unter die Haut; sie bot sich mir unveränderlich und hochmütig dar, fesselte all mein Trachten nach einem höheren Leben als dem der Ruhe gesättigter Sinne. Ich liebte ganz besonders nach der Liebe ihr ermüdetes, wie eine schöne Frucht von Tau bedecktes Gesicht. Die Erschöpfung blähte und glättete ihre Züge und in diesen runden, glatten Formen las man die tiefe, kindliche Zufriedenheit, so weit gegangen und unversehrt, glücklich, erleichtert daraus hervorgegangen zu sein.

Unsere schlechten Gewohnheiten brachten uns dazu, lauter kleine, unanständige Ausschweifungen zu erfinden. Zum Beispiel urinierte Rebecca eines nachts gegen mein Bein, und ich erwachte frierend und hörte sie unter den Laken lachen und schimpfen, daß ich wie ein Säugling Pipi ins Bett gemacht hätte. Oder sie schleppte mich während einer Abendgesellschaft zu den Toiletten, drückte meinen Kopf zwischen ihre Beine, erleichterte sich darüber und brachte mich, ohne mir Zeit zu lassen, mich zu reinigen, zurück ins volle Licht. Meine Haare klebten, mein Gesicht war naß und sie schnupperte vor allen Leuten angeekelt an mir. Wenn wir allein in der Natur waren und ein plötzliches Bedürfnis sie überkam, ließ sie einen kleinen Frühlingsregen über meine Stirn rieseln, und ich beobachtete voller Entzücken die kristallklaren Tropen, die wie Perlen auf den zauberhaften Wimpern ihres Geschlechts zitterten. Ein anderes Mal fuhren wir des nachts mit dem Simplon-Expreß nach Venedig und auf dem Bahnhof von Domodossola zwang sie mich, unter den Wagon zu kriechen und aus dem Ablfußrohr des WCs den Strahl zu trinken, den sie über mir von sich gab. Obgleich es dunkel und der Bahnsteig menschenleer war, fürchtete ich, jeden Moment von einem Eisenbahner überrascht oder durch ein Manöver des Zugs überrollt zu werden, und niemals verband sich in mir die Angst so eng mit der Lust. Oder ein andermal füllten wir Nahrung oder Likör in die Öffnungen meiner Geliebten und ihr Geschlecht wurde die Tafel, an der ich mich labte. Zur Bestätigung der kannibalischen Natur meines Begehrens für Rebecca neigten Liebes- und Küchenrezepte dazu, sich zu vermischen. Wir erarbeiteten selber unsern Speiseplan, und es gab nicht eine Torte, nicht ein Getränk oder Gericht oder Auflauf, dem nicht ein Teilchen des fabelhaften Körpers meiner geliebten Mätresse beigemischt gewesen wäre. Es erstaunt Sie vielleicht, daß wir nicht ein einziges Mal die Rollen tauschten; für mich stellten Rebeccas Kälte und Gewalt ihre Haupttugenden dar. Wenn sie als der Gegenstand meiner Verehrung mir mit gleicher Münze zurückgezahlt hätte, wäre das Prestige verloren gegangen und sie wäre mir zu einer Last geworden.

In diesem Moment hätten wir aufhören müssen: Verliebte müßten sich auf dem Höhepunkt ihrer Leidenschaft trennen und einander aufgrund von zu großer Harmonie verlassen, wie andere wegen zu großen Glücks Selbstmord begehen. Wir glaubten uns in der Morgendämmerung der Welt, aber man mußte taub sein, um das Getöse der Brandung zu überhören, die den Einbruch der Nacht ankündigte. Über die Vielfalt der Fantasmen, mit denen Rebecca mich verwöhnt hatte, hatte sie in mir die eine Vorliebe aufgerührt, die seit meiner Kindheit latent lauerte: die Lust an der Neuheit des Neuen. Von ihr verlangte ich immer mehr, erwartete, daß sie mich verblüffe, mich mit Pirouetten, mit blendenden Erfindungen überrasche. Daraufhin erwiderte sie mir, denn sie wurde meinen Forderungen gegenüber ein wenig defensiv: »Warte ab, hab's nicht so eilig, ich habe genug Ideen im Kopf, um dich für ein ganzes Jahrhundert zu beschäftigen.« Ich war wild auf diese Versprechungen, die mir eine Gänsehaut verursachten und meine Fantasie in Fieber versetzten. Doch eines Tages begriff ich mit unangenehmer Intuition, daß ich alles gesehen hatte. Rebecca hatte ihre Schätze erschöpft, ihr Erfindungsgeist war müde und brachte keine sinnlichen Utopien mehr zur Welt.

Der Bann war gebrochen: Wir hatten unsere Reserven erschöpft, die Exegese unserer nicht eingestehbaren Gelüste beendet. Unser Liebesleben, das eine Anhäufung von Erstaunlichem gewesen war, wurde zu einer Anhäufung von Beunruhigungen und begann, auf der Suche nach dem zur Erregung notwendigen Risiko, zwischen Angst und Erschöpfung zu schwanken. Nicht Indignation, sondern ein Lächeln sollten meine Vertraulichkeiten bei Ihnen auslösen. Was gibt es komischeres als ein junges Paar, das die Superlative des Lasters sucht und sein Versagen eingesteht? Wir überlebten unsere Wollust, wie wir die Jahreszeiten überlebten: Diese simple Tatsache hätte uns verbieten müssen, unsere körperlichen Exzesse ernst zu nehmen. Wir liefen keinerlei Risiko, schuld war die laue Vulgarisierung unserer Zeit, die alles entdramatisiert hat und uns gleichzeitig die Möglichkeiten nahm, es langfristig zu bereuen. Was für eine seltsame Epoche: Die größte Schwierigkeit liegt nicht darin, Obszönitäten heraufzubeschwören, sondern, sie sichtbar zu machen. Die Toleranz hat die gröbsten Situationen entschärft, der Sex ist ein armseliger Frevel, dem nicht einmal mehr Qualität des Heiligen zugestanden wird. Es ist heute nicht mehr die Zerrüttung, die den modernen Lebemann bedroht, sondern die Langeweile.

In Wahrheit war ich zu gesund für derartige Extreme: Ich glaubte, die Grenze überschritten zu haben, und ich hatte mich nicht bewegt. Ich hatte zu sehr das Pittoreske gesucht, das Unerwartete, um mich tatsächlich an die Episoden zu klammern, die unsere Experimente kennzeichneten. Ich hatte einen Sommer sexuellen Anarchismus' erlebt, ein Kapitel exzentrischer Emotionen angehäuft, die für eine Weile meiner Sensibilität geschmeichelt hatten, jedoch nicht tief genug gegangen waren, um sich in den Archiven meiner Haut einzuschreiben. Es war mir nicht gelungen, mich zu verwandeln, ich blieb der kleine Spießer, der nach einem Seitensprung zu seinen konventionellen Gelüsten zurückkehrt. Und ich nahm es Rebecca um so mehr übel, in mir die Hoffnung auf eine große Metamorphose genährt und mich dann enttäuscht zu haben. Wir hatten für unsere kümmerlichen Temperamente auf zu großem Fuße gelebt und waren so verwirrt wie jene Armen, die man für einen Abend zu einem Festgelage lädt und anschließend in ihre elenden Löcher zurückschickt. Und es gibt nichts Entmutigenderes, als die Banalität seiner eigenen Fantasien zu erkennen. Als wir erfuhren, daß es in London, Berlin und New York Clubs gab, die das, was wir zu zweit praktiziert hatten, in großem Rahmen taten, war ich plötzlich unsere Gewohnheiten leid: Ein so ausgetretener Weg war es nicht mehr wert, daß ich meine Füße darauf setzte. Ein Leben im geschlossenen Gefäß, im geschlossenen Nachtgefäß müßte man sagen, das uns zwang, uns von der Welt abzusondern, dieses häusliche Leben von Pantoffelhelden hatte keinen Sinn mehr. Wenn wir wenigstens irgendwelche Teilnehmer zu unseren Unternehmungen zugelassen hätten, hätte uns das bei unseren Tête-à-têtes amüsieren können, aber Rebecca war nicht bereit, einen Dritten oder gar ein anderes Paar dabeizuhaben. Der Verderbnis verfallen, führten wir ein Rentnerleben, verkrochen uns hinter zugezogenen Vorhängen vor Abenteuern und Ungewißheit. Doch die Welt, von der wir uns abgekehrt hatten, forderte ihre Rechte: Je mehr wir uns absonderten, desto lauter konnten wir hören, wie sie an die Tür pochte, hinter den Fenstern flüsterte, in den Gardinen wisperte und uns aufforderte, hervorzukommen und uns in ihr zu verlieren, ehe es zu spät sei.

Von Wollust und Überfluß gesättigt, brach ich den Zauber vollständig. Mich hungerte nach Geräusch, Betriebsamkeit, Menschenmassen, Krach. Bald entstand ein Klima dumpfer Gereiztheit zwischen Rebecca und mir: Ich kühlte ab, mein wankelmütiger Charakter, der für eine Weile von der überwältigenden Persönlichkeit meiner Freundin niedergedrückt worden war, kam wieder an die Oberfläche. Rebecca war für mich das gewesen, was ich für sie gewesen war: ein brutaler Schock, ein Windstoß auf der Glut, der alles weggefegt hatte. Diese wilde, von nun an leere Energie wandte sich gegen uns. Es sollte nicht lange dauern, bis die Gewitter, die mächtigen Strömungen, die wir aufgestaut hatten, als wahre Stürme losbrachen. Nachdem ich meine Geliebte auf einen Sockel gehoben hatte, stürzte ich sie nun, auf der Suche nach einem neuen, anbetungswürdigen Idol, gewaltsam hinunter. Augenblicke größter Sinnenlust können sich, da sie Kräfte freisetzen, die normalerweise schlummern, unversehens in Grausamkeit verwandeln. Und in der Ernüchterung steckt immer ein Funken Zorn. Ich nahm meiner Gefährtin übel, daß sie in mir nicht mehr genug Leidenschaft erweckte, und ich begann zu wünschen, daß sie den Anstand hätte, zu verschwinden. Da ich sie weniger liebte, haßte ich sie beinahe, und weil die Perversion der Weg, den unser Haß eingeschlagen hatte, gewesen war, verwandelte sie sich in Bosheit.

Ich fand Makel an Rebecca: Zum Beispiel fiel mir auf, daß gewisse Scherze sie wie schwere, in der Erinnerung zu Folterqualen wachsende Beleidigungen trafen, während sie andere problemlos hinnahm oder mit einem Achselzucken abtat. Dieser hochmütigen Frau, deren Launen ich mich unterworfen hatte, mangelte es an dem grundlegendsten Selbstvertrauen. Ich profitierte schamlos davon und hörte nicht auf, alles, was wir bis dahin heilig gehalten hatten, ins Lächerliche zu verdrehen. Rebecca fühlte sich gekränkt und brach in Tränen aus. Unsere ausschweifenden Gelage wurden zu Kriegen. Was wollen Sie: Tief verletzen kann man nur jemanden, den man liebt, es liegt keinerlei Befriedigung darin, Unbekannte schlecht zu behandeln. Und außerdem beruht alles, was wir Zivilisation nennen, auf der Vertiefung von Grausamkeit. Heutzutage gedeiht die Brutalität in Worten und vergeistigt sich, weil die körperliche Gewalt in Mißkredit geraten ist. Unsere Generation, die sich etwas darauf einbildet, die Bestialität aufgegeben zu haben, hat sie in neuem Gewand wiedergebracht. Man mißt seine Kräfte nicht mehr mit Fäusten oder Muskeln, man schärft sie mit seinem Geist und seiner Zunge. Unsere Gesellschaft hat dadurch an Raffinesse gewonnen, doch sie hat noch keine Strafen für die ungeheuren Schäden etabliert, die durch Spott und Verleumdung angerichtet werden. Dazu kommt, daß alles erlaubt ist, den anderen einzuschüchtern, einschließlich der Freiheitsideologien, die im Laufe dieses Jahrhunderts in unserem Klima gediehen sind. Es ist gar der besondere Charme unserer Epoche, daß man Individuen im Namen ihrer Freiheit angreifen kann. Überflüssig, darauf hinzuweisen, daß Rebecca im Gegensatz zu mir in derartigen Wortgefechten nicht erfahren war. Während es Kinder gibt, die mit Bibeltexten oder der Rezitation des Talmud erzogen, andere mit der Milch des Abenteuers genährt werden, andere wiederum am Busen der Natur oder eines unnahbaren Ozeans heranwachsen, bestand die Musik meiner, des kleinen Pariser, Kindheit aus dem Geschrei und den Szenen zwischen meinen Eltern und den Demütigungen, die mir mein Vater wie einen Nagel in den Kopf gerammt hatte, der fortdauernden Vorstellung meiner Minderwertigkeit. Eine solche Erziehung erzeugt heimtückische, rachsüchtige

Sprößlinge voller Groll gegen die ganze Menschheit. Kurz gesagt, meine Wenigkeit. Dies soll Ihnen das Wiederaufleben bösartiger Neigungen, meine besondere Vorliebe für Schläge unter die Gürtellinie illustrieren, die von der Frische der verliebten Anfänge in Schranken gehalten worden waren.

Ein Zyklus endete, und ich fühlte vage, daß ein neuer ihn ablösen sollte. Ich hatte mir meine Geliebte furchterregend gestaltet, um sie anschließend unbedeutend finden zu können. Bewundern ist schon hassen, den- oder diejenige, der man ein Denkmal setzt, im voraus abzukanzeln: Nach acht Monaten erotischen Ungestüms standen wir einander wie Fremde gegenüber, glaubten, uns zu kennen, und hatten uns nichts mehr zu sagen. Unserer neuen Situation widersetzte sich Rebecca zunächst mit der ganzen Kraft einer Frau, die ihre Privilegien verloren hat, aber zumindest ihre Würde bewahren will. Wir hatten Auseinandersetzungen. Als die Situation immer giftiger wurde, versuchten wir, den Rückwärtsgang einzulegen und fuhren für mehrere Monate nach Asien, wohin ich mich von der Weltgesundheitsorganisation versetzen ließ. Die Vielfalt von Leuten und Kulturen, die Schönheit der Stätten und Landschaften wirkten heilsam auf unser eheliches Unglück. Doch nach unserer Rückkehr fing alles wieder von vorne an. Unsere Gefühle waren unter ihrem Eigengewicht zusammengebrochen, und ich trachtete nur noch danach, mich zu distanzieren. Wie gesagt, unsere Umarmungen waren selten geworden; die Zeit der Ausschweifungen war vorüber, und ich empfand nicht die geringste Neigung, zu Papas klassischer Kopulation zurückzukehren, vor allem nicht mit einer Frau, die mir bis zur Übelkeit vertraut war. Welche Schamlosigkeiten können denn mit dem Reiz eines unbekannten Körpers rivalisieren? Rebecca mußte es durchschaut haben, denn eines Tages gestand sie mir: »Wir hätten das niemals tun dürfen, du bist anders geworden.« Ich zuckte mit den Achseln, denn ich fand diese Rückkehr zur Schamhaftigkeit, Folgen einer strengen Erziehung, lächerlich, doch ich wagte noch nicht, ihr die wahren

Gründe für meine Kälte zu nennen. Angesichts meiner Nachlässigkeit erstickte sie manchmal beinahe vor Zorn, hatte Lust, mich zu erwürgen, mich umzubringen, mir die Kehle zuzudrücken, um mir alle Geheimnisse meines Herzens zu entreißen.

Ich erinnere mich an eine besonders frappierende Episode, unseren zweiten großen Streit. Der erste hatte, wie ich Ihnen gestern berichtet habe, bei einem Abendessen stattgefunden. Aus praktischen Gründen mache ich einen Unterschied zwischen den alltäglichen Scharmützeln und den großen, selteneren, langwierigen Opern des Hasses. Damals also, es war im Frühling, war ich für eine Woche verreist, denn ich war eingeladen worden, einen Vortrag bei einem Parasitologenkongreß in Wien zu halten. Rebecca, die bei mir wohnte, hatte die Zeit genutzt, meine Zweizimmerwohnung in Paris zu verschönern. Sie hatte Wände und Türen gestrichen, helle Vorhänge vor die Fenster gehängt, sämtliche Vasen mit leuchtend-bunten Blumen gefüllt und fast zwei Dutzend Satinkissen genäht, die einen zärtlich einladenden Haufen von Rundungen mitten im Salon bildeten. Sie hatte mir einen neuen Farbfernseher und zwei Jugendstillampen gekauft und diese Junggesellenhöhle in ein Nest für eine junge, frische Liebe verwandelt. Ich war hingerissen von dieser Verwandlung und zutiefst gerührt, vor allem, nachdem ich erfuhr, daß sie dreiviertel ihres Lohns und alle ihre Ersparnisse dafür ausgegeben hatte.

Natürlich versäumte ich es nicht, bei unserer ersten Reiberei zwei Tage nach meiner Rückkehr ihre Initiative heftig zu kritisieren. Ich spottete über ihren schlechten Geschmack, den schlechten Geschmack einer Friseuse, hackte auf dem Mangel an Harmonie zwischen Möbeln und Farbanstrich herum, beschuldigte sie, meine Wohnung verwüstet und daraus den Luxus von Schlagsahne, den Unterschlupf einer Kokotte gemacht zu haben. Ich erinnere mich gut, wir saßen in einem Café und Rebecca weinte. Es war das erste Mal, daß ich sie wegen ihres Berufs angriff. Als sei es nötig, meiner Bosheit auch noch Flegelei hinzuzufügen, stand ich, angeblich über ihre Tränen verärgert, auf. Auf der Straße holte sie mich ein. Ihr Gesicht war angespannt, und ich hatte plötzlich Angst vor der Gewalt, die ihre Züge verzerrte. Ohne mir wirklich darüber im klaren zu sein, ahnte ich die bevorstehende Katastrophe.

»Dir gefällt die Wohnung also nicht?«

Ihre Stimme fauchte, als würde sie vor Entrüstung ersticken.

»Das habe ich nie behauptet.«

»Oh, doch. Sie ist scheußlich, versuch nur ja nicht, mich zu schonen.«

»Warum kommst du hinter mir her?«

»Ich werde meinen Fehler wiedergutmachen, keine Angst.«

Ich schloß leicht beunruhigt die Tür auf. Ehe ich auch nur den kleinen Finger rühren konnte, war Rebecca hineingestürmt, hatte den Fernseher gepackt und ihn die Treppe hinuntergeschleudert. Ich sprang hinzu, doch das Gerät polterte über die Stufen, spie dabei unter ungeheuerlichem Getöse, das das ganze Haus aufweckte, seine Eingeweide aus Spulen und Kabeln aus.

»Bist du denn von allen guten Geistern verlassen?«

»Nein, mein Schatz, ich geb dir deine Wohnung so wieder, wie sie war.«

Mit entschlossenen Schritten bewaffnete sie sich mit einem Küchenmesser, schlitzte alle Kissen, die sie gemacht hatte, eins nach dem anderen auf, und tauchte das Wohnzimmer in einen weißen Federsegen. Gelähmt von diesem Hurrikan blieb ich reglos stehen, vielleicht sogar von dem dunklen Gedanken besessen, daß ich diese Strafe verdiente. Ich erspare Ihnen die Einzelheiten dieser bedauerlichen Affäre. Es soll mir genügen, Ihnen zu sagen, daß dieser glückliche, warme Winkel in einer halben Stunde völlig verwüstet wurde, ein Teil meiner Bücher zerfetzt, die erotischen Accessoires aus dem Fenster geschmissen, die Tapete heruntergerissen, die beiden Lampen an meiner Schulter zerschmettert. Rebecca hatte ganz allein so viel Schaden angerichtet wie eine Polizeirazzia, und als ich fortging, blieb von meiner Wohnung nur noch ein Trümmerfeld. Ich war völlig niedergeschmettert. Ich glaube, ich weinte über mein verwüstetes Zuhause ebensosehr wie über unsere zerrüttete Liebe. Die Nachbarn hatten alles mit angehört. Sie tolerierten schon Rebeccas nächtliche Liebesschreie schlecht, doch jetzt war mein Ruf im Haus vollständig ruiniert.

Zwei Stunden später rief mich meine schluchzende Geliebte mit der ihr eigenen Inkonsequenz an, um sich zu entschuldigen. Sie bat mich inständig, ihr zu erlauben, den Schaden wiedergutzumachen und bot sich an aufzuräumen, selbst wenn sie die ganze Nacht dazu brauchte.

»Schmeiß mich raus, wenn du willst, aber laß mich vorher alles wieder in Ordnung bringen.«

Ich willigte ein. Mit Besen und Schaufel in der Hand machte sie sich ans Werk. Ich kauerte auf einem Hocker, gab Anweisungen und genoß ihre Unterwerfung, überschüttete sie mit Sarkasmen und Vorwürfen, piesackte sie mit Hinweisen auf nicht ordentlich ausgeführte Arbeiten und ließ alle meine zufälligen Launen an ihr aus. Diese Kuh, die geglaubt hatte, mich einschüchtern zu können, kroch nun vor mir. Als sie einige Stunden später alles sauber gemacht hatte, machte ich die Tür auf und wünschte ihr einen guten Abend.

»Du willst, daß ich verschwinde?«

»Das wäre mir lieber.«

»Ich habe keine Lust zu gehen.«

»Ist aber besser. Los, geh jetzt.«

»Franz, ich liebe dich, ich bitte dich um Verzeihung, ich war im Unrecht. Ich liebe nur dich, ich werde alles für dich tun.«

»Ich will nur eines: daß du so schnell wie möglich von hier verschwindest.« Schon stiegen ihr die Tränen auf. Eine Minute später schneuzte sie heftig. Sie ließ sich vor mir auf die Knie fallen und küßte mir die Hände und die Schuhe.

»Ich liebe dich«, wiederholte sie, »ich flehe dich an, laß mich bei dir bleiben.«

Sie umklammerte meine Knie mit beiden Armen, während ich sie mit Tritten bis zur Tür beförderte, als sei mein Entschluß unabwendbar. Ich wollte sehen, wie weit eine verliebte Frau, die sich in unterlegener Position befindet, gehen kann. Ihr Flehen und Betteln war Labsal für meine Eitelkeit. Ich genoß es wie ein Pascha. Sie weinte noch lange; sie hatte das Gesicht in den Teppich vergraben und mit zitternden Händen ließ sie abgrundtiefen Schmerz heraus.

Ich wartete, bis die Krise etwas nachließ, und stellte dann drakonische Bedingungen für ihre Rückkehr auf: Ich verlangte, daß wir uns seltener sehen würden, daß sie mir meine Freiheit ließe, aufhöre, sich in meine Angelegenheiten und in meine Post zu mischen. Sie willigte geknickt ein.

»Ich kann alles ertragen, wenn ich nur ein bißchen mit dir sein darf. Ich glaube, du könntest sogar eine andere Frau lieben, wenn es sich in meiner Gegenwart abspielt und du mich auf dem laufenden hältst. Ich folge dir bis ans Ende der Welt, selbst, wenn du mich verstößt oder verjagst. Kein Leid, das du mir zufügst, ist so schmerzhaft wie das Leid, dich zu verlieren.«

Ich lauschte verzaubert und einfältig geschmeichelt ihren Worten, ich hatte nie geahnt, daß diese Frau mich mit solcher Überzeugung liebte. Ich erwiderte ihr:

»Das willst du alles für mich tun? Du begehst einen Fehler. Siehst du, das Drama besteht darin, daß du mich zu sehr liebst, viel zu sehr. Weil du unausgefüllt bist, weil du keine Arbeit hast, in der du aufgehst. Ich fordere, daß du mich weniger liebst: Deine Zuneigung engt mich ein. Dir ist also nicht einmal klar, daß die wahnsinnige Liebe ein Unterdrückungsmythos ist, den die Männer erfunden haben, um die Frauen zu bezwingen?«

Ich jubelte. Ich spielte den Feministen und zerschmetterte Rebecca im Namen ihrer Würde; ich entdeckte in mir ein gewisses Talent zur Schurkerei. Für einen Moment bekam ich es bei dem Gedanken, daß dieses Lächeln, dieses Glück von meiner Macht abhingen, mit der Angst zu tun. Dann verscheuchte ich meine Bedenken, und ein anderer Gedanke ging mir durch den Sinn. Ich konnte über dieses Wesen, das sein Schicksal in meine Hand gegeben hatte, voll verfügen. Diese Erkenntnis war schrecklich. Sie ließ mich nicht mehr los und entschied über den ganzen weiteren Verlauf unserer Beziehung. Rebecca wagte nicht zu widersprechen. Am Abend hängte sie einen Zettel für die Hausbewohner außen an die Tür: »Machen Sie sich keine Sorgen, es war nur ein kleiner Streit.«

Sie nahm mir das Versprechen ab, sie nie wieder zu demütigen, und schwor, sich niemals je wieder so gehen zu lassen. Natürlich wußte ich mich außerstande, meine Giftzunge im Zaum zu halten, und ahnte, daß sich ihr Zorn, die Kehrseite ihrer bedingungslosen Liebe, bei der nächsten Gelegenheit aufs neue entzünden würde. Dieser Krisenzustand gefiel mir; ich mag es, die Leute zum Äußersten zu treiben, sie zur Verzweiflung zu bringen, an ihren Nerven zu zerren, bis ich mich daran verbrenne. Ich finde darin den gleichen experimentellen Rausch wie in den Feuern der Erotik. Eine Szene ist die Verlängerung der Lust mit anderen Mitteln. Und außerdem gab es in meiner Familie immer eine Tendenz zum Wahnsinn bei den Frauen. Mein Vater, mein Großvater und auch schon dessen Vater besaßen alle drei die Gabe, ihre Ehefrauen an den Rand der Geisteskrankheit zu treiben. Ich hatte ein neues Opfer für die Tradition gefunden, diese lange Kette häuslicher Despoten ermutigte mich, die Fackel zu übernehmen. Und derjenige, der aus seiner Vergangenheit und der seiner Ahnen nicht lernt, verdammt sich dazu, deren Unglück erneut zu durchleben.

Ein plötzlicher Windstoß strich uns über die von der schamlosen Beichte geröteten Gesichter: ohne anzuklopfen hatte Rebecca brutal die Tür aufgerissen.

»Guten Abend.«

Beim Klang dieser Stimme hatte der Gelähmte seinen irren Wortschwall unvermittelt gestoppt. Große zinnoberrote Flecken glühten in seinem Gesicht, als wären sie auf die Haut geklebt.

»Aber da ist ja der ›Herr Erzürnt‹«, proklamierte sie und verbeugte sich vor mir. »Sind Sie noch immer so zorrrrnig?«

»Nicht doch«, korrigierte Franz sie mit einem schiefen Lächeln, »das ist nicht mehr ›Herr Erzürnt‹, sondern Don Quichatte, der Retter der Miezekatzen, Beschützer von Witwen und Kätzchen.«

»Was hat er denn jetzt wieder angestellt?« rief Rebecca kurz vor einem Lachkrampf aus.

Dieses »Was hat er denn jetzt wieder angestellt?« machte mich fertig. Ich war stocksauer. Innerlich natürlich nur, denn äußerlich trug ich noch immer ein breites Lächeln zur Schau, das in den Mundwinkeln verkrampfte. Ich brannte darauf, diese Abfuhr zu kontern, aber ich konnte nur ein paar unhörbare Worte stottern. Ich saß genau an der Stelle, wo sich der Atem der beiden Eheleute traf, und dieser Atem war ein stinkender Durchzug. Ich brauchte Luft, ich wollte die Weite, um mich aus diesem Schlick zu befreien, in dem wir schon viel zu lange marinierten. Konfus ergriff ich die Flucht, und als ich die Tür hinter mir zuschlug, glaubte ich, spöttisches Gelächter zu hören. Sie mußten sich über mich lustig machen. Ich fühlte mich dreckig, besudelt. Es brauchte die lächerliche Pantomime von Franz, das feige Mitleid, das ein Behinderter auslöst, damit ich diese Obszönitäten ertrug. Ich rannte in meine Kabine wie ein gehetzter Fuchs in seinen Bau. Béatrice schlief schon, ihr regelmäßiger Atem, ihr leicht süßliches Parfüm monopolisierten das Bett mit beinahe widerlicher Hartnäckigkeit. »Oh, entschuldige«, sagte ich mit leiser Stimme, beschämt von meinem Gedanken. »Ich bin so durcheinander.« Ich wollte nachdenken, meinem Mißmut freien Lauf lassen, doch eine Welle von Müdigkeit trug mich davon. Ich war niedergeschmettert, meine erschlafften Glieder zwangen mich zu schlafen. Ich versank in Schlaf. Ich träumte: Rebecca stand an der Reling, das kleine Kätzchen aus Venedig im Arm, und während sie es streichelte, wiederholte sie mir: »Du verdienst besseres als Béatrice, du bist mehr wert als das Leben, das sie für dich bereithält.« Dann warf sie das Kätzchen ins Meer und fing an, mit einem gräßlichen deutschen Akzent Obszönitäten von sich zu geben. Ich mußte mitten in der Nacht schweißgebadet aus diesem Alptraum aufwachen, um endlich zu erkennen, was die Kabine von Franz war: eine Werkstatt für sentimentale Zerrüttung.

DRITTER TAG:

Das Rendezvous der Untreuen

Wo die Liebenden sich vereinen, zerfallen sie zu Asche

Als ich am nächsten Morgen die Augen aufmachte, war Béatrice schon hinausgegangen. Heftiger Regen peitschte gegen das Bullauge, versperrte die Sicht, ein Gefängnis mit tausend flüssigen Gitterstangen. Mit der Erinnerung an den Vorabend kam der Zorn zurück. Meine Gefühle für Franz, bislang eine Mischung aus Neugier und Ekel, gipfelten an diesem Morgen in Wut. Seine widerliche Beichte und die Häme seiner Frau waren mir unerträglich geworden. Ich hatte aufgehört, ihre Freundschaft zu wollen, ich wollte sie nie wieder sehen oder hören. Wenn nötig, würde ich mich hier in der Kabine einschließen, um ihrem Gespött zu entkommen. Ich mußte Béatrice über meinen Entschluß informieren. Ich fand sie im leeren Speisesaal am Tisch mit Marcello. Erstaunt und glücklich über dieses Tête-à-tête mit einem Individuum, das sie gestern kritisiert hatte, entschied ich, aus Höflichkeit ein wenig zu warten, ehe ich ihr mein Projekt anvertraute. Nachdem ich ihr ins Ohr geflüstert hatte, daß ich ihr wegen der Katzengeschichte nicht mehr böse sei, mischte ich mich in ein Gespräch über den Orient, bei dem abwechselnd französisch und italienisch gesprochen wurde. Wenn es jemanden gab, mit dem ich gern Gedanken austauschte, die über den Rahmen gewöhnlicher Banalitäten hinausgingen, dann war das Marcello. Obwohl wir nur wenige Worte gewechselt hatten, beeindruckte er mich; er hatte eine Erfahrung bis zum Ende durchgeführt, wohingegen ich nichts als ein Novize war und ihm gegenüber ganz Fragen, ganz Neugierde. Zudem hatte er die Fähigkeit, Enthusiasmus zu verbreiten, die mich entzückte. Ich erinnere mich, daß er gerade von Indien sprach, als Béatrice klagte, ihr sei kalt. Freundlich bot ich ihr an, einen Pullover aus der Kabine zu holen. Auf dem Rückweg war ich für einen Augenblick vor einer Mittelmeerkarte in der Halle stehengeblieben; plötzlich ließ mich ein kleines Hüsteln direkt neben mir zusammenfahren. Es war Rebecca, sehr bleich und mit ungekämmtem Haar.

»Didier, ich... ich bitte Sie, denken Sie nicht schlecht von mir.«

Sie hatte mit flehendem Tonfall gesprochen und mich mit verstörtem Gesichtsausdruck am Arm genommen. Ich glaubte zunächst an einen neuen Streich und machte mich bereit, sie diesmal auflaufen zu lassen.

»Ich wollte mich gestern abend nicht über Sie lustig machen. Ich habe gelacht, weil ich nervös war. Hören Sie nicht auf die Schauergeschichten, die Franz über mich erzählt. Sein Krankheitszustand bringt ihn zum Fabulieren, und er will, daß alle seinem Einfluß unterliegen.«

Sie versuchte zu lächeln, doch ein Schauder verwandelte das Lächeln in ein unterdrücktes Schluchzen. Ich war gereizt, es gelang mir nicht, die Bilder, die dieses Mädchen mir sandte, in Einklang zu bringen, so sehr standen sie im Widerspruch miteinander.

»Ich mußte Sie sehen, mir liegt viel an Ihrer Wertschätzung.«

»Ihnen liegt viel an meiner Wertschätzung?« wiederholte ich mit einer Kälte, die ihr hoffentlich nicht entging. »Die Wertschätzung von einem so faden Individuum wie ›Herrn Erzürnt‹?«

»Ja, es ist mir wichtig. Und hören Sie bitte auf damit, ich werde Sie nie mehr so nennen.«

Ich versuchte sie zu hänseln, um das Getöse meines Herzklopfens zu überspielen, denn ich war ratlos. Daß diese Frau, die gestern so herrisch aufgetreten war, heute flehte, machte mich baff. Es gelang mir nicht, ihre Absichten zu durchschauen, und ich sagte mir, daß sie möglicherweise gar keine hätte. Schon machte ich mir Vorwürfe, durch zu viel Mißtrauen gesündigt zu haben, aufgrund von Verdächtigungen naiv gewesen zu sein. Die Schuld lag bei Franz, bei seinen extravaganten Märchen, und ich verdächtigte ihn jetzt gewisser Übertreibungen, wenn nicht gar der Mythomanie. Rebeccas Zerknirschtheit änderte alles, sie war nur noch ein zartes, junges Mädchen, das versuchte, ihren Ruf, der von einem ungehobelten Ehemann besudelt worden war, zu retten. Mit gesenkter Stimme sagte sie mit schmeichelnder Leichtigkeit:

»Didier, ich möchte gern mit Ihnen allein sprechen.«
»Wir sind doch allein.«
»Nicht hier, in meiner Kabine.«

Mir stieg das Blut ins Gesicht, das ich am liebsten mit den Händen zugedeckt hätte; ich kämpfte mit dem schwierigen Problem zwischen meinem Unbehagen und der Notwendigkeit, es zu verstecken. Rebecca hatte den Kopf gehoben und musterte mich mit brennender Festigkeit.

Ihre halb geöffneten Lippen ließen sehr weiße Zähne sehen; der milchige Glanz dieser Perlen verursachte in mir ein Beben, das ich nicht verbergen konnte.

»Und warum in Ihrer Kabine?«
»Weil wir dort mehr Ruhe haben. Ich werde Ihnen alles erklären.«
»Jetzt nicht, ich kann nicht.«
»Ich weiß. Kommen Sie heute nachmittag um fünf Uhr, Nummer 758.«

Ich drohte unter der Brutalität dieses Vorschlags zu ersticken und mußte mich am Geländer festhalten, um nicht ins Schwanken zu geraten. Dieses Rendezvous hatte mich wie einen Handschuh umgekrempelt, der Zorn, der mich kaum eine Stunde zuvor beflügelt hatte, war augenblicklich verflogen. Ich glaube, ich wäre noch lange in der Halle stehen geblieben, um über diese Einladung nachzudenken, wenn Rebecca mich nicht in die Wirklichkeit zurückgeholt hätte.

»Beeilen Sie sich, Didier. Béatrice wartet auf Sie. Ich nehme an, der Pulli da ist für sie, weil Sie ja schon einen anhaben. Bis nachher.«

Ich ging wie vom Blitz getroffen wieder in den Speisesaal hinauf. In meiner Begeisterung küßte ich Béatrice, in Marcellos Gegenwart und lud sie alle beide zu einem zweiten Kaffee ein. Statt sich zu bedanken, hatte Marcello nur einen Spruch:

»Wer gibt, sagt Vivekananda, muß auf die Knie fallen und dem, der empfängt, dafür danken, daß er ihm die Gelegenheit gegeben hat, zu geben.«

Dieser Italiener hatte für jede Gelegenheit das passende Zitat parat, eine lächerliche Manie, die mir in jenem Moment als der Gipfel des Savoir-vivre erschien. Er sprach noch immer von Indien, doch nur das Rendezvous mit Rebecca füllte mit seiner kleinen, beharrlichen Musik meinen Kopf. Wenn man bedenkt, daß es nur einen Augenblick gebraucht hatte, um meine Vorbehalte in Zustimmung zu verwandeln! Wie hatte diese Frau innerhalb von zwei Tagen so große Bedeutung bekommen können? Was hatte mir dieses Gefühl für sie, diese neue Wahrnehmung beschert? Ein merkwürdiger Zufall: Vergleichbar mit den Nachbarn vom gleichen Treppenabsatz, die 10 000 Kilometer von zu Hause entfernt zum ersten Mal miteinander sprechen. Selbstverständlich würde ich nicht in Rebeccas Kabine gehen; nein, ich würde mich statt dessen bei mir einschließen und »Die geistige Revolution« von Krishnamurti lesen. Ich nahm mir schon diese unerwartete Schwärmerei für sie übel, als sei es eine List, und versuchte, mir den Gedanken an sie aus dem Kopf zu schlagen, indem ich mich auf den Charme von Béatrice und die schönen Dinge, die mich im Orient erwarteten, konzentrierte. Ich würde doch nicht ein Leben, das das tiefste Glück versprach, vergeuden für... ja, wofür eigentlich?

Als hätte sie in meinen Gedanken gelesen, rief Béatrice mich mit einem Stirnrunzeln zur Ordnung. Dieser stumme Tadel hatte die Gabe, mir den letzten Nerv zu töten. Ich hatte plötzlich die unerfreuliche Ahnung, daß sich alles in subtiler, ungreifbarer Weise verändert habe. Daß wir in eine neue Konstellation eintraten, die unsere Beziehung modifizieren würde. Weit davon entfernt, Marcello zuzuhören, musterte ich sie eingehend. Noch nie hatte ich sie so unvorteilhaft wahrgenommen. Sie hatte sich nicht geschminkt, was die Mängel der von 30 Jahren gezeichneten Haut zutage treten ließ. Das Schmuckstück, das auf ihrer Brust hing, hatte hauptsächlich den Effekt, ihre lächerliche Magerkeit zu betonen. Sie bemühte sich nicht mehr, mir zu gefallen, sondern zeigte sich im Naturzustand. Mit ihren unordentlichen blonden Haaren und dem Sackkleid, das ihr bis zu den Füßen reichte, schien sie jener beunruhigenden, üppigen Weiblichkeit zu entbehren, die Rebeccas Hauptanziehungskraft ausmachte. Béatrice, Kindfrau mit unvollendeter Anatomie, lud zu heiterer Zuneigung ein, zu Zärtlichkeiten ohne Überraschungen, während Rebecca mich mit ich weiß nicht was für einer brutalen, aufreizenden Liebesverlockung heimsuchte. Ich fand Béatrice zu simpel neben der katzenartigen Geschmeidigkeit und der viel selteneren Schönheit der Unbekannten. Warum es mir nicht eingestehen: Béatrice gehörte zu jenen Frauen, die man auf Anhieb zu den Braven zählte. Selbst die Verrücktheit dieser Reise konnte den Eindruck von Ernsthaftigkeit und Vernunft, den sie vermittelte, nicht übertönen. Mein Gott, wie vernünftig sie war!

Mittags war ich darauf bedacht, nicht mit Franz zu speisen, und spielte ihm einen guten Streich, zu dem ich mir heute noch gratuliere. Ich kam mit Béatrice früher und wählte einen Tisch, an dem nur noch zwei Plätze frei waren. Außer Raj Tiwari, der immer pünktlich zu allen Mahlzeiten erschien, waren noch zwei türkische und ein iranischer Student am Tisch. Man sprach radebrechend englisch über den nächsten Halt in Athen, den Sturm, der für die Nacht angesagt war und das Neujahrsfest am nächsten Abend. Die Atmosphäre wurde in keiner Weise durch nationale Differenzen beeinflußt, und man berührte nicht ein einziges Mal politische Themen, die seit der Iranaffäre ganz besonders heikel waren. Glücklich, im Schutz dieses Wortgeplätschers gemütlich an den Nachmittag denken zu können, überließ ich mich erleichtert dem unverfänglichen, entspannenden

Trugbild der Unterhaltung. Als Franz von einem Seemann hereingeschoben wurde – ich hatte schon von weitem das gräßliche Knirschen der Räder wie das Glöckchen eines Leprakranken gehört –, beendete ich gerade meinen Nachtisch. Er schlich um unseren Tisch herum wie eine Schmeißfliege um einen Kadaver, und suchte verzweifelt nach einem freien Eckchen, in das er sich, in verzerrter Kopulation an seinen Rollstuhl geschweißt, zwängen könnte.

»Hier«, sagte ich und stand auf, »ich überlasse Ihnen meinen Platz.«

»Sie gehen schon? Und ich hatte so große Lust, mit Ihnen zu plaudern!«

»Zu spät, Franz. Sie erlauben doch, daß ich Sie beim Vornamen nenne? Ich habe schon gegessen. Sie werden sich ein anderes Opfer suchen müssen.«

»Was soll das denn heißen? Ich dachte, wir seien Kameraden.«

»Kameraden! Das Wort erscheint mir wirklich zu schwach: Sagen Sie lieber, daß es seit Castor und Pollux keine besseren Freunde gegeben hat.«

»Warum denn dieser Sarkasmus zwischen euch?« unterbrach Béatrice.

Franz setzte wieder ein böses Lächeln auf.

»Didier ist etwas nervös, weil er weiß, daß ich zwischen Ihnen und ihm stehe, wenn ich nicht da bin.«

Ich zuckte mit den Achseln. Aber eine Bemerkung von Tiwari – er fragte Franz nach Rebecca – zerstörte mit einem Schlag meine gute Laune. Mir ging auf, daß keiner während des Essens Béatrice angeschaut oder ihr ein Kompliment gemacht hatte. Und alle, so schien mir, während ich mich in Richtung der Tür entfernte, gaben ihr eine schlechte Note und beobachteten mich mit gehässigem Mitleid. Natürlich, wir mußten ein bißchen naiv wirken, wie eines jener Pärchen in Jeans, die sich als alte Kämpfer verkleiden, um den Anschein zu erwecken, lange in den Tropen gelebt zu haben.

»Du hast eine seltsame Beziehung zu Franz«, sagte Béatrice.

»Dieser Kerl bringt mich auf die Palme. Ich habe absichtlich einen voll besetzten Tisch ausgewählt, weil ich seinen Grimassen und seinen Anspielungen entkommen wollte.«

»Du regst dich schnell über irgendwelche Kleinigkeiten auf. Du hast mir übrigens von gestern abend noch nichts erzählt.«

»Es war abscheulich.«

In zwei Sätzen resümierte ich ihr das Bekenntnis des Invaliden und achtete wohl darauf, seine Frau in meine Vorwürfe mit einzubeziehen. Doch insgeheim dachte ich nur an das Rendezvous am Nachmittag, dem einzig erfreulichen Element dieses Tages.

Und selbst da war ich hin- und hergerissen. Einerseits wollte ich von der Bürde befreit sein, Franz anzuhören und wiederzusehen. Andererseits zog Rebecca mich an. Mit diesem Rendezvous glaubte ich, alles unter einen Hut gebracht zu haben. Ich hätte die Frau und wäre den Ehemann los. Blieb nur Béatrice. Ich mußte sie anlügen. Aber wie gesagt, ich war Novize in diesem Bereich und hatte Angst, einen Patzer zu machen. Ich zögerte und erwog ausgiebig, was ein Verrat kosten würde. Unsere Beziehung ruhte auf stillschweigenden, im Laufe der Zeit gefestigten Klauseln, die ebenso ernst waren wie ein Ehevertrag. Natürlich lieferte die Mißbilligung der Lüge mir Grund genug, davon abzusehen, doch da es sich um meinen ersten »Treuebruch« handelte, ich verwende dieses altmodische Wort absichtlich, brauchte ich mir keine allzu großen Sorgen zu machen. Zudem hoffte ich, mit ein wenig Geschicklichkeit, meine kleine Affäre geheimhalten zu können. Schließlich blieben ja nur noch Stunden bis Istanbul, und das Risiko, daß die Geschichte lautbar würde, war dadurch sehr vermindert.

Nun, nun, wozu denn diese Ängste? Es handelte sich doch nur darum, Rebecca mal auszuleihen! Ich würde wegen eines unbedeutenden Flirts nicht sterben und die Welt sich nicht umkrempeln. Wesentlich war, daß das alles ohne

Franz geschah, und der Gedanke, ihm weh zu tun, die Verlockung, einen legitimen Ehemann, der versucht hatte, mich zu demütigen, zum Hahnrei zu machen, gaben meinem Vorhaben zehnfaches Gewicht und übertönten einen Teil von mir, der zur Vorsicht mahnte.

Von dem Geschwätz beim Essen abgelenkt, hatte ich nichts erfinden können, wie ich meinen Plan durchführen könnte. Die Umstände kamen mir zu Hilfe. Wegen des schlechten Wetters hatte die Direktion des Dampfers für den Nachmittag ein Lotto und verschiedene Glücksspiele organisiert. Ich verbrachte mit Béatrice, einer leidenschaftlichen Kartenspielerin, gut zwei Stunden dort, während derer ich alle möglichen Lügen ersann. Am Ende blieb ich bei der, deren Banalität den gewünschten Erfolg versprach: Gegen Viertel vor fünf gab ich ein gewisses Bedürfnis vor und verkrümelte mich aus dem Salon. Wie ich meine lange Abwesenheit erklären würde, bekümmerte mich noch nicht, alles galt der Intensität des Augenblicks. Bei dem Gedanken, Rebecca unter vier Augen zu sehen, wurden mir die Knie weich, und mehrfach war ich versucht, zum Spiel zurückzukehren. Ich zweifelte nicht, daß sie mich mit ganz bestimmten Absichten in ihre Kabine eingeladen hatte. Ich war verängstigt, ich hatte nicht einmal die Zeit gehabt, mich mit der Vorstellung eines Abenteuers anzufreunden, und schon trieb sie es so brutal voran.

Wie ich es bereute, keine elegante Kleidung mitgenommen zu haben! In Begleitung von Béatrice hatte ich es nicht für nötig gehalten, mich in Unkosten zu stürzen, und hatte nun nichts, womit man Staat machen konnte. Um das zu kompensieren, verbrachte ich lange Minuten vor dem Waschbecken, um mich zu kämmen und mein Hemd glatt in die Hose zu stecken. Gegen meinen Willen fielen mir die Enthüllungen, die Franz mir über seine Gattin gemacht hatte, wieder ein, ihr majestätisches Hinterteil, ihre feuchten Küsse, ihre Vorliebe für ungehörige Situationen, und ich muß gestehen, daß diese Unschicklichkeiten meine Neugierde anstachelten. Ich stellte mir Gewagtheiten vor, neben denen mir meine konventionell mutigen Umarmungen mit Béatrice kindisch vorkamen. Wenn die schmutzigen Reden des Invaliden stimmten, dann verlieh ihnen Rebeccas Anwesenheit an Bord plötzlich eine gefährliche Wirklichkeit; und ich hatte Angst, mich als ihr nicht gewachsen zu erweisen und als naiv dazustehen.

Nun, ich erreichte zur verabredeten Zeit den Korridor der ersten Klasse, begann den Mut zu verlieren und fühlte mein Herz mit ungewohnter Heftigkeit schlagen. Das unregelmäßige Krachen der Wogen gegen den Schiffsrumpf unterbrach das monotone Vibrieren der Maschinen, das die oberen Etagen erschütterte. Ich fand die Nummer 758 und bemerkte die unmittelbare Nähe von der Kabine von Franz. Hoffentlich kam der Behinderte nicht gerade heraus und überraschte mich dabei, wie ich zu seiner Frau schlüpfte! Im Moment des Anklopfens verdoppelte sich meine Aufregung. Diesen Augenblick ersehnte und fürchtete ich mehr als alles andere. Ich drückte mein Ohr an die Tür. Es war nichts zu hören. Kein Licht schimmerte unter der Tür hindurch. Mit zaghafter Hand klopfte ich zweimal ganz leise an. Keine Antwort. Ich klopfte lauter. Noch immer nichts. Ich drehte den Türknauf, es war offen. Ich trat halbwegs ein. Die Kabine war in Dunkelheit getaucht. Ein leichter Vorhang vor dem Bullauge bewegte sich wie ein Schleier. Ich rief:

»Rebecca.«

Aus dem Bett im Hintergrund klang ganz leise: »Pssst.«

»Ich bin's, Didier. Darf ich reinkommen?«

Meine Stimme zitterte.

»Psst, psst.«

Dieses Zartgefühl berührte mich – sie hatte, nehme ich an, das Licht ausgemacht, um meine Schüchternheit nicht noch zu vergrößern. Ich machte hinter mir die Tür zu, achtete darauf, nichts umzustoßen und ging direkt zum Bett wie ein Hungriger zum Kühlschrank.

»Wo sind Sie?«

»Hier«, sagte sie mit nicht wiederzuerkennender Stimme, die von woanders herzukommen schien.

Sie mußte genauso aufgeregt sein wie ich. Dieser Gedanke machte mir Mut. Trotz der Dunkelheit nahm ich ihre Gestalt unter einer Daunendecke wahr und konnte beinahe ihr Gesicht sehen. Sie hatte sich die Haare nach hinten gebunden, denn ich sah sie nicht. Zögernd setzte ich mich auf den Rand der Koje, und da ich nicht wußte, was ich mit meinen Händen machen sollte, rieb ich sie aneinander. Ich fand sie feucht und eisig und versuchte, sie aufzuwärmen. Bald fühlte ich die Hand der jungen Frau unter der Bettdecke hervorkommen und nach mir tasten, mein Knie streicheln. Ich bewunderte, wie einfach alles ging und, plötzlich kühn geworden, beugte ich mich über diese fiebrige Hand, führte sie an meinen Mund. Ich küßte zunächst die seltsam dicken und breiten Finger und wanderte dann bis zum Handgelenk. Dessen Grobheit und die Behaarung überraschten mich unangenehm. Ein Verdacht stieg in mir auf, der mir jegliche Zurückhaltung nahm. Ich betastete den Kopf meiner Partnerin und stieß einen Schrei aus. Dieser halbkahle Schädel, diese rauhen Wangen. Doch ehe ich es begriff, schallte ein Lachen aus dem Badezimmer, eine Lampe ging an und beleuchtete eine Szene, die ich mein Leben lang nicht vergessen werde. Es war Franz, bis ans Kinn zugedeckt, den ich im Arm hielt, während Rebecca auf der Schwelle des Badezimmers stand, wo sie sich versteckt hatte und schamlos in schallendes Gelächter über meine Verblüffung ausbrach.

Ich zerfiel in einem Wirrwarr heftiger Emotionen, sprang entsetzt auf und schrie: »Ihr Schweinehunde!« Wie hatten sie das wagen können, wofür hielten sie mich denn? Wäre Franz nicht behindert gewesen, hätte ich ihn verprügelt; ich war so angewidert durch die Berührung mit ihm, daß ich mehrfach auf den Boden spuckte. Ich war fassungslos über Rebeccas Verrat, aber sie war schon geflüchtet, ohne mir Zeit zu lassen, mit ihr zu sprechen. Ich wollte hinter ihr herlaufen, doch der Invalide packte meinen Arm mit solcher Gewalt, daß ich vor Schmerz aufstöhnte.

»Seien Sie kein Kind«, pfiff er, »nehmen Sie die Dinge mit Humor. Glauben Sie mir, ich habe nicht den geringsten

Genuß bei diesem Gefummel empfunden. Aber es war nötig, damit Sie die Fortsetzung unseres Romans anhören. Rebecca hat darauf bestanden, sie möchte das Bild, das Sie von mir haben, richtigstellen; wir wollen Sie nur unterrichten.«

»Lassen Sie mich los«, brüllte ich und versuchte, aus meinem eigenen Geschrei Mut zu schöpfen. »Ich will Sie weder hören noch sehen.«

»Versteifen sie sich nicht in jugendlicher Dickköpfigkeit. Wollen Sie Rebecca, ja oder nein?«

Ich war niedergeschmettert. Jetzt bot mir dieser Invalide seine Frau an. Ich hatte sie zu verführen geglaubt, und nun bot er sie mir an wie Falschbier. Wie hatte ich mich so demütigen lassen?

»Ich will gar nichts, weder sie noch Sie, lassen Sie mich los, oder ich rufe.«

»Lassen Sie mich los, oder ich rufe Mama.«

Er hatte den weinerlichen Tonfall eines trotzigen Kindes angenommen.

»Na, dann gehen Sie.«

Er ließ mich los, und ich war wieder frei.

»Los, hauen Sie ab. Laufen Sie zurück in ihr kleines Eheleben in Form von Beerdigung. Schnell, Ihre Olle wartet auf Sie.«

Soviel ungenierter Zynismus machte mich sprachlos. Ich war der Düpierte, und er erlaubte es sich noch, mich zu beleidigen! Mein Gott, sagte ich zu mir selbst, ist das denn ein Umgang für mich? Diesmal werde ich die Dinge ins rechte Lot bringen, diesmal gehe ich. Sie werden mich nicht wiedersehen. Natürlich blieb ich. Franz spaltete sein Gesicht augenblicklich in ein honigsüßes Lächeln.

»Sie zögern. So gefallen Sie mir viel besser! Wenn Sie sie begehren, müssen Sie mir zuhören. Sie hat mir versprochen, sich Ihnen hinzugeben, sobald ich meinen Bericht abgeschlossen habe.«

Was wollte dieser Schuft denn bloß? Was hatten seine wirren Sprüche zu bedeuten?

»Sehen Sie, ich strebe an, daß sie Ihnen in die Arme fällt. Aber nach gewissen Regeln. Sie wissen, was Kierkegaard gesagt hat: Die weibliche Natur ist Hingabe in Form von Widerstand.«

»Ich spucke auf Ihre Bekenntnisse und Ihre Frau, das läßt mich alles völlig kalt.«

»Geben Sie doch lieber zu, daß es Sie interessiert, denn sonst wären Sie ja längst fortgegangen.«

»Soll das ein Geschäft sein, was Sie mir da vorschlagen?«

»Sagen wir lieber mal ein Spiel, das ich zu meinem Vergnügen erfunden habe. Ich verlange nicht viel von Ihnen, einfach nur, ein aufmerksamer Zuhörer zu sein. Ich will nur Ihr Gehör, sie laufen keinerlei Risiko.«

Ich war ungeheuer erregt und fassungslos, und ich fragte mich dumpf, ob ich etwas dieser Situation Vergleichbares schon mal irgendwo gelesen hatte.

»Und warum gerade ich und nicht irgend jemand anderes? Warum nicht Béatrice?«

»Ich habe einmal angefangen und werde es mit Ihnen beenden.«

»Und Sie sind nicht eifersüchtig?«

»Ich nehme es Rebecca nicht übel, wenn sie anderswo sucht, was ich ihr nicht mehr geben kann. Ich kooperiere ganz einfach bei ihren Fremdgängen, statt sie zu erdulden.«

Ich rang nach Luft.

»Also gut, Sie haben mich reingelegt, für dieses Mal gebe ich es zu. Aber machen Sie sich darauf gefaßt, daß ich mein eigener Herr bleiben werde. Sie flößen mir keine Angst ein, ich kenne Sie, ich weiß, daß ich nichts riskiere, und ich bin es, ich allein, Franz, der Ihnen erlaubt, Ihre Geschichte zu erzählen, verstanden? Sie sind ganz und gar auf meinen guten Willen angewiesen.«

»Daran habe ich nie gezweifelt, Didier. Ich bin Sklave Ihrer Entscheidungen. Helfen Sie mir, bitte, ja?«

Er hatte ein hämisches Leuchten in den Augen. Wieder einmal hatte ich mich durch seine ruchlose Taktik überrumpeln lassen. Ich fühlte mich von absoluter Mutlosigkeit übermannt, und obgleich mir weiterhin empörte, scharfe Erwiderungen in den Sinn kamen, erlitt ich eine Erschlaffung aller Gliedmaßen wie nach einer großen, nicht wiedergutzumachenden Niederlage. Ich begann, dieses Schiff zu hassen, das mich zum Gefangenen einer unerwünschten Gesellschaft machte, und bereute beinahe, nicht das Flugzeug genommen zu haben, das uns in wenigen Stunden an Ort und Stelle gebracht hätte. Ohne nachzudenken half ich Franz, sich aufzusetzen. Er war unglaublich schwer und muskulös, und ich hatte große Mühe, ihn gegen die Kissen zu lehnen.

Es gab keinen Sessel und das Bett war zu schmal, um darauf zu sitzen. Zu meinem großen Mißbehagen mußte ich den im Badezimmer versteckten Rollstuhl herausholen, die Kopfstütze hochklappen und mich hineinzwängen und wegen des Seegangs die Steuerung blockieren. Diese Vertauschung der Rollen machte mein Unbehagen nur noch größer. Ich war bei dem Gedanken an die Abenteuer von Franz schon im voraus erschöpft. Er würde seinen Bericht wichtigtuerisch fortsetzen, überzeugt, daß er sein Leben über mein Verständnisvermögen gehoben habe, und mir die Aufgabe des passiven Zuhörers aufzwingen. Rebeccas Kabine war gemütlicher und ordentlicher als die ihres Ehemannes. Es gab sogar Blumen. Auf einem Regal standen genau wie nebenan ein elektrischer Wasserkessel, Tassen und Teebeutel auf einem Tablett aus Ebonit.

»Sie werden sehen, es dauert nicht lange, bis zum Abendessen werde ich fertig sein. Machen Sie uns einen Tee.«

Und wie am Vorabend begleitete das Summen des siedenden Wassers das Geschwätz des Krüppels.

Wo die Liebenden sich vereinen, zerfallen sie zu Asche

Ich sagte Ihnen gestern, daß Rebecca und ich die Gewohnheit dieser abstoßenden Wunder, die uns über ein Jahr lang berauschten, verloren hatten. Dieser Fleischessabbat hat unserer Beziehung neuen Schwung gegeben, ohne sie jedoch vor ihrem Schicksal der Vergänglichkeit retten zu können. Unser Geilheitskredit lief aus und brachte uns auf geradem Weg zum Bankrott. Ich wußte jetzt, daß die Illusion eines Zusammenlebens aufgegeben werden mußte. Ich hatte eine Schlacht zu schlagen. Ich mußte mich einer Frau entledigen, die mich noch immer liebte. Ich litt unter diesem bei den Spießern so verbreiteten Unglück, das ich mir selbst nicht zugestehen konnte, und glaubte zu fest an die Liebe, als daß ich mich mit dem relativen Niveau, auf das unsere Beziehung gesunken war, zufriedengeben konnte. Die Treue zu einem Menschen ist ein zu hoher Preis, wenn er nicht durch entsprechende Intensität kompensiert wird. Derjenige, dem eine ausschließliche Bevorzugung gilt, trägt die erdrückende Bürde, alle Frauen, alle Männer ersetzen zu müssen, die durch seine Präsenz ausgeschlossen werden. Eine unmögliche Aufgabe. Niemand ist so vielseitig und unterschiedlich wie die Welt. Ich begann, die übereifrige Treue einer leidenschaftlichen Liebe zu hassen und stellte ihr die fiebrige Fröhlichkeit des von Blume zu Blume Hüpfens oder einfach die emotionale Gleichgültigkeit des Junggesellendaseins entgegen. Ich fand das typische Ehegefühl wieder, das ich schon mit meinen früheren Partnerinnen erlebt hatte: das Erstarren des Enthusiasmus zu Müdigkeit.

Und dann kommt man in ein Alter, wo jede Beziehung

vorhersehbar wird, einschließlich ihres Niedergangs. Die Erfahrung hindert uns am Wiederfinden eines neuen Gefühls, tötet in uns die Frische der glückseligen Ignoranz. Wie gesagt, ich strebte nach der Veränderung um der Veränderung willen. Das Bewußtsein, daß sich zu jeder Stunde des Tages und der Nacht, während ich mich in der Zweisamkeit mit Rebecca verzehrte, Leute amüsierten, sich berauschten und tanzten, peitschte meine Sinne auf und brachte mich in helle Wut über meine Gefangenschaft. Paris fraß an mir mit seinem hektischen Rhythmus, der soviel Aufforderungen brachte, mich zu aktivieren, mich zu bewegen. Rebecca war über meine turbulenten Sehnsüchte erschreckt und entfaltete ebensoviel Hartnäckigkeit, um ihnen entgegenzuwirken, wie ich, um sie zu befriedigen. Sie nutzte jeden kleinen Vorwand, um einen Streit zu entfachen, und wir stritten uns in unserem erdrückenden Ehebett wie zwei Wespen, die sich in einem Honigtopf gegenseitig umbringen.

Es hätte nur eine Kleinigkeit gebraucht, um zu verhindern, daß unsere Geschichte zum Drama wurde: Rebecca hätte sich nur über mich lustig machen, einen ständigen Liebhaber nehmen und sich unabhängiger zeigen müssen. Aber ihr Eigensinn und ihre Naivität beschleunigten den Absturz. Zu Anfang waren meine Grausamkeiten nicht überlegt, ich testete sie, ich reihte ohne ein vorbereitetes Drehbuch Gehässigkeiten hintereinander, wie man die Perlen eines Rosenkranzes abfingert. Ich schoß blindlings Pfeile ab, von denen ich nicht wußte, ob sie ins Schwarze treffen würden. Dadurch, daß sie zeigte, welchen Kummer ihr meine Attacken bereiteten, stachelte sie meinen schlechten Charakter an und machte mich zum Instrument ihres eigenen Niedergangs. Der Haß, so sagt man oft, ist die andere Seite der Liebe. Und wenn das Gegenteil wahr wäre? Wenn die Zuneigung nichts als eine Parenthese zwischen zwei Schlachten, ein Waffenstillstand wäre, gerade die Zeit, die es braucht, um Luft zu schnappen? Und zudem birgt die Monotonie in der düsteren Gestalt des Bösen weit intensivere

Erregungen in sich als die der Lust. Der Ehekrach erreicht eine ideale Dimension, wenn er zum Ziel an sich wird, das die Handlung vorantreibt und alle möglichen Umstände und Einzelheiten erzeugt, auf die man in einem friedlichen Leben lange warten mußte. Man erreicht einen derartigen Grad an Meisterschaft des Grauens, daß alles Vorangegangene banal wird. Da ich die Liebe als eine ständige Steigerung betrachtete, waren nur die immer wieder unerwarteten Zwischenfälle, die theatralischen Knalleffekte, die Zerwürfnisse und Versöhnungen tauglich, mein rastloses Herz bei der Stange zu halten.

Ich hatte Rebecca gegenüber den Vorteil, der Angreifer zu sein; sie verteidigte sich Zug um Zug, doch wer nicht die Initiative ergreift, weicht am Ende zurück. Mein ganzes Sein war durch und durch bereit zur Gewalt. Der winzigste Zwischenfall — Zigarettenasche, die auf den Teppich gefallen war, eine Panne des Telefons, ein umgekipptes Glas — degenerierte zu Brutalität und wuchs zu unangemessener Bedeutung. Es bestand kein angemessenes Verhältnis zwischen Ursache und Wirkung für meine überreizten Nerven, ich sah augenblicklich rot. Rebecca widersprach mir. Wir brachen in kriegerisches Getöse aus. Die Wut gab ihr etwas Vulgäres, Verstörtes, das mich abstieß und ihre Schönheit vernichtete. Wir warfen uns gegenseitig kübelweise Beleidigungen an den Kopf, den Worten folgten Schläge, der Streit degenerierte in Prügelei, wir zerschlitzten unsere Briefe, unsere Kleider, unsere Bücher, und schließlich, bis zum Exzeß gereizt und vor Wut und Zorn zitternd, fielen wir, angeraunzt von den Nachbarn — die sich von unseren Auseinandersetzungen gestört fühlten — wie zwei erschöpfte Clochards aufs Bett.

Jegliche Fröhlichkeit des einen war für den anderen ein Affront. Wir vermuteten dahinter einen bösen Streich und konnten uns nurmehr in geteilter Griesgrämigkeit ertragen. Und diese Griesgrämigkeit ihrerseits wurde, wenn sie zu lange andauerte, zu einer Beleidigung. Manchmal, bei Tisch in einem Café oder einem Restaurant, verbreitete sich ein Schweigen, ein schwerwiegendes Nichts, feindselig und ein halbes Jahrhundert andauernd, verbreitete sich wie Gas, stieg bis an die Decke, lähmte uns und hielt uns gefangen. Der Krieg war erklärt. Dieses bleierne, mit bitteren Vorwürfen geladene Schweigen, die heftigen Anschuldigungen, verdeutlichten die Zerrüttung unserer Bindung.

»Laß uns schnell fernsehen gehen«, sagte ich dann, »dann brauchen wir wenigstens nicht miteinander zu reden.«

Wie alle Paare machten wir einen beinahe narkotischen Gebrauch von Bildschirm und Kino, jenen Ehefreuden, die den Partnern erlauben, sich zu ertragen, ohne verpflichtet zu sein, miteinander zu reden.

Ich sah sie zu oft, bei weitem zu oft. Wenn wir uns wenigstens hin und wieder getrennt hätten, hätte sie aus der Ferne diese prächtige Intensität wiedergewonnen, die sie im Kontakt mit mir verlor. Aber wir trennten uns nicht. Ich haßte die fade Nahrung unserer morbiden Tage, den unerträglichen Wechsel zwischen der Arbeit und der Liebesplage. Sie hielt mir meinen Charakter vor, meinen Egoismus, meine Eigenheiten. Ich setzte ihr Fatalität der Beziehung, unvermeidliches Scheitern des Ehelebens entgegen. Kurzum, wenn sie eine konkrete Situation meinte, speiste ich sie mit metaphysischen Problemen ab und stellte sie vor eine unüberwindliche Mauer. Um sie noch weiter zu treiben, sie dazu zu bringen, mich zu verlassen, malte ich ihr ständig die ganze Falschheit des Ehestandes aus:

»Unsere Romanze ernährt sich aus sich selbst, und diese Autarkie gleicht einer Hungersnot. Einst gab es Hindernisse, religiöse oder soziale Konflikte, die das Paar aufwerteten, indem sie es heikel machten. Früher war der großartigste Anlaß zur Liebe ihre Gefährlichkeit selbst. Die Risikobereitschaft entfachte die Leidenschaften, die unsere Epoche der Sicherheit niemals kennen wird. Was waren das doch für glückliche Zeiten, die noch gar nicht lange vergangen sind, wo lieben auch riskieren bedeutete. Heute stirbt unsere

Liebe an Übersättigung, ohne je den Hunger gekannt zu haben. Darum sind die Verliebten so traurig. Sie wissen, daß sie nur sich selbst zum Feinde haben, daß sie gleichzeitig die Quelle und deren Versiegen für ihre Beziehung sind. Wen soll man anklagen außer ›uns beide‹, und was ist bitterer, als denjenigen, den man anbetet, durch die einfache Tatsache, daß man zusammen ist, zu töten?«

Rebecca ergab sich meinen Argumenten nie, sondern widersprach grundsätzlich. Also insistierte ich:

»Sagst du dir nie, daß wir uns gegenseitig im Wege stehen, daß du ein anderes, vielleicht besseres Leben leben könntest, wenn ich nicht da wäre? Ahnst du nicht, daß unserem Seite an Seite eine Zukunft entsetzlicher Monotonie, ein unglückliches Ende beschert sein wird?«

Diese Diskussionen führten zu nichts, jeder beharrte auf seiner Meinung, jedes Wortgefecht endete mit einem vermeintlichen Weglaufen von Rebecca, die eine Stunde oder einen Tag später demütig und voller Reue wiederkam.

Sie hatte noch immer ein paar schöne Zornausbrüche, vor allem nachts. Je weiter der Tag sich seinem Ende zuneigte, desto höher stieg ihre Erregung, unkontrollierbar und entfesselt. Wenn wir zu Freunden oder in die Öffentlichkeit mußten, fürchtete ich ihre Reaktionen. Bei der kleinsten Bemerkung, dem kleinsten, zu intensiven Blick auf eine andere Frau, war sie fähig, mich zu ohrfeigen, mir einen Teller ins Gesicht zu schmeißen, mich vor allen Leuten zu beschimpfen, mich mit einem Messer zu bedrohen. Die Lächerlichkeit einer Auseinandersetzung in der Öffentlichkeit schreckte sie nicht ab, ganz im Gegenteil.

Ich erinnere mich an einen Tanzabend, wo sie mehr als gewöhnlich getrunken hatte. Sie war so aufgedreht, daß sie Leuten, die ihr nicht gefielen, Wasser ins Gesicht schleuderte, sich beim nichtssagendsten Bonmot wie eine Henne glucksend am Boden rollte, die Männer anmachte, in ihr hysterisches Gelächter ausbrach, das mir so peinlich war, um dann halb ohnmächtig in der Toilette in Erbrochenem, das ein Übermaß an Alkohol ihrem überlasteten Magen entrissen hatte, zu enden.

Ich muß dazu sagen, daß meine Freunde Rebecca nie akzeptiert hatten; sie nahmen ihr ihre viel zu auffällige Kleidung und ihre Schönheit übel, die ihre bleichen Partnerinnen, obgleich von hoher Abstammung und aus guten Familien, in den Schatten stellten. Sie verübelten diesem Kind des Volkes, sich nicht ihrem Stand gemäß, sondern als Gleichgestellte zu benehmen und sogar mit ihnen zu rivalisieren. Alle diese falschen Aussteiger, Pseudoliberalen, ehemaligen Linken, ehemaligen Kämpfer für die gerechte Sache enthüllten im Kontakt mit Rebecca ihre wahre Spießernatur. Sie blieb in dieser feinen Gesellschaft, von der sie nur mit den Fingerspitzen angefaßt wurde, im Exil. Diesen Snobs gegenüber gab sie sich hochmütig und unberechenbar, nahm ihnen übel, ein doppeltes Spiel zu treiben und sich nicht einzugestehen, was sie wirklich waren: nichts als Privilegierte. Und wenn die Dosis an Herablassung und Geringschätzung in diesen mondänen Zusammenkünften für Rebecca zu stark wurde, betrank sie sich, wie an jenem Abend, von dem ich Ihnen berichte. Ich brachte sie keuchend nach Hause, wütend über das Schauspiel, das sie geboten hatte, und über die Anzüglichkeiten und Spötteleien eines Publikums, das wenig zur Nachsicht neigte.

Sobald sie einigermaßen zu sich gekommen war, überschüttete ich sie im Bett mit Vorwürfen. Sie antwortete, daß alles nur meine Schuld gewesen sei und sie diese reichen, stinkenden Leute, die ich frequentierte, nicht mehr ertragen könne. Ich widersprach; sie beharrte auf ihren Anschuldigungen und ohrfeigte mich schließlich. Ich schlug zurück. Sie trat mir so heftig in den Bauch, daß ich auf den Boden fiel. Außer mir über ihre Brutalität, schlug ich ihr mehrfach mit der flachen Hand ins Gesicht. Dann bedeckte ich mir schützend den Kopf und wartete auf den Gegenangriff. Nichts geschah. Ich wartete noch immer. Kein Geräusch. Ich rief. Keine Antwort. Ich schüttelte sie. Sie wehrte sich nicht. Schließlich machte ich das Licht an. Sie lag mit geschlossenen Augen sehr bleich in den zerwühlten Laken. Ich fing an zu brüllen, zu heulen, drückte sie zärtlich an mich, flehte sie an aufzuwachen, wenigstens ein Auge zu öffnen, wenigstens ein winziges Lebenszeichen von sich zu geben. Sie war so schlaff, daß ich sie hätte zusammenfalten oder zerreißen können, ohne daß sie gemuckst hätte. Ich fühlte ihren Puls. Er schlug schwach und unregelmäßig. Ich holte Wasser und benetzte ihr Gesicht, wobei ich ihren Kopf anhob. Keinerlei Reaktion, die Ohnmacht war tief. Ich kannte diese Art von Zustand gut genug, um das Schlimmste zu befürchten. Schon malte ich mir mein gefährdetes Dasein aus, ihre Familie, die mich mit erbarmungsloser Rachsucht verfolgte. Und das für eine Geste gereizter Nerven. In meinem Machiavellismus war es weniger die Angst, sie getötet zu haben, als die Furcht um meinen ruinierten Ruf, die mich beunruhigte. Ich wollte ihr eine Spritze geben, um sie wiederzubeleben, aber sie war nur betäubt. Sie wachte endlich wieder auf. Ich war jedoch nur halbwegs beruhigt; sie war leichenblaß, der Schweiß rann ihr von der Stirn. Sie klagte mit unhörbarer Stimme über heftige Kopfschmerzen. Ich gab ihr zwei Aspirin, aber ich konnte die ganze Nacht kein Auge zutun. Ich war versteinert vor Furcht, verspürte eine beinahe sinnliche Zartheit, sie um Verzeihung zu bitten, fürchtete, daß sie es mir übelnähme, bat sie, mir ihre Wärme, ihr Leben zu übertragen. Ihre Blässe machte mir angst. Ich trocknete sanft ihre feuchten Wangen mit einem feinen Taschentuch. Wie sehr ich sie liebte; sie war jetzt die meine, ich hatte sie an den Rand des Todes gebracht und führte sie nun sanft in freundlichere Regionen des Lebens zurück. Ich genoß ihre totale Fügsamkeit und wachte bis zum Frühstück über sie. Meine Brutalität erlegte mir eine den Umständen entsprechende Sentimentalität auf, wobei ich mich sowohl ihretwegen als auch für die schreckliche Gefahr, der ich haarscharf entkommen war, selbst bemitleidete. Am nächsten und den beiden darauffolgenden Tagen hatten wir keinerlei Szenen.

Die »Ausflipper«, mit diesem Neologismus aus dem Jargon der Epoche bezeichneten wir die Summe der Untaten und Lügen, die vor Rebecca zu enthüllen ich mir für die ganz großen Gelegenheiten reservierte. Ein kleiner Schatz an Gemeinheiten, ein Horrorvorrat, eine Reserve von Lügenmärchen, mit denen ich meine Seitensprünge beschützt hatte, und deren einfaches Eingeständnis ihr an manchen, speziell gewählten Tagen tiefen, schweren Kummer zufügten. In diesem Zusammenhang kommt mir eine andere Episode in den Sinn. Wir waren in Venedig, im Mai, und saßen auf der Terrasse des Florian. In dieser Stadt der vergänglichen, unglücklichen Beziehungen turtelten wir miteinander und spotteten, so wie Sie gestern, der fluchbeladenen Legende der Stadt. Ich weiß nicht mehr, warum das Gespräch abglitt, doch nach ein paar Minuten war ich dabei, Rebecca einen meiner »Ausflipper« zu destillieren, indem ich ihr in allen Einzelheiten schilderte, wie ich zwei Wochen zuvor, als sie mich beim Nachtdienst im Krankenhaus wähnte, mit R., einer ihrer Freundinnen, geschlafen hatte. Ich freute mich auf die Folgen meiner Beichte und erwartete, daß sie die Fassung verlieren und in Tränen ausbrechen würde. Ich hatte mich geirrt. Mit brutaler Gewalt schleuderte sie mir ihre Tasse Kaffee ins Gesicht. Ich hatte kaum Zeit, mich abzuwischen, als sie schon ihren Gürtel gelöst hatte und mir damit heftig übers Gesicht peitschte. Eine Gruppe von Touristen applaudierte. Ich versuchte, sie zu beruhigen, doch die Passanten hielten mich zurück. Ich hatte zuviel Angst vor einem Skandal, um sie in der Öffentlichkeit zu ohrfeigen, und ergriff unter dem schallenden Gelächter der Gondolieri und der Straßenhändler die Flucht. Ich überquere den Markusplatz und bog in die Fußgängerzone ein, die zur Stazione führt. Und in dieser italienischen Straße, durch die Proust hinter seiner Mutter hergelaufen war, um sich von ihr zu verabschieden, ehe sie in den Zug stieg, nahm ich, der kleine französische Arzt, die Beine unter den Arm, verfolgt von dieser Furie, die mich vor Zeugen windelweich prügeln wollte. Am Ende konnte ich sie abhängen, und am Abend versöhnten wir uns wieder. Aber ich war wütend darüber, daß sie mich vor so vielen Leuten lächerlich gemacht hatte, wartete, bis sie eingeschlafen war, fing zwei Kakerlaken auf dem Fußboden und schob sie ihr in die kleine Unterhose, die sie sogar in der Nacht anbehielt. Ihr Schreckensgeschrei, als sie sie entdeckte, und der darauf folgende Schock, spendeten mir, während ich mich schlafend stellte, süßen Trost für die Demütigungen des Tages.

Glauben Sie mir, Didier, zumindest zu Anfang war es zum Teil auch aus echter Verzweiflung, daß ich ihr gegenüber grausam war. Ganz tief in meinem Innersten steckte die dumpfe Angst vor Rache. In gewisser Weise beugte ich mich über meine eigene Bosheit wie über einen Abgrund, der mich gleichzeitig anzog und abschreckte, und verfiel mit wollüstigem Schwindelgefühl in Bösartigkeit.

Ich war gegen meine erbliche Belastung machtlos. Auch wenn ich meinen Vater gehaßt und gefürchtet hatte, war es seine Ordnung, die ich weitertrug. Ich stolperte über meine Nabelschnur. Der alte Herr verlangte seinen Anteil, schlug um sich, vermachte mir jeden seiner Fehler wie unter einer Lupe vergrößert.

Unter den Qualen, die ich Rebecca verursachte, lauerte dieser ein wenig krankhafte Traum: Daß aus den dunklen Wassern der Demütigung die Spur eines neuen und wohlgehärteten Gefühls entspringe. Da ich mich weigerte, an die Versandung unserer Schimären zu glauben, war die Grausamkeit eine weitere, perverse Taktik der Verführung. Verstehe es, wer wolle.

Ich hatte keine Lust mehr auf sie. Wir brauchten nur die Arme auszustrecken, um uns einer leidenschaftlichen Umarmung hinzugeben, und unsere Arme erschienen uns schlapp, wie von Liebe übersättigt. Alle Hindernisse waren aus dem Weg geschafft, und das Begehren wurde fade. Denn die Geilheit ist das Kind der List. Sie verlangt die krummen Schleichpfade durchs Gestrüpp, die geraden Wege langweilen sie. Zum

Beispiel gingen wir schlafen. An ihren Augen, ihrem Verhalten, ihrem Schmachten sah ich recht wohl, daß ich wieder einmal dran war. Ich gähnte lautstark und ostentativ; noch nie war ich von einem solchen Schlafbedürfnis übermannt worden. Sie, wohlgemerkt, kuschelte sich gegen mich, reizte meine Organe mit ihren Knien. Die Vorstellung der Anstrengung, die es zu machen galt, verschreckte mich. Sie war nackt, üppig, schön. Warum also wurde ich nicht von einem gewaltigen Bedürfnis gepackt, mich mit ihr zu vereinigen? Sie lag da, ihr Bauch schrie hungrig, ihre Organe waren in Panik. Sie streckte mir einen Mund entgegen, der nur darauf lauerte, mich zu verschlingen. Küß mich. Ich gewährte ihr einen Kuß. Mehr. Ich küßte ihre Schnauze noch einmal. Besser als das. Ihre Zunge belästigte mich. Es war eine Ranke, die meinen Gaumen anbohrte, in den Zwölffingerdarm eindrang, am Magentrichter vorbei, und die Nerven im Bauch aufweckte und sie anschrie: »Los, aufwachen, ihr seid mir die Pflichten der Liebe schuldig!«

Der Kuß selbst war nichts im Vergleich zu dem, was er einleitete, jene einfältige, konventionelle Angelegenheit, die man Kopulation nennt. Oft gab ich aus purer Faulheit nach. Ich drückte meinen Mund auf ihre Lippen, wie man eine Zigarette im Aschenbecher ausdrückt, und wir vermischten uns — sie entschlossen, die größtmögliche Lust daraus zu ziehen, ich bedacht, es so schnell wie möglich hinter mich zu bringen. Ich schloß die Augen und widmete mich ohne Schwung meinen ehelichen Pflichten. Ich nahm eine Gewohnheit aus meiner Jugend wieder auf, das Kopfrechnen. Ich setzte mir ein Limit, zum Beispiel 1000 oder 2000, und zählte in Abschnitten von 200, langsam, im Tempo des Sekundenzeigers. Nach jedem Abschnitt wechselte ich die Stellung. Die Zahlen waren Zeugnis meiner Langeweile und halfen mir, die Zeit zu füllen. Wenn ich die festgesetzte Zahl erreichte, brachte ich mich mit ein paar Zuckungen zum Ende. Der brutale Sinnentrieb, vom Triumph der Sättigung weit entfernt, hörte nicht auf, sie zu bestätigen. Manchmal half ich mir mit der Vorstellung von anderen Frauen, um meine lästige Pflicht zu erfüllen, doch der Ersatz brachte nicht viel, die Wirklichkeit ließ sich nicht vergessen. Mit der Zeit erkaltete mein Eifer vollständig. Ich rührte sie nicht mehr an und unterwarf sie der Keuschheit aus Überdruß.

So waren mir der mythologische Aspekt, den ich Rebecca unterstellt hatte, ihre Fremdartigkeit, die mich ebensosehr erschreckt wie berauscht hatte, bis zum Exzeß vertraut. Ich konnte sie in jeder Hinsicht vorhersehen, sie hatte die Fähigkeit, mich zu überraschen, verloren. Die Aufmachungen, die Listen, die Kokettheiten, die sie einsetzte und die mich bezaubert hatten, hatten keine Wirkung mehr auf mich. Die Zaubermünze platzte wie ein Luftballon und enthüllte das magere Skelett eines Tricks. Und ihre verschwiegene Schönheit weckte nichts mehr in mir. Ihr Aussehen, ihre Seufzer, ihre Muffeleien, alles, was mich bislang in Atem gehalten hatte, ging mir inzwischen auf die Nerven.

Rebecca war kompliziert, weil sie mit peinlicher Genauigkeit jeden Winkel des Käfigs, so nannte sie ihre Leidenschaft für mich, untersuchte; doch andererseits war sie nicht komplex. Indem sie nur diese Winkel erforschte, hatte sie mir keinerlei Mysterium zu bieten. Statt schöpferischen Schwung zu finden, vertrocknete sie bei der tristen Analyse ihrer Gefühle.

Man kann einem Menschen alles verzeihen, sagte ich ihr, seine Vulgarität und seine Dummheit, nur nicht, daß man sich mit ihm langweilt.

In der Liebe ist im Gegensatz zur Verwaltung das Anciennitätsprinzip ein Hindernis, die Beförderung erfolgt umgekehrt. In der Tat langweilte ich mich tödlich mit ihr. Und die Langeweile ist ein Gefährte, den man nur in der Einsamkeit erträgt; denn man möchte keine Zeugen für diese verfluchten Momente haben, aus Angst, ein ehrenrühriges Image könne daraus entstehen. In Rebeccas Nähe erschienen mir die Tage unerträglich lang; jeder brachte die immer gleichen Ängste, die gleichen bleiernen Augenblicke, die uns zu festen Stunden mit erdrückender Regelmäßigkeit überrollten. Ist Ihnen aufgefallen, daß uns das Fehlen von Ereignissen durch die Stille ebenso zusetzt wie die schlimmsten Katastrophen? Um dem Eheleben zu entkommen, frequentierte ich die Cafés, die Zirkel, die Vorträge, ich erfand mir Kolloquien und Verabredungen. Jede Minute, die ich von unserem Zusammenleben abzweigen konnte, war Quelle von Genuß. Die Monotonie der immer gleichen Abende, den gleichen Freunden um die gleichen Tische mit den gleichen Gesprächsthemen, das mit dem immer gleichen Mangel an Begeisterung Herbeten der gleichen gescheiterten Projekte, die gleichen Scherze aus den gleichen Mündern – das alles kotzte mich so an, daß es in mir richtig tierische, jugendliche Fluchtgelüste erweckte. Ich hielt dieses regelmäßige, leere Leben nicht mehr aus, so banal, so leicht und gleichzeitig so schwer, und ich wollte etwas Dynamisierendes, etwas Aktives, etwas Lebendiges, ohne zu wissen was. Dieses auf der Stelle Treten der kleinen Ereignisse, diese armseligen Anekdoten, ergötzten Rebecca. Sie nannte es die »Wechselfälle des Lebens zu zweit«.

Ich erkannte in ihr recht wohl die Symptome der Ehe: Je weniger man lebt, desto weniger Lust hat man zu leben. Die Ehepartner sind siamesische Zwillinge, für die das Universum, sei es auch noch so friedlich, noch immer voller Bedrohungen und Unordnungen steckt. Sie genehmigen sich nur ein Wagnis: Den Fernseher einschalten, die Pantoffeln überstreifen und sich zum Essen hinsetzen. Die wahre Furcht lag für mich nicht so sehr in der Gewißheit, sterben zu müssen, sondern in der Ungewißheit, wirklich gelebt zu haben. Ich haßte diese Atmosphäre kultivierter Feigheit, die aus unserer Zweisamkeit rieselte. Wir waren nicht mehr Monsieur und Madame, sondern Angsthase und Angsthäsin. Hatte man uns oft genug vorgebetet, die Liebe trüge in sich ein Prinzip der Gesetzlosigkeit, ein ununterdrückbares Delinquenzbedürfnis? Ich sah nur noch Bravheit, Konformismus, Katzbuckeln, Schiß, verkleidet mit dem schönen Namen von Gefühl, doch legale Leidenschaft bezeichne ich nicht als Liebe. Ich wußte, daß die Devise der Kleinbürger, »mein Glas ist klein, aber ich trinke aus meinem Glas«, gleichermaßen für Liebende gilt, die nur zusammenbleiben, weil sie nichts Besseres finden. Es gibt keinen liebenden Ehemann, keine keusche Gattin, die sich nicht auf der Stelle ihre magere, monogame Suppe stehen ließen, wenn man ihnen Partner im Überfluß und ständige Erneuerung des Liebesmaterials garantierte. Die wenigen Ausnahmen von dieser Regel bestätigen sie nur. Sie selbst, Didier, Sie lieben Béatrice, doch wenn sich Ihnen eine andere, Schönere, Reizvollere anböte, würden Sie sie nicht auf der Stelle verlassen? Sie protestieren? Dann erklären Sie mir mal Ihr Hingezogensein zu Rebecca.

Was ist denn eine Ehe? Der Verzicht auf das Leben zugunsten der Sicherheit. Ich sah kühne Männer und freie Frauen, die das Leben zu zweit demobilisiert, saft- und kraftlos gemacht hat, deren Schärfe im Zusammenleben abgestumpft ist. Ich haßte die gegenseitige Nachahmung der Zusammenlebenden, ihre Bereitschaft, die Fehler des Partners anzunehmen, ihre bis zum Verrat klebrige Komplizität, die sie noch immer zusammen hält. Nicht einer unter meinen Freunden entging dieser Abgeschmacktheit, die nichts als ein verzerrtes Beispiel meiner eigenen Situation darstellte.

Ich konnte der Gewißheit nicht ausweichen, daß das wahre Leben woanders sattfinde, fern der elenden Notlösungen der Partnerschaft und der tugendhaften Dummheit der leidenschaftlichen Liebe (die in Wirklichkeit der Gipfel der Lauheit ist, da sie darauf abzielt, uns die Gesellschaft der gleichen Person lebenslänglich erträglich zu machen). Die Vorstellung, daß ich diese schlaffe Beziehung durch die endlose Finsternis einer verpatzten Existenz schleppen müsse, ließ mir die Haare zu Berge stehen. Ich wollte Rebecca in der Weise einer Schlange verlassen: Indem ich in ihren Händen eine Hülle hinterließ, die nicht mehr ich war, einen Franz, der sich gehäutet hat und ihr eine Erscheinung hinterließ, die ich nicht mehr bewohnte.

Rebecca war tief betrübt über meine Ansichten. Sie fühlte, daß ich ständig näher dran war, irgendwen zu lieben, nur nicht sie. Jede andere Frau erschien mir zu jener Zeit allein durch die Tatsache, daß sie anders war, vorziehbar. An manchen Abenden, wenn ich im ehelichen Knast dahinvegetierte, sagte ich mir: Man muß mich sehen, ich muß mich bewegen, ich kann nicht wie ein Sonntagsanzug in einem Schrank versauern. Ich fing wieder an, den Mädchen auf der Straße oder in der Metro nachzugehen und sie, geblendet von ihrem Gesicht, das wie der Schlüssel zu einer schwindelerregenden Welt war, anzusprechen. Rebecca verstand meine Veränderung nicht. Sie glaubte an ihre Schönheit und hörte nicht auf, sich mit den Weibern, denen ich den Hof machte, zu vergleichen und somit geringzuschätzen.

»Wenn du mich schon betrügen mußt, dann wenigstens mit einer, die schöner ist als ich.«

Diesen Kuhhandel lehnte ich ab.

»Ich sehe dich weder schön noch häßlich, sondern immer gleich, und das ist es, was mir zu schaffen macht. Wären alle Frauen der Welt Häßlichkeiten, wie du es wünschst, ich würde ihnen aus bloßer Freude an der Abwechslung nachlaufen, um wieder andere Haut zu kosten. Wahre Schönheit ist die Nutznießung der großen Zahl, sie liegt in der Vielfalt der Gesichter, der Diversität der Teints; die schönsten Frauen sind jene, die man noch nicht kennt.«

Ich hätte die zwei Jahre unseres Zusammenlebens gerne für einen dieser erstaunlichen Momente hergegeben, wenn eine Fremde, die Sie bis jetzt nicht beachtet hat und die Sie seit langem fixieren, Sie plötzlich anschaut und sich mit Ihnen auf das lustvolle Duell der Pupillen einläßt. Und wenn sie Ihnen dann zulächelt, dann kommt aus diesem plötzlichen hinreißenden Mund ein unaussprechliches Wort, etwas unsäglich Liebliches, zum Weinen Süßes: der Ruf der Romantik selbst.

Die meisten Männer sehen Frauen vorbeigehen, die sie begehren und niemals haben werden, und sie verzichten; ich tröstete mich nicht mit diesen flüchtigen Passantinnen, jede von ihnen war für mich eine Wunde, die nicht aufhörte zu bluten: Mich schmerzten die verpaßten Gelegenheiten wie einen Amputierten der fehlende Arm. Ich ging in verstörter Begehrlichkeit über die Boulevards, in die Lokale und Cafés, mit einer kindlichen Naschsucht auf alle diese Körper, deren pulsierendes Fleisch ich witterte wie ein Tier die Nähe des Wassers oder der Beute. Ich fühlte mich ausgehungert gleich einem Gefängnisinsassen, der seit 20 Jahren nicht mehr von der Liebe gekostet hat. Für mich hatte Rebecca weder Formen noch Zauber mehr außerhalb der geschlechtlichen Menschheit.

Meine Freunde warfen mir oft vor, unterschiedslos mit häßlichen oder mißgestalteten Frauen auszugehen. Manche waren es in der Tat. Nicht, daß ich weniger wählerisch oder weniger von Schönheit angezogen gewesen wäre als andere. Aber ich war so geschmeichelt, wenn eine Person des anderen Geschlechts sich für mich interessieren konnte, daß das häßliche Entlein, wenn es mich anschaute, die Grazie einer Königin bekam. Und vor allem, das sagte ich schon, begrüßte ich bei jeder das Spiel des Zufalls, und sie war allein dadurch, daß sie neu war, heilig. Ich verehre nur die Begegnungen, diese Epiphanien des profanen Lebens, die die Existenz umgestalten, indem sie sie zerreißen.

Zu jener Zeit bereitete ich eine Arbeit über den Hepatitisvirus vor und arbeitete viel, und Rebecca stahl mir die wenigen bleibenden Mußestunden. Um mir ein bißchen Unvorhergesehens zu bewahren, belog ich sie. Ich hatte immer schon gelogen. Als Kind, um meine Ruhe zu haben, als Jugendlicher, um die Vorteile der Kindheit zu verlängern, als Erwachsener aus Gewohnheit und Nostalgie. Die Wahrheit zu sagen, erschien mir als ein katastrophaler Mangel an Vorstellungskraft. Ich belog jedermann, bei jeder Gelegenheit, grundlos, um zu sehen, für das Vergnügen, zu verwirren, Geheimnisse zu haben, glaubhafte Fiktionen zu konstruieren. Mir bereitete es ein um so größeres Vergnügen, als das moderne Paar unter der Verpflichtung der Ehrlichkeit lebt, die von den beiden Komparsen vollständige Offenheit verlangt. Ich meinerseits zog es vor, Rebecca zu betrügen, weil in meinen Augen das Geständnis die nervtötende Kapazität hatte, das Leben glatt zu machen. Ich liebte den Betrug, weil er die Waffe der Schwachen ist, der Frauen und Kinder, die sich damit in einer Welt, die ihnen sonst keiner zugesteht, einen kleinen Freiraum schaffen. Ich nahm mir also sämtliche Freiheiten heraus und spielte durch meine üblen Tricks alle Rollen, wobei ich mir mein Vergnügen bewahrte, ohne dabei meine Zweisamkeit in Gefahr zu bringen.

Selbstverständlich frequentierte ich die Nutten; ich war ganz wild auf diesen Aspekt von Weideland, von vor Leben siedenden Tieren, auf ihre halbnackten Brüste, entblößten Schenkel, den Unterleib mit Spitzen und Strumpfhaltern garniert, die die Passanten zu einem unflätigen Vergnügen in finstere Schlupfwinkel lockten. Ich schätzte sie aus Epikureismus, aus Liebe zur Geschwindigkeit — man bekam ein Maximum von Körper in einem Minimum von Zeit. Das Bezahlen diente mir nur dazu, die Entfernung zwischen meinem Appetit und der Befriedigung dieses Appetits zu verkürzen. Ich genoß diesen Luxus, mir das Verführen zu ersparen, und segnete das Geld, das die Leute zugänglich macht. Das Bezahlen erlaubte mir unter anderem auch, sämtliche Frauentypen, auf die ich wild war, und die mir das Leben nur in winzigen Dosen bot, auszuprobieren.

»Du hast vor nichts Respekt«, sagte Rebecca, »nicht einmal vor unseren schönsten Erinnerungen.«
»Recht hast du. Wir können uns nur noch in der Vergangenheit begegnen. Also lassen wir diese glücklichen Erinnerungen aufleben: Hunderte von Mahlzeiten, die wir gemeinsam in Hunderten von Restaurants, Hotels, Gasthäusern, Snacks eingenommen haben, Hunderte von Mineralwässern und Weinflaschen, die wir gemeinsam getrunken ha-

ben, Hunderte von bestellten Gerichten, Rezepten, Cafés, die wir probiert haben. Das also sind unsere Erinnerungen: ein riesiges Menü, ein schöner Siegerpokal für ein Leben!«

Wenn wir die Straße entlanggingen, ging ich – ich überragte sie um Haupteslänge – immer mit großen Schritten, als hätte ich es eilig. Sie kam aus der Puste, wenn sie mir folgen wollte.

»Los, Kurzbein«, rief ich ihr zu, »komm endlich! Meine Güte, bist du klein!«

Was unsere erotischen Exzesse betrifft, so prangerte ich sie jetzt als einen Beweis für unser Einschrumpfen in die eheliche Zelle an. Unsere widerliche Intimität des vergangenen Jahres, sagte ich zu Rebecca, hatte seinen Ursprung nur in unserer Angst vor draußen. Wir spielten mit unseren Exkrementen, um uns besser von der Außenwelt abzuschneiden, uns selbst zu genügen. Wir haben die Lust zur Abgeschiedenheit bis in die letzten Konsequenzen vorangetrieben. Was bleibt denn, was man zu zweit noch machen kann, außer sich zu beschnuppern, töricht über die Fürze zu lachen, den ärmlichen Rhythmus seiner organischen Maschinerie zu beobachten. Das ist es, wohin die eheliche Erotik unweigerlich führt: zu einem immensen Geschmack von Scheiße aus Angst vor der großen, weiten Welt.

Rebecca, erkannte ich, war auf dem Wege, in den Rang der ehemaligen Geliebten abzusinken, der verwitterten Leidenschaften, ranzigen Vögeleien, altersschwachen, abgeschmackten, austauschbaren Genüssen. Meine Erinnerung liebkoste mit Vergnügen nur die Eintagsabenteuer, die durch ihre Kürze in allen Farben schillerten. Aber die längeren Beziehungen, durch Verbitterung und Rüpelei ruiniert, verdienten nur, vergessen zu werden, die glückbringende Amnesie.

Und zu allem Verdruß, den ein normales Liebesleben einem bereitet, gesellt sich noch die unabwendliche, allgemeingültige Erkenntnis: Daß man nicht jedermann gefällt. So schön, charmant, intelligent Sie auch sein mögen, es gibt immer eine Frau, die Ihre Talente, Ihren Erfolg haßt und Ihnen weniger glückliche Männer vorzieht; oder Sie sind unglücklich und ein Verlierer, und andere Frauen werfen Ihnen die Häßlichkeit und das Versagen vor. Gefallen ist somit negativ, ich gefalle nur dieser oder jener und lasse die meisten indifferent. Es ist eine herzzerreißende Erfahrung, von den einen bewundert, den anderen verachtet und von der Mehrheit außer acht gelassen zu werden. Dieses Volk, das keine Augen für Sie hat, schadet Ihren allerschönsten Eroberungen. Desgleichen Rebecca. Ich kannte sie schon seit längerer Zeit. War ich noch verführerisch? Was man auch Gutes über uns sagen mag, es ist nicht neu, und wir brauchen immer noch andere Bestätigungen, andere Gewißheiten, die auch wieder unzuverlässig sind. An erster Stelle im Herzen eines Mannes oder einer Frau zu stehen, ist eine lächerliche Anmaßung. Bin ich der König, weil ich dein König bin? So haben wir nicht gewettet. Die Zuneigung, die ein Wesen Ihnen entgegenbringt, ist in doppelter Weise verblüffend: Zunächst wundert man sich, daß einen nicht alle mit der gleichen Inbrunst lieben, und dann kommt einem der Verdacht, daß die Frau, die einen anbetet, irgendwelche Schwächen haben muß. Wenn sie mich liebt, dann, weil sie verloren ist; wer kann denn ein derartig armseliges Individuum wie mich schätzen, wenn nicht jemand, der noch ärmer dran ist und daher auf seine Kosten kommt, indem er sich an mich Wrack klammert? Weit davon entfernt, Rebecca in meinen Augen wieder aufzuwerten, trieb mich in der Tat ihre Zuneigung dazu, bis ins Endlose die Wertschätzung anderer Frauen zu suchen.

Mit dieser tunesischen Jüdin hatte ich geglaubt, Nordafrika und Zion zu heiraten. Aber ihr Judentum stellte nichts für sie dar, weder Kulturerbe, noch Treue, noch geistige Heimat, und ich sah sie ebenso verwundbar und armselig wie mich, mit einem Wort: 100 Prozent Französin. Ich hatte sie in das Ghetto der Einzigartigkeit gesperrt und hörte nicht auf, sie mit diesem Ideal zu konfrontieren, um ihre Schwächen besser zu registrieren. In meinen Augen hatte sie sich einen Titel angemaßt, auf den sie kein Anrecht hatte, den der Zugehörigkeit zum auserwählten Volk. Darauf antwortete sie mir voller Zorn:

»Du liebst die Juden im allgemeinen so sehr, daß du unfähig bist, eine bestimmte Jüdin zu lieben. Ich spucke auf deine Freundschaft zum Hause Israel, sie ist nur ein Vorwand, um mich zu verfolgen. Dein Vater war Antisemit aus Haß, du bist es aus Liebe. Er warf den Juden vor, es zu sehr zu sein, und du wirfst mir vor, es nicht genug zu sein. Ich fordere das Recht auf eine vielschichtige Identität, ich fordere das Recht, kompliziert zu sein.«

Sie hatte natürlich recht! Ich gehörte zu jenen Christen, die, um sich einer lästigen Vergangenheit zu entledigen, die Gesamtheit des Judentums so vergöttern, daß sie jeden Juden, der dem nicht entspricht, des Verrats bezichtigen. Mit der Forderung, daß jeder Jude seinen Unterschied wie einen Fetisch zur Schau stellen müsse, erwiesen wir uns als ebenso sektiererisch wie unsere Väter, die damals gefordert hatten, daß sie ihn versteckten. Doch zu jener Zeit war ich in meiner Verblendung für diese Argumente nicht zugänglich. Eine Sache, und nur eine, machte mir Kummer: Wenn ich Rebecca verließe, würden meine Eltern sich freuen. Sie würden es als einen Sieg des guten französischen Menschenverstandes halten, während es sich für mich um eine Niederlage des Ehesystems handelte. Ein höchst einzigartiges Ereignis löschte meine Skrupel. Zu jener Zeit entdeckte mein Vater, der sich mit der Ahnenforschung unserer Familie beschäftigte, daß einer unserer Vorfahren in der Mitte des 19. Jahrhunderts in Aachen ein Fräulein Esther Rosenthal, eine polnische Jüdin, geheiratet und mit ihr vier Kinder gezeugt hatte, von denen der Jüngste niemand anderes als sein direkter Urgroßvater war. Dieser Tropfen semitischen Bluts in unserer arischen Dynastie stieg ihm ins Gehirn: Er erlag einem Schlaganfall und starb. Ich erinnere mich an seine letzten Worte auf der Intensivstation:

»Franz, ich habe mich mein Leben lang geirrt: Die Juden haben recht, sie sind die wahren Vorläufer des modernen Europa.«

Ich hatte meinen Vater jahrelang gehaßt; der Haß hatte sich in Verachtung verwandelt, als ich erwachsen wurde, die Verachtung in Mitleid, als sich dieser Despot als ängstlicher, zerbrechlicher Greis erwies. Aber nach diesen letzten Worten wurde er wieder mein Vater. Und ich küßte die Hand dieses Gerechten, den die Erleuchtung auf der Schwelle zum Jenseits getroffen hatte. Und ich weinte verzweifelt, als er mit ganz leiser, erstickender Stimme murmelte: »Diese Schweine, es sind die Araber mit ihrem Erdöl.«

Ich liebte Rebecca nicht mehr und ich war darüber untröstlich. Voll Überdruß versuchte ich vergeblich, in mir eine Leidenschaft zu wecken, die mich verlassen hatte. Ich litt nicht mehr, ich zitterte nicht mehr, ich war nicht mehr eifersüchtig, und diese Ruhe bekümmerte mich. Ich stellte mir Rebecca in den Armen anderer Männer vor, wie sie sie küßte und ihre Zärtlichkeiten und Huldigungen empfing, und diese Bilder ließen mich kalt. Gibt es etwas Herzzerreißenderes, als zu fühlen, wie das Feuer der Leidenschaft von einem weicht, wie das Meer bei Ebbe vom Ufer weicht? Ich kokettierte wie ein reicher Mann: Ach, wie gut wäre es, sagte ich mir, durch eine Frau zu leiden, ungeliebt sein, wie angenehm muß das sein! Ich sah Rebeccas Augen mich stumm anflehen, mich nach rationalen Erklärungen fragen, wo es keine gab. Mein Wunsch nach Trennung war ebenso arbiträr wie zwei Jahre zuvor meine Begeisterung.

»Aber, sag doch, sag mir doch, was ich dir getan habe, ob ich dich gekränkt habe, verletzt habe.«

»Was du mir getan hast? Gar nichts. Dein einziger Fehler ist, daß es dich gibt.«

Für ein Nichts, einen Blick, einen Versprecher, eine hingekritzelte Telefonnummer, einen in der Tasche vergessenen Zettel machte sie mir groteske, geschmacklose, immer wiederkehrende Szenen. Ihr Zorn war ein magischer Versuch, eine Situation zu vereinfachen, die sie nicht meisterte. Ich erlitt die tägliche Zensur der legitimen Mätresse, die einem das Hemd und die Unterwäsche inspiziert, jedes Haar findet, die Taschen und Notizkalender durchwühlt, die Nummern anruft, die sie darin findet, in der Hoffnung, auf eine Frauenstimme zu stoßen. Sie setzte ihre ganze Kraft ein, um, mit der Akribie eines Detektivs, Szenen, Verbindungen und Netzwerke zu rekonstruieren. Denn es gibt keine Polizei, die sich erbarmungsloser benimmt als Liebende gegeneinander. In meinem Adreßbuch strich sie verdächtige Telefonnummern oder Adressen aus, damit ich sie nicht mehr lesen konnte. Im Krankenhaus versuchte sie sogar, eine Krankenschwester zu dingen, um mich zu überwachen! Jeder Fremde war für sie zunächst suspekt und damit gefährlich. Und je unnachgiebiger sie wurde, desto tiefer verstrickte sie sich in Taktlosigkeit. Auf der Straße hing sie mir wie eine Spionin an den Fersen, erspähte jede Frauensilhouette, um sie vor mir schlecht zu machen. »Nach der brauchst du dich nicht umzudrehen, die ist ein richtiger Pummel.« Um sie auf die Palme zu bringen, machte ich mir einen Spaß daraus, kleine Greise, alte Damen oder Babys anzustarren, was sie verwirrte und zwang, ständig wachsam zu sein, was ihr am Ende einen steifen Hals einbrachte. Mein Umherflattern machte sie wild. Kaum hatte sie eine Komplizin identifiziert, ging ich schon mit einer anderen, so daß sie, glaubend, Beute gemacht zu haben, nur noch die leere Hülse hatte. Mit diesen Nachforschungen suchte sie eine Rivalin aus Fleisch und Blut, mit der sie sich messen und konfrontieren konnte. Aber ich gab ja unsere Beziehung nicht auf, um eine neue einzugehen. Ich war ständig woanders, ihr ständig um eine Eroberung voraus. In kindischer Weise provozierte ich sie: Ich verlasse dich nicht für eine bestimmte Frau, sondern für alle Frauen.

»Du liebst mich«, sagte ich zu ihr. »Und was geht mich das an? Leide stumm. Die Diskretion ist die zeitgemäße Form der Würde.«

Der Rhythmus der Auseinandersetzungen steigerte sich, bis es zu unserem täglichen Brot wurde. Wir konnten die Stunden einer Woche zählen, wo wir uns nicht gestritten hatten. Meine Wohnung hallte wieder von unseren endlosen Wortgefechten. Ganze Tage verstrichen mit herzzerreißenden Krisen, alles wurde für uns Grauen und Leiden, und ich fürchtete vor allem die Wochenenden, die uns 48 Stunden ohne Unterbrechung zusammensein ließen. Jeder Streit endete nach langdauerndem Schmollen mit lieblosen und heiklen Versöhnungen. Die Versöhnung, das ist die Obszönität des Ehekrachs! Daß sich die Partner nach so vielen Schmähungen, Hieben und Verfluchungen frisch, bereitwillig und als ob nichts geschehen wäre, wieder zusammenfinden, das ist die Sauerei, diese widerwärtige Gedächtnislücke. Bald gingen mir auch diese Versöhnungen auf die Nerven. Ich hatte dieses nach einem Uhrwerk ablaufende Drehbuch satt, diesen ganzen zornigen Schrott, strenger geregelt als die Etikette am Hofe des Königs. Diese Exzesse an Gewalt hätten Ventil für eine zu starke Spannung sein müssen, doch das Ventil wurde zum Selbstzweck, die Szene unser täglich Brot und der Exzeß unsere Art der Zuneigung.

Rebecca sagte zu mir:
»Du machst deine Pubertät mit 30, du bist nichts als ein Sexbesessener.«
»Na und? Eine solche Besessenheit wäre nichts Anstößiges. Aber du irrst dich. Ich bin jemand, der auf nichts verzichten will. Ich weigere mich, mich festzulegen. Du schleuderst mir meinen Donjuanismus ins Gesicht wie Spucke. Ich akzeptiere es. Don Juan strebt danach, überall zu sein. Er möchte der leidenschaftliche Liebhaber einer einzigen und der kokette Schmetterling von allen Frauen sein, er möchte für die Häßliche und für die Schöne erglühen, er strebt danach, in einem einzigen Leben die Gesamtheit der möglichen Schicksale zu umfassen. Darum ist er ein Held der Ungeduld, nicht ein Kämpfer für die Lust. Du träumst die Träume einer Grisette. Du strebst nach dem trauten Glück

eines stabilen Heims, mir liegt nur daran, eine Vielzahl von Partnerinnen zu haben. Du leidest unter meinem freizügigen Leben, ich leide unter der Tyrannei deiner Sentimentalität. Statt uns gegenseitig lästig zu sein, sollten wir uns unsere gegensätzlichen Neigungen eingestehen und die bei dieser Verschiedenheit logischen Konsequenzen ziehen.«

Man erträgt das Leben zu zweit nur, indem man es verunglimpft, das einzige Mittel, das bleibt, es zu verschönern. Lange Zeit diente mir das Lästern als Zerstreuung. Schlecht über Rebecca zu reden und sie vor meinen Freunden ohne Ende zu zerpflücken, hielt mich davor zurück, mich von ihr zu trennen, reichte, um meinen Groll aufzulösen; Verrat als Ersatz für Fahnenflucht. An einem Sonntagnachmittag – wir hatten wie üblich eine Auseinandersetzung gehabt – ging ich ein Paket Zigaretten kaufen. Als ich zurückkam, war sie nicht mehr da. Ich schaute in beiden Zimmern nach, rief sie, nichts. Um nicht einen langen Nachmittag allein verbringen zu müssen, rief ich einen Freund an. Ich schüttete in sein williges Ohr alle meine Klagen über Rebecca, betonte, daß ich sie immer weniger begehrte, und erzählte ihm, mit der unverbesserlichen Großsprecherei von Knaben, einen meiner Seitensprünge, der zwei Tage zurücklag. Nach einer Viertelstunde am Telefon verabredeten wir uns in einem Café und ich legte auf.

In diesem Moment schoß Rebecca unter der Bettdecke hervor, wo sie sich versteckt hatte. Die Enthüllungen einer gewissen Wahrheit über mich selbst, die sie geahnt, aber nicht zu glauben gewagt hatte, hatte die Wirkung eines Abführmittels auf sie. Mit ausgestreckten Krallen fing sie wie am Spieß zu kreischen an und stieß wie üblich Stühle und Gegenstände um. Ich dachte, sie würde mir die Augen auskratzen, doch sie war wesentlich geschickter. Sie bestand darauf, mich zu meiner Verabredung zu begleiten; ich ahnte ihre Absichten nicht, stimmte zu und schwor mir, wachsam zu sein. Meinem Freund, der verblüfft war, sie zu sehen, berichtete sie zunächst ihre List und fügte dann hinzu:

»Ich weiß, daß Franz dir höchst intime Dinge über mich erzählt. Es mag dich vielleicht interessieren zu hören, was er mir über dich sagt.«

Nun traf es sich, daß dieser Kamerad, ebenfalls Arzt, und ich im Rahmen unseres Dienstes in beruflicher Rivalität standen, jeder trachtete nach dem besten Posten, dem besten Platz in der Wertschätzung unseres Professors. Daraus ergab sich eine gewisse Konkurrenz, die sich mal in Scherzen, mal in Groll ausdrückte, und über die unsere Freundinnen alles wußten. Ich beteuerte vergebens meine besten Absichten, mein Artgenosse zeigte sich neugierig zu erfahren, was ich hinter seinem Rücken verzapfte. Rebecca ersparte ihm nicht die kleinste Einzelheit meiner schmählichen Reden über ihn, angefangen von seinem häßlichen Äußeren bis hin zu seiner sexuellen Naivität, nicht zu vergessen, seiner schmeichlerischen Art. Im Laufe der Enthüllungen wurde er immer bleicher, überzeugt, daß sie derartig präzise Einzelheiten nicht erfunden haben konnte. Nach einer Stunde stand er leichenblaß auf und verließ uns, ohne ein Wort zu sagen. An jenem Nachmittag machte ich mir einen Todfeind, und keine der Beleidigungen, mit denen ich Rebecca anschließend quälte, konnte mich über den Verlust dieses Freundes hinwegtrösten.

»Sag mal«, fragte ich sie, »in diesen drei Jahren – wie viele Türen hast du mir geöffnet? Wen hast du mir vorgestellt? Friseusen, Verkäuferinnen, Ladenmädchen, Änderungsschneiderinnen, Stylistinnen, Kleiderhändler, Friseurlehrlinge, Fotografen, Pediküren, Kosmetikerinnen. Das sind deine Beziehungen, das ganze niedere Volk des überflüssigen und eitlen Tands, das Fußvolk der Mode und die Möchtegerns.«

Natürlich hätten wir uns auch für vornehmere Lösungen entscheiden können. Da uns ein exzessives Zusammensein umbrachte, wäre es nötig gewesen, ein wenig auf Distanz zu gehen, uns mit dem Indirekten zu begnügen, längere Zeiträume zwischen unsere Besuche zu schieben. Doch je seltener wir zusammenkamen, desto weniger Lust hatte ich, zu ihr zurückzugehen. Ich weiß, daß es mehrere Tricks gibt, um eine Beziehung zu retten oder zu verlängern: den Bruch wählen, die Liebe des anderen aufs Spiel setzen, ihre Intensität wiederzufinden suchen. Wir hätten uns Orgien mit einer Schar von Leuten hingeben und auf diese Weise den Vertrag konsolidieren, eine Trennung vorgeben, um uns besser zusammenfinden zu können. Diese Möglichkeiten hatten den Fehler, rein äußerlich zu sein und einen Kompromiß aufrechtzuerhalten, den ich nicht mehr wollte. Mir hing die Monogamie in allen ihren Formen – liberal, klassisch, emanzipiert, konziliant, free sex oder zärtlich – zum Hals heraus, und ich strebte nur noch danach, mich daraus zu befreien. Und außerdem hätten wir es mit solchen Arrangements ein paar Jahre mehr hinausgezögert, unseren Groll gehegt, Zweisamkeit und Libertinage miteinander vereint und wären einem fatalen Ausgang entgegengegangen, der um so bitterer gewesen wäre, weil man besser daran getan hätte, auseinanderzugehen.

Die Dinge zogen sich grausam in die Länge, über sechs Monate waren verstrichen. Der Sache mußte ein Ende gesetzt werden. Ich hatte einen plötzlichen Anfall von Mut. Ich sagte zu Rebecca:

»Wir sollten uns trennen, ehe es zu spät ist. Wir sollten im Namen der Geschichte, die wir zusammen hatten und derer wir nicht mehr würdig sind, auseinandergehen. Ich hatte gehofft, daß du die Initiative der Trennung ergreifen würdest, doch das hast du nicht getan. Ich muß diese unangenehme Aufgabe allein auf meine Schultern nehmen. Versteh doch: Wir sind zu weit gegangen, die Last unserer Kränkungen, unserer Gemeinheiten wiegt zu schwer, es kommt nicht mehr in Frage, etwas zu reparieren oder zu bezahlen, wir müssen den Abszeß aufstechen und uns trennen. Du liebst mich noch, warte nicht ab, bis du mich nicht mehr liebst. Wenn du im richtigen Moment fortgehst, werden wir beide weniger zu leiden haben. Hilf mir, mich von dir zu befreien, gib mir die Würde zurück, die ich verliere, indem ich dich erniedrige. Laß uns jeder unsere jeweiligen Wunden leben, ohne sie uns gegenseitig zu verschlimmern.«

Rebecca antwortete:

»Ich will wie jedermann mit einem Partner leben, der an meiner Seite ist; punktum, ich will Kinder haben, das ist alles. Ich habe dir meine Substanz gegeben und ich wünsche, dir mein ganzes Leben zu widmen.«

»Widme mir gar nichts, ich bitte dich. Ich will dein Opfer nicht. Ich hasse es im voraus, da du früher oder später dafür Zinsen fordern wirst. Erwarte keine Dankbarkeit von meiner Seite.«

»Ich habe mich schlecht ausgedrückt, Franz, ich mag zwar unglücklich mit dir sein, aber ich bleibe, weil ich die Hoffnung nicht aufgebe, dich zu ändern.«

»Mach dir keine Illusionen, das haben vor dir schon andere versucht und sich die Zähne daran ausgebissen. Ein gewaltiges Hindernis ruiniert regelmäßig meine sentimentalen Unternehmungen. In meiner Begeisterung für dich hatte ich den festen Vorsatz, alle Frauen, die ich je gekannt hatte, zu vergessen, und zu erreichen, was ich mit ihnen verpatzt hatte, eine wilde Liebe, die andauert. Das Wunder hat zwei Jahre gedauert. Heute zahlen wir dafür, daß wir eine Illusion wieder in Schwung bringen wollten. Die Welt ist voll in Bewegung: Die Menschen und die Dinge atmen, rühren sich, bilden eine weite, kostbare, wünschenswerte Perspektive, in die ich gerne eingebaut wäre.«

»Franz, du analysierst zuviel, um wirklich aufrichtig zu sein. Aber da du mich nicht mehr willst, beuge ich mich.«

Mit Tränen in den Augen packte Rebecca ihre Sachen zusammen und ging fort. Auch wenn ich sie nicht mehr liebte, es half nichts, ich war gerührt. Sobald sich die Tür hinter dieser Gefährtin geschlossen hatte, die schon in der Vergangenheit zu versinken begann, konnte ich mich frei fühlen. Das eiserne Band war gebrochen, die Kette war nicht mehr gespannt und hing auf die Erde; schließlich ruhte ich mich von nervöser Erschöpfung überfallen aus. Doch die Kette sollte sich mit Gewalt wieder anspannen und uns mit solcher Gewalt erschüttern, daß wir für immer aneinander gebunden wurden.

Am nächsten Tag kam Rebecca zurück und sagte: »Ich kann nicht ohne dich leben. Schlaf mit allen Frauen, aber laß mich hier bleiben.«

Ich hätte nicht schwach sein dürfen. Aber dieses Mädchen hatte die stumme Beharrlichkeit der Demut, gegen die man machtlos ist; sie zermürbte mich durch ihren passiven Widerstand, und eine gewisse Feigheit machte, daß ich sie wieder akzeptierte. Dieses Mal, dazu war ich fest entschlossen, würde ich keine Skrupel haben, denn es handelte sich um Krieg. Da sie die Ehehölle nicht als solche empfand, würde ich ihr die wahre Hölle zeigen.

Ich überlegte die besten Methoden, um sie zu demütigen, und klassierte sie in sechs Gruppen: Geschlecht, Rasse, soziale Klasse, Aussehen, Alter und Intelligenz. Geschlecht, Rasse und Alter schloß ich von vornherein aus, weil es zu vage Demütigungen wären, um eine bestimmte Person zu treffen. Zum Beispiel wartete Rebecca nur darauf, daß ich sie eines Tages als »dreckige Jüdin« beschimpfte, eine Beleidigung, die ihr den Beweis für meine Schändlichkeit geliefert hätte. Idiotisch! Als ob ich das einzige, was ich an ihr respektierte, ankratzen wollte, ihr Judentum! Ich, der ich nach wirksamen Kränkungen suchte, sollte mich lächerlich machen, indem ich ihr diese da an den Kopf warf? Das hätte geheißen, sie unschuldig zu machen, indem ich ihr Volk beleidigte. Es hätte ihr viel zuviel Ehre erwiesen, wenn ich sie mit einer so prestigebeladenen Gemeinschaft verwechselt hätte. Verstehen Sie mich richtig, der Rassismus ist dumm, denn er greift die Kollektivität im Individuum an und begeht dabei einen doppelten Fehler: Er läßt den Angegriffenen unbeschadet und provoziert die Solidarität des Volkes, zu dem er gehört, er fügt zusammen, wo er spalten müßte. In dem Unterfangen, Rebecca zu demolieren, arbeitete ich auf einem subtileren und operationellen Niveau. Ich griff ihre intimsten Fasern an, das heißt, ihre Intelligenz, an der ich Zweifel hegte, und ihr Aussehen, das ich kritisierte, den kostbaren Schatz einer Frau, die sich die moderne Pflicht unserer Gesellschaften auferlegt hat, in erster Linie ansehnlich zu sein. Dazu nahm ich noch die soziale Stellung, ein gutes Beleidigungsfeld in unserer rückläufigen Epoche, in der Arrivismus, die Hierarchie der Klassen und des Wohlstandes wieder gelten. Kurzum, ich wählte sämtliche Gebiete, die nicht mit einer politischen oder ideologischen Antwort abgetan werden konnten, schlug in die Weichteile der persönlichen Verwundbarkeit. Ich wollte Rebecca absolut hilflos in ihrer Qual sehen, gedemütigt bis zum äußersten Extrem.

Was die Methode betrifft, so entschied ich mich für die Inkonsequenz: Es galt, um sie herum jegliche Gewißheit zu zerstören, sie in Angst und Schrecken leben zu lassen, zu fühlen, wie sie sich langsam anspannt und erschöpft, und dazu Angriff und Überraschungseffekt zu kombinieren, sei es im Ergreifen der Initiative und sie pausenlos herunterzuputzen, niemals dort zu sein, wo sie mich erwartete (wenn nötig sogar Erbarmen zeigen, sobald sie an der Ernsthaftigkeit zu zweifeln begänne, und umgekehrt). Damit sie nichts mehr für gegeben hinnahm, nicht einmal mehr den Kaffee, den wir gemeinsam tranken, daß alles, bis hin zu der Luft, die sie atmete, angefüllt sei mit Abfuhren und Haß, daß sie über ihrem Kopf immer die ständige Drohung eines Gegenbefehls, einer unerwarteten Brutalität fühlte. Mein Ziel bestand darin, um sie herum die Welt des archaischen Schreckens zu erschaffen, in der verprügelte Kinder leben. Ich schneiderte ihr nach Maß eine Existenz ständiger Wachsamkeit, damit sie nicht einmal mehr Anlaß meines Zornes sondern nur noch verachtenswerte und unbedeutende Zeugin meines Alltags sei.

Sehr bald machte sich die Krankheit des Ungeliebtseins auf dem Gesicht meiner Mätresse breit, weichte das Relief ihrer Schönheit auf und machte es mürrisch und ausdruckslos. Sobald ihr Charme nachließ, machte ich sie darauf aufmerksam. Sie rannte zum Spiegel und da sie sich häßlich glaubte, wurde sie tatsächlich häßlich. Das ist die Macht der Bosheit. Sie formt und deformiert das Individuum. Aber was für ein Talent ist dazu nötig! Man ahnt gar nicht, wie schwierig es ist, verabscheuenswert zu sein. Das Böse verlangt eine Askese wie die Heiligkeit. Man muß zunächst die Vorurteile einer immer zum Mitleid neigenden Gesellschaft abschütteln, ohne Unterlaß das farblose Volk der guten Gefühle niedertrampeln und schließlich einen ausgeprägten Sinn für das Theatralische und eine psychologische Kenntnis der Seele besitzen, was nicht jedermann gegeben ist.

Zu allem Unglück hatte meine arme Mätresse den Fehler, alles in extremer Weise somatisch werden zu lassen, und sie bestrafte sich körperlich für unsere Spannungen. Der kleinste Ärger verursachte bei ihr den Ausbruch von Pickeln oder roten Flecken, die Stunden brauchten, um wieder zu verschwinden, und die sie in einem dunklen Zimmer verstecken ging. Wir waren zum Beispiel zum Abendessen bei Freunden, Leuten meiner Spezies, junge, gutsituierte, gehässige Bürger und »links« wohlgemerkt. Zu Beginn der Mahlzeit tuschelte ich Rebecca ein paar ätzende Bemerkungen über die lächerliche Art sich zu schminken zu, ihre glänzende Nase, die fettige Haut und die geröteten Augen. Die Gesellschaft hielt dies für zärtliches Gemurmel und begeisterte sich über meine Anhänglichkeit. Rebecca stand auf, um zu weinen, und bewahrte dann für den Rest des Abends mir gegenüber eine feindselige Haltung. Auf diese Weise hielt mich jeder für unschuldig und zärtlich, und meinte, ich hätte eine launische, rachsüchtige Frau zu ertragen. Und ich wußte auch schon, wie es weitergehen würde. Die Irritation würde bald auf Rebeccas Gesicht ihre häßliche Arbeit tun. Eine dicke Pustel bildete sich mitten auf ihrer Wange.

»Liebling, du hast einen Pickel im Gesicht«, rief ich laut aus.

Rebecca wurde bleich, tastete mit zitternden Fingern über die befallene Stelle und beschimpfte mich dann als »Eierkopf« oder »Korinthenkacker«. Mit den Freunden als Zeugen brach ich in schallendes Gelächter aus:

»Ich kann ja schließlich nichts dafür, wenn du Pickel kriegst, jedermann weiß, daß man in jedem Alter Akne haben kann.«

Alle lachten, vor allem die Frauen, Feministinnen natürlich, die nur zu glücklich waren, eine Rivalin, die nicht einmal ihres Standes war, runtergeputzt zu sehen. Sie hätten in jenem Moment Rebeccas Gesicht sehen müssen: aschfahl wie eine Leiche! In wenigen Sekunden zerschellte ihre unbestreitbare Schönheit wie ein Stapel Teller. Das Gespräch wurde wieder aufgenommen, während sie in Redestreik getreten war und in ihrem Winkel schmollte, wobei sie ihre Wange ungeschickt mit der Hand kaschierte, während das Übel sich ausbreitete, die andere Seite erreichte, bis zu den Schläfen anstieg und sich mit subtilen Flecken bis zum Mund und dem Hals ausdehnte. Jedesmal, wenn wir zu mehreren zum Essen gingen, war Rebecca von solcher Panik ergriffen, daß die Allergie sogar wenn ich nett zu ihr war ausbrach, ein Beweis dafür, daß ich nicht einmal mehr handeln mußte, um erfolgreich zu sein.

Und dann hatte meine liebe Konkubine auch noch fürchterliche Komplexe gegenüber diesen überlegenen Menschen, zu denen ich sie hinschleppte und deren distinguiertes Geschwätz sie faszinierte. Wir hatten sie »die Stumme«, getauft, weil sie nicht wagte, sich an unseren Gesprächen zu beteiligen, und steif und schweigend auf ihrem Stuhl saß. Wir setzten sie immer ans Ende des Tischs in die Nähe der Küche und von den anderen entfernt, weil sie ja nichts zu sagen hatte. Und es fehlte nie eine gute Seele, die etwas über ihre Schüchternheit sagte und sie damit noch tiefer in ihre Schweigsamkeit stürzte. Rebecca konnte mich sehr gut rasend vor Eifersucht machen oder mich mit ihren zwanzig

Lenzen niedertrampeln, aber ihr fehlte jene gutbürgerliche Kultur, diese verträumte Kindheit in einem großen, etwas verkommenen Haus, denn sie hatte als einzige Sommerfrische den Hof einer Sozialbausiedlung, als Kindheitserinnerung den Couscous vom Freitagabend und als alleinigen Lehrmeister den Fernsehapparat gekannt. Die Arme, sie war nicht auf der Höhe. Sie gab sich Mühe, auf dem laufenden zu sein, aber man spürte das ganz neu erworbene Wissen, die frische Farbe wackeliger, hastig aufgenommener Kenntnisse. Sie konnte sich noch so bemühen, große Klasse zu haben, ihr fehlte grundsätzlich jene Selbstverständlichkeit von Kindern aus bürgerlichen Familien, denen man von klein auf eingetrichtert hat, daß sie ein Recht haben zu existieren. Sie konnte sich nicht einmal auf die jüdische Solidarität stützen: Von meinen Aschkenasim-Freunden, für die Wohlstand und Erziehung bei der Beurteilung den Vorrang vor den gemeinsamen Banden hatten, wurde sie als Proletarierin gering geschätzt.

Mir war also das Wunder gelungen, Rebecca häßlich zu machen und vorzeitig altern zu lassen.

»Wie häßlich du bist! Wie konnte ich mich je in dich vergucken? Ich schäme mich, mit dir gesehen zu werden. Du bist häßlich und voller Pickel, weil du in deinem Inneren dumm bist.«

Rebecca antwortete mit Sanftheit:

»Jeder Fleck in meinem Gesicht ist eine deiner Bosheiten. Wenn du willst, daß ich wieder so schön werde wie zuvor, dann hör mit deinen Niederträchtigkeiten auf.«

Die Fortschritte des Übels waren umwerfend. Innerhalb weniger Wochen akkumulierte meine junge Freundin sämtliche nur denkbaren psychosomatischen Krankheiten und wurde zu einer Enzyklopädie der Symptome. Sie litt unter Anorexie, Migräne, Magenschmerzen, Nierenstörungen, Herzflattern, Kolitis. Jetzt mußte sie sich nach fast jeder Mahlzeit übergeben und wand sich dann vor Schmerzen auf dem Bett. Sie magerte ab und wurde schwächer. Die Haare fielen ihr aus, dunkle Augenringe fraßen sich in ihre Wangen.

Ihr blieb nur noch ein Verbündeter, die Zigarette, die sie in maßloser Weise konsumierte, bis zu drei Päckchen an Tagen mit großer Spannung. Das gab ihr einen ekelhaften Atem und nachts zwang ich sie mit dem Rücken zu mir zu schlafen und einen Mundschutz zu tragen. Der Kummer und die Krämpfe hinderten sie im übrigen, ein Auge zuzutun. Ich hörte sie seufzen und schluchzen, und ihr Unbehagen machte meine Wollust, in Schlaf zu versinken, um so süßer. Erschöpft von lange währender Schlaflosigkeit war sie ständig krank. Sie schnappte alle Viren auf, die umgingen. Ich war ihr Arzt und amüsierte mich damit, sie mit den Medikamenten zu betrügen, indem ich ihr unpassende oder gefährliche Arzneien verschrieb. Zum Beispiel hatte ich ihr Aspirin geraten, um den Anfang eines Magengeschwürs zu kurieren, wobei dieses Mittel die Magenwände angreift und zerfrißt; als die Schmerzen schlimmer wurden, enthüllte ihr ein indiskreter Apotheker im Rahmen einer Unterhaltung meinen Betrug. Aber sie fügte sich drein und fuhr fort, meine Dienste in Anspruch zu nehmen.

Wie es eine edle Weise gibt, den anderen bis hin zu seinen wunden Punkten zu lieben, gibt es eine schäbige Fasson, ihn zu schwächen, indem man auf seinen kleinsten Fehlern herumreitet. Und so hatte ich Rebecca den Zweifel an ihren Fähigkeiten eingeträufelt, indem ich ihr ihr Leben als gescheitert vorspiegelte. Tatsächlich war es mir gelungen, sie glauben zu machen, trotz ihrer Jugend ein Versager zu sein. Vom Beginn unserer Beziehung an hatte ich auf ihre kulturellen und sprachlichen Unzulänglichkeiten hingewiesen (sie hatte nicht einmal Abitur), und statt ihr zu helfen, damit fertigzuwerden, erinnerte ich sie ständig daran, als wäre es eine Fügung des Schicksals. Die Angst, ich könnte sie lächerlich machen, wenn sie zum Beispiel englisch sprach oder sich in eine »intellektuelle« Diskussion einmischte, hielt sie zurück und verwurzelte sie tief in der Vorstellung ihrer eigenen Minderwertigkeit. Ich hatte sie derartig als ignorante Flasche beschimpft, daß sie abgestumpft und endgültig blockiert war. Auf diese Weise war sie in ihre Behinderungen wie in ein schlecht geschnittenes Kleidungsstück verstrickt, auf den immer gleichen Gleisen festgefahren. Unter dem Vorwand, ihre ungenutzten Talente zu entfalten, untergrub ich sie, wobei meine Politik darin bestand, die Schuldgefühle zu verstärken, von denen ich sie zu befreien vorgab.

Durch ständiges Herumstochern in ihren Eingeweiden hatte ich aus diesem intelligenten, lebhaften Mädchen ein verängstigtes Wesen, einen zitternden Gnom gemacht.

»Du hast kein Recht, mich so abzuurteilen, mich so auszuweiden. Das paßt zu einem Bullen, aber gehört sich nicht für einen Geliebten.«

Aber sie protestierte nur der Form halber. Was wollen Sie? Ihr Glück bestand darin, zum Inventar meiner Besitztümer zu gehören. In ihren Augen bewegte ich mich in einer höheren Ordnung, die mit dem Leben koinzidierte, während sie selbst, mit subalternen Aufgaben bedacht, an die niederen Regionen der Existenz gekettet, davon nur einen blassen Schimmer abbekam. Sie stellte ihre Inkohärenz meinem Stolz gegenüber, ihre Schwäche meinem Erfolg. Frau, Friseuse, armer Leute Kind – in dreifacher Demut beugte sie sich vor meinem Status als erfolgreicher, gutsituierter, kultivierter Mann. Sie hatte mein Urteil verinnerlicht und hatte sich als ungebildet, dumm, unterlegen und unfähig erklärt und klammerte sich daran, als sei es ihre eigene Wahrheit.

Von nun an brauchten meine Wutausbrüche keine Gründe und mein Groll keine Ursachen mehr. Was mich an Rebecca vor allem aufregte, war das, was ich als »Wasserspülung« bezeichnete, diese Haltung eines verprügelten Hundes, wenn sie zitternd und schniefend jeden Satz mit einem langanhaltenden Schluchzer untermalte, um ihm einen schmerzlichen Akzent zu verleihen. Das Martyrium schnitt Grimassen, versuchte, mich mit einem leichten Feuchtwerden der Augen, einem bitteren Zug um den Mund zu beschämen. Ich ließ mich von diesem Schmerz, der sie mir noch unausstehlicher machte, nicht beeindrucken. Aufgepeitscht von diesen Tränen, die mich mehr als alles andere nervten, sobald sie zu fließen begannen, schüttelte ich sie, schlug und ohrfeigte sie und bat sie, mich zurückzuschlagen. Da sie es nicht wagte, fuhr ich fort, sie mit den Fäusten zu bearbeiten, bis sie, den Körper voller blauer Flecken, zusammensackte. Mit einem dumpfen Aufschrei fiel sie zu Boden und blieb erschöpft liegen. Ich zog ihren Kopf an den Haaren hoch, um in ihnen den Ausdruck absoluter Unterwerfung zu finden. Diese Wahnsinnige hätte sich ohne weiteres für die Genugtuung, mich mit in den Abgrund zu reißen, von mir umbringen lassen. Ihre Versklavung bekam um so ernstere Proportionen, als sie sich ihr freiwillig unterwarf.

Diese Frau, die mich liebte, diese Frau, die mich mehr geliebt hatte als irgendeine andere, die verwüstete ich, wie ich alle jene verwüstet habe, die mir nahe gekommen waren, um sie für ihre Zuneigung zu mir zu bestrafen. Die anderen waren früh genug gegangen, während Rebecca, indem sie blieb, ihrer eigenen Zerstörung zustimmte. Ihr blinder Gehorsam weckte in mir die Überzeugung, daß sie zum Opfer geboren war. Scheinheilig drängte ich sie zu mehr Würde, prangerte ihren Mangel an Stolz und Eigenliebe an. Doch ich setzte mein schäbiges Betragen fort. Nichts Spektakuläres, nur ein täglicher, ständiger Druck, der auf ein einziges Ziel hinarbeitete: sie so weit zu bringen, daß sie sich schuldig fühlte, ob sie redete oder schwieg, wachte oder schlief, damit sie in mir nurmehr einen Richter sehe, der die Voruntersuchungen zu einem immerwährenden Prozeß führte. Sie dürfen nicht glauben, daß ich sie 24 Stunden am Tag quälte. Ich wechselte die zärtlichen Augenblicke mit Krisen der Härte ab. Ich wartete, bis Rebecca ein gewisses Maß an Entspanntheit und Hoffnung erreicht hatte, um sie besser zu zerbrechen, indem ich diese unvermittelten Schwankungen benutzte, die an den Nerven zerren und wirksamer als eine Szene auch die abgehärtetsten Temperamente kaputt machen. Sie wurde zu einem Spielzeug, das ich auseinandernahm, einer Krabbe, der ich eine Zange nach der anderen abriß, um zu sehen, was das ergab. Was gibt es denn Schöneres, als eine Seele zu verletzen, die schon blutet?

Meine Mätresse wurde schwanger, die Folge einer hastigen Kopulation an einem betrunkenen Abend, als ich sie brutal nahm, weil ich sie mit einer anderen verwechselte. Sie wollte das Kind behalten und verheimlichte es zunächst vor mir. Als ich es herausfand, forderte ich, obwohl es spät war – zwei Monate schon –, die Abtreibung. Diese Verspätung war für sie fatal. Eine postoperative Komplikation verursachte in ihr ein Übel, das sie unwiderruflich von der Fähigkeit befreite, je Kinder zu bekommen. Der Beginn der Schwangerschaft hatte die Gewebe von Bauch und Brüsten ausgedehnt, die Haut hatte nachgegeben wie ein billiges Hemd, das das Waschen nicht verträgt, und auf dem Busen und dem Unterleib hatten sich Streifen gebildet. Diese Jugendliche, die den anderen Frauen die ästhetische Perfektion leidenschaftlich streitig gemacht hatte, verlor die ihre innerhalb weniger Wochen. Der zwingende Beweis für ihr neues Schamgefühl: Sie lief nie mehr nackt in der Wohnung umher und schlief immer im Schlafanzug oder im Hemd.

Ich erfand nicht nur alles mögliche, um ihr zu schaden, ich fügte auch noch die kleinen Foltern hinzu. Man darf nicht außer acht lassen, daß die Anhäufung kleiner, unbedeutender Grausamkeiten mehr zusetzt, als ein großer Kummer. Meine ersten Attacken waren brutal, zerschmetternd gewesen, aber Rebecca litt noch mehr unter diesen ständigen Hieben, diesen kleinen Elektroschocks, die sie jedesmal ein bißchen mehr aus dem Gleichgewicht brachten.

So hatte sie zu trinken angefangen. Ich unterstützte sie in diesem Laster, indem ich ihr jeden Abend eine Flasche Whisky oder Wodka kaufte. Jedesmal betrank sie sich und schlief inmitten ihres Erbrochenen und dem säuerlichen Gestank auf dem Boden ein. Eines Nachts, angewidert von ihrem Tun, verbrannte ich ihre Beine mit einer Zigarette. An manchen Stellen drückte ich sie so tief, daß es nach verbranntem Fleisch roch. Wenn Sie wüßten, was für ein seltsames Gefühl das ist, einen bewußtlosen Menschen zu verbrennen: Er leidet und macht Grimassen, aber die Abstumpfung ist zu groß, um ihn aufzuwecken, und sie genießen dieses Halbbewußtsein und bleiben dabei ungestraft. Am nächsten Morgen behauptete ich, sie habe sich in ihrem Rausch selber verbrannt, und ich hätte sogar den Ausbruch eines Feuers in letzter Minute verhindert. Ohne Gegenbeweise blieb ihr nichts anderes, als meine Version zu akzeptieren und ihre Wunden zu pflegen, von denen einige nie ganz verschwanden.

Ein anderes Mal hatte sie sich wegen einer Bagatelle für eine Woche krankschreiben lassen. Wie Sie wissen, ist die Bedingung für einen solchen Krankheitsurlaub, daß man zu Hause bleibt, für den Fall, daß ein Inspektor Sie überprüfen kommt. An einem Nachmittag wußte ich, daß Rebecca zum Einkaufen gegangen war und rief von meiner Praxis aus bei der Sozialversicherung an und meldete ihr Vergehen. Rebecca hat niemals herausgefunden, wer sie angezeigt hat. Sie erhielt einen Tadel, verlor das Recht auf Beihilfe und mußte am nächsten Tag wieder in ihren Frisiersalon zurückkehren.

Etwas ist seltsam: Unglückliche Geschöpfe ziehen das Elend an. Es regnete Unglück auf Rebecca, die ohnehin schon vor Qualen erstarrt war. Ihre berufliche Situation verschlechterte sich. Sie war zu oft abwesend, leistete schlechte Arbeit und in ihrem quasi permanenten Zustand der Verzweiflung brach sie manchmal mitten in der Haarwäsche in Tränen aus, antwortete den Kunden kaum und erwies sich ihren Arbeitskollegen gegenüber als äußerst reizbar. Ihre Arbeitgeber dachten daran, sie zu entlassen und hatten ihr schon zwei Warnungen zugeschickt. Ich nutzte die prekäre Situation aus, um ihr den Gnadenstoß zu versetzen: Ich klaute ihr den Lohn eines Monats und trieb den Zynismus sogar so weit, daß ich ihr zum Trost ein paar goldene Ohrringe schenkte. Sie ahnte nicht im geringsten die Wahrheit und lenkte ihren Verdacht auf ihre allerbeste Freundin, mit der sie am Tag des Diebstahls Tee getrunken hatte. Sie mußte sich Geld von ihren Arbeitgebern leihen. Aber durch den Verlust arbeitete sie lustlos, rächte sich an den Köpfen der Kunden und wurde kurz darauf entlassen, weil sie eine Kundin unter der Trockenhaube vergessen hatte, so daß deren Haare halbwegs verkohlt waren. Diese Entlassung war ein markantes Datum in der Verschlechterung unserer Beziehung. Statt meine Vorwürfe zu mäßigen, zeigte ich mich von extremer Härte.

Je tiefer wir in diesen Morast drangen, um so mehr flehte sie, im Glauben, den Boden des Entsetzens erreicht zu haben, um Gnade, doch ich ließ sie noch tiefer sinken. Jeden Tag enthüllte ich ihr eine neue Einzelheit mit einer unerbittlichen Schäbigkeit, die ich mir niemals zugetraut hätte. Aber sie ignorierte noch immer einen ganz besonders abstoßenden Zug, eine von meiner unerschöpflichen Bösartigkeit erfundene, bislang noch nicht gezeigte Raffinesse. Ich genoß das Schauspiel dieses versinkenden Lebens. Ich quälte sie ausschließlich aufgrund der Gewißheit ihrer absoluten Unschuld. Ihre Arglosigkeit und ihre Naivität allein stachelten meine Lust, sie leiden zu machen, an. Ich wurde in der Erwartung einer Reaktion immer grausamer, doch wenn sie reagierte, kannte meine Wut keine Grenzen mehr.

Manchmal raubte ihr die Verzweiflung den Verstand. Dann gab es Geschrei, Grimassen, verstörte Bewegungen, ihre Lippen zitterten, sie hatte Atemnot, Krämpfe ließen ihre Beine wie Holzkrücken gegeneinanderschlagen. Eine Frau ist ein harter Block, in den man nicht eindringt: Ich hatte Rebecca so zersplittert, daß ich nur noch einen Haufen Ruinen in den Händen hatte. Ich hatte grenzenlose Macht über sie. Ich hatte ihren Willen gebrochen und sie mit einem eisernen Halsring an mich gefesselt. Ich hatte ihren Körper links liegen lassen, um in ihrem Gehirn zu kampieren, wo ich den Terror regieren ließ. Ich beherrschte ihre Seele, hörte aus ihrem Mund Sätze, die ich eine Stunde zuvor gesagt hatte, und ihr Nervensystem war in meinen Händen ein Spielzeug, dessen Klaviatur ich in jeder Hinsicht manipulieren konnte wie eine Rechenmaschine. Sie war die lebendige Karikatur von mir, mein Schatten, mein groteskes Spiegelbild, und das Opfer kooperierte mit seinem Henker zu seiner eigenen Zerstörung. Sie wurde zu einem besessenen Geschöpf, hing mir immer am Rockzipfel. Sie klammerte sich an mich wie Ungeziefer, fand in ihrem Alptraum einen grauenvollen Sinn des Lebens, der sie über Wasser hielt. Die Verfolgung gestattete es ihr, der Einsamkeit zu entkommen, und die Angst, mich zu verlieren, hatte sich so tief in ihr festgesetzt, daß sie in einer Existenz ohne mich nur noch Leere ermessen konnte.

Wie ist so etwas heutzutage möglich? Und wieso nicht? Die Vergangenheit mit ihren Lastern erscheint um so pregnanter, als unsere liberale Epoche sie für abgeschafft erklärt hat. So setzt die Barbarei, die nicht mehr bekämpft wird, ihre Arbeit im Schatten fort und trägt den extremen Archaismus mitten ins Herz der Moderne. Für mich war die Sache noch viel einfacher. Meine ganze Erziehung – wie gesagt war ich Einzelkind – hatte mich nach dem schlimmsten Gesetz des Dschungels geformt: Friß den anderen, damit du nicht gefressen wirst. Die Gewohnheit, mit niemandem zu teilen, zusammen mit der, alles zu bekommen, der Einsatz systematischer Heimlichtuerei, das Bedürfnis nach ständiger Hilfe, gepaart mit einem nicht minder starken Haß gegen alle, die mir halfen, alle diese Elemente hatten dazu beigetragen, mich bis aufs Mark zu verderben. Schwach, weil verwöhnt, hatte ich alles gehabt, bis auf das Wesentliche: die Wahrnehmung des anderen. Von Kurtisanen, Domestiken oder Schmeichlern umgeben, hatte ich von menschlichen Gefühlen nur die kindliche Skala von Verlangen, Laune und Schmollen gelernt. Ich war daran gewöhnt, bedient zu werden, und betrachtete Rebeccas Aufopferung als eine Huldigung, die mir gebührte. Ich hatte nie leben können, ohne jemanden zu martern, seien es Freunde, Eltern oder Mätressen — ich brauche ein Opfer, wie eine Lokomotive Kohle braucht — und hatte aus dieser glühenden, geraden Seele eine Zweigstelle meines eigenen Ich gemacht.

Rebecca hatte mich als einen Schuft beschimpft. Ich gab zu, diesen Fehler zu haben. Ich hatte mich für das Böse entschieden, aus Bequemlichkeit, um lieber etwas als gar nichts zu sein. Aus Stolz bestand ich absolut darauf, daß alle Fehler auf meiner Seite seien. Man stellt sich böse Menschen wie Monster vor, die ohne Unterlaß Übles tun. Aber nein, es sind ganz gewöhnliche Geschöpfe, gute Väter, gute Angestellte, denen die Schwäche eines Gegenübers unverhofft hin und wieder die Wege einer Laufbahn im Foltern eröffnet. Das Elend anderer elektrisiert mich. Sobald man mich zu Hilfe ruft, muß ich, statt zu helfen, zuschlagen, zermalmen, niedertrampeln. Ich suhlte mich in den Schmähungen, mit denen Rebecca mich bedachte, wie ein Schwein in seinem Schlamm, gab mir Mühe, sie zu verdienen und erhob mich so auf das Niveau der großen Bösen der Geschichte.

Mein letztes Meisterstück bestand darin, meinen Sohn gegen sie aufzuhetzen. Sie wissen, wie beeinflußbar die Kleinen sind, wie empfänglich für psychologische Propaganda. Sobald sie wegen irgendeiner Nachlässigkeit mit ihm schimpfte, übernahm ich mit lauter Stimme seine Verteidigung, vor allem, wenn er im Unrecht war. Ich schenkte ihm alles, was er haben wollte, und unterstrich dabei deutlich, daß Rebecca das nie gemacht hätte. Ich stellte sie ihm als Usurpatorin dar, die den Platz seiner Mutter eingenommen hatte. Ich beschrieb alle ihre Fehler in allen Einzelheiten, vor allem ihren Haß auf Kinder, von dem ich behauptete, er sei bodenlos. Ich riet ihm, sich vor ihr in acht zu nehmen und nie mit ihr allein zu bleiben. Ich schlich mich in sein Zimmer, zerriß seine Zeitschriften, zerbrach seine Spielsachen und beschuldigte anschließend Rebecca. Sie mochte noch so sehr protestieren, mein Sohn war überzeugt davon, daß sie ihn nicht leiden könne und ihn von mir trennen wolle. Instinktiv und nach jenem Stammesgesetz, das die Männer gegen die Frauen verbündet, nahm er meine Partei und reckte sich auf seine ganze Dreikäsehöhe, um sie bei jeder Gelegenheit zu beleidigen. »Papa ist zu gut, er müßte dich rausschmeißen.« Zu wissen, daß dieses Kind, das sie gehätschelt hatte, als wäre es ihr eigenes, in mein Lager übergetreten war, stürzte meine süße Freundin in endlose Heulkrämpfe. Und an dem Tag, wo er ihr mit der mitleidlosen Grausamkeit von Kindern ins Gesicht schleuderte: »Ein Arzt sollte niemals mit einer Krämertochter gehen«, brach sie auf dem Fußboden zusammen und hatte einen epileptischen Anfall, der uns erschreckte.

Doch sie vergaß alles, denn es lag für sie eine ungeheure Lust darin, zu verzeihen, so als finde sie in der Absolution die letzte Reserve in ihrer Hilflosigkeit. Die lyrische Lepra der leidenschaftlichen Liebe hatte sie bis aufs Mark pervertiert. Ich konnte jeden Tag das Irreparable begehen, sie hatte eine solche Neigung zur Gnade, daß es ihr immer gelang, meine schlimmsten Missetaten zu entschärfen. Diese Lust, sie zerfallen zu sehen, nun, es gelang ihr, sie mir zu stehlen, indem sie jegliche Klage vermied, meinen Kopf zwischen die Hände nahm und meine Haare streichelte. Ich war aus der Fassung, als hätte ich eine Statue beleidigt, meine Sarkasmen fielen nacheinander in sich zusammen, und es blieb mir nur noch übrig, zu schweigen oder sie zu verprügeln

Bestürzt mußte ich feststellen, daß sie einen gewissen Trost aus ihrer Rolle als Sündenbock schöpfte. Weder meine offen erklärte Abneigung, noch meine schneidende Brutalität hatten die geringste Wirkung auf sie. Sie fügte sich in ihren Verfall. Sie hatte bedingungslos kapituliert. Ich war verstört, fühlte mich durch diesen Triumph eher besiegt, als wenn sie mich erdrückt hätte. Wir hatten einen Punkt erreicht, wo meine Zärtlichkeiten und meine Küsse sie störten. Sie verstand sie nicht mehr, erwartete einen Biß oder einen Peitschenhieb, wenn ich ihr eine Zärtlichkeit anbot, zu recht fürchtend, daß ein bißchen Freundlichkeit nur das Vorspiel zu einer neuen Entfesselung sei. Ich war Herr über sie; zusammengekrümmt und kläglich hatte sie ihr Leben in meine Hände gelegt. In jenem Moment hätte ich alles tun können: sie prostituieren, zum Selbstmord treiben, zum Diebstahl, zum Verbrechen. Aber ich hatte nicht das Zeug zum Zuhälter oder Gangster und konnte auch kaum weitergehen, ohne sie endgültig zu vernichten.

Meine Unmenschlichkeit war noch immer ein zu starkes Band. Ich brauchte diese Frau zu sehr, die ich quälte, um nicht meinerseits, wenn auch als Folterer, Sklave meiner Sklavin zu werden. Etwas Dreckiges ohne Glanz, der Dreck unwiderruflich ruinierter Situationen, fraß an unserem Zusammenleben. Selbst meine Feindseligkeit unterlag dem Griesgram, wie eine Blase auf dem Teich, wie die mittelmäßige Erschütterung eines lustlosen Lebens, begann sie, sich mit der Mittelmäßigkeit abzufinden. Ich war meines Sadismus' müde, nicht aus Edelmut der Seele, sondern aus Langeweile. Ich haßte am Ende sogar meine Grausamkeiten, weil ich ihren Gegenstand so schwach, so erbärmlich fand. Rebecca war nun für mich nur noch so etwas wie ein Putzlumpen, den man in die Ecke geworfen hat.

Verzweifelt, sie endlich loszuwerden, dachte ich mir folgende List aus: Ich schlug ihr vor, zusammen zu verreisen, fern von all den Dingen, die uns beinahe zerstört hätten. Ich wählte ein exotisches Ziel, die Philippinen. Ich traf sämtliche Vorkehrungen, mietete eine Wohnung, erreichte eine Versetzung in ein anderes Krankenhaus, stieg aus der Gemeinschaftspraxis aus. Ich kaufte die Fahrkarten – ich trieb meine Güte so weit, ihr die Reise zu bezahlen –, reservierte die Hotels und kümmerte mich um die Visa. In dem Glauben, der Alptraum sei nun endlich zu Ende, bekam Rebecca wieder Farbe und sogar, warum es nicht eingestehen, eine gewisse Schönheit. Am festgesetzten Tag fuhren wir zusammen nach Roissy. Das Gepäck hatten wir eingecheckt – mein Koffer war voll von zusammengeknautschtem Papier –, und wir waren die ersten an Bord der Maschine. Kaum hatten wir uns hingesetzt, bat ich Rebecca, auf meine Sachen aufzupassen, um zur Toilette zu gehen. In Wirklichkeit ruderte ich gegen den Strom der einsteigenden Passagiere, rannte über den Verbindungsgang, den Rollsteg entlang, durchquerte den ganzen Flughafen, mußte wieder durch den Zoll und stürzte mich in ein Taxi.

Warum der Grausamkeit der Trennung auch noch diese schändliche List hinzufügen? Weil Rebecca eine Flut von Sadismus brauchte, um zu begreifen, daß ich Schluß machen wollte. Weil ich innerlich über ihre Überraschung, ihr Entsetzen, ihren entsetzlichen Kummer bei der Entdeckung meiner Falle lachte. Weil die Trennung ein zu lächerliches Ereignis ist, um es unter den üblichen Ritualen zu vollziehen, und ich, durch das Hinzufügen eines Quentchens Dreck, seiner klebrigen Albernheit entkommen wollte.

Endlich war ich allein. Hatte ich Rebecca vergessen? Ich glaube, sagen zu können, ja. Ich lachte über meine vergangenen Sorgen und meine verloschene Schwärmerei. Eine Folge von Zyklen hatte mich vom Ehekarzinom befreit, gegen das ich mich nun für lange Zeit immun wußte. Niemals mehr würde ich mir das Leben im Rahmen von Abkommen und Gelübden denken, niemals würde ich mehr versuchen, ein Wesen bis in die Tiefen seiner Eingeweide auszukundschaften. Von nun an wußte ich, daß die Liebe nicht existiert, daß wir allein sind. Die Osmose ist ein Köder; ich hatte die Nabelschnur der Zweisamkeit gekappt, die am Ende der Jugend die Wärme und Sicherheit der Familie verlängert. Ich bereitete mich darauf vor, so zu leben, wie ich sterben würde: allein, in Gesellschaft anderer Einsamkeiten, deren Geräusche und deren Zuneigung mich, statt mich zu trösten, tiefer in meine eigene Isolierung verweisen würden.

Ich schmiß mich mit skrupelloser Wut ins Laster. Unfähig, den Drang meiner polygamen Gelüste zu zähmen, rannte ich hinter dem Glück her und empfand eine ungeheure Gier darauf, alles zu nehmen, zu vernaschen, mir anzueignen, was sofortige brutale Lust bereiten konnte, eine Gier, die meine vorangegangene monogame Fastenzeit ausglich. Von sämtlichem sentimentalen Firlefanz befreit, hüpfte ich von einer Eroberung zur nächsten und vermied jegliche dauerhafte Bindung. Ich war weit davon entfernt, alle Frauen zu verführen, die ich begehrte, doch ich gefiel durch meinen Willen zu gefallen. Ich war Gegenstand der Fantasie zahlreicher Kreaturen, beherrschte keine, verließ sie, ohne sie zu kennen, um mich anderen hinzugeben, und gab jedesmal mein Leben zum Einsatz.

Ich befolgte das Gebot »liebe deinen Nächsten« im buchstäblichen Sinne, denn in jeder Frau liebte ich nur die, die auf diese folgen würde; ich widmete mich egal welchem Körper, egal welchem Gesicht mit der gleichen Zärtlichkeit und inbrünstigen Dankbarkeit, die mich drängte, zuviel zu umarmen, um alles umfassen zu können. Es gibt einerseits eine kleine Anzahl von Frauen, die wir unser Leben lang lieben, und andererseits die Weiblichkeit, das Unerreichbare selbst. Ich schlug Brücken von der einen zur anderen und verlangte von jeder, die ich traf, der augenblickliche, partielle Ausdruck einer Wesenheit zu sein, die weit über sie hinausreichte. Ich war süchtig auf den Wechsel.

Ich erlaubte mir nicht, ein Liebesgedächtnis zu erwerben, und existierte nur in dem beweglichen, vielfältigen Blick der anderen. Ich wollte nicht mehr, daß ein Wesen, und zwar ein einziges, die Gesamtheit meines Lebens erfasse, ich wollte diesen einzigen einzigartigen Vertrauten nicht mehr, der für die Nachwelt Zeugnis darüber ablegen würde, wer ich war. Nicht in Zweisamkeit zu leben, heißt, auf seine eigene Legende zu verzichten, die Einheitlichkeit einer Geschichte zu verlieren, um dafür die Unzuverlässigkeit eines Gerüchts einzuhandeln. Diese Suche nach der Dauerhaftigkeit in der Liebe ähnelt der Suche nach einem einzigen Gott in der Religion, und ich hatte zu sehr darunter gelitten, als daß ich mich davon noch verführen lassen konnte. Ich zog es vor, unstet zu leben, ohne Spuren zurückzulassen, denn die Liebesbindung tauchte mich in etwas, das der Amnesie gleichkam, und gab meinem Schicksal einen Zusammenhalt, den ich als Verirrung betrachtete. Die Vertreter der Treue sind in erster Linie Vertreter der Langeweile, was sie in meinen Augen unannehmbar erscheinen läßt. Ich war nur noch ein Name, der anderen Namen begegnete, die er fast augenblicklich zugunsten neuer Namen annullierte. Ich genoß diese Wurzellosigkeit als Gegenstück der schönsten aller Gaben, der Freiheit.

Als Junggesellenspinne webte ich tausend sich kreuzende Fäden und wußte mich imstande, überall kleine, bewegliche, vielseitige Gesellschaften zu gründen, während die Zweisamkeit mich in hoffnungslose und sozusagen metaphysische Einsamkeit stürzte: Zu zweit einsamer als allein. In absoluter Bereitschaft dem Leben gegenüber kampierte ich von Ort zu Ort. Jede Unbekannte, die ich traf, gab mir das Gefühl, für mich selbst ein Unbekannter zu sein. Ich erreichte darin eine so ungeheure Meisterschaft, daß alles, was ich vorher erlebt hatte, nach Mittelmäßigkeit zu schmecken begann. Für mich waren alle Orte mit der gleichen Poesie geladen, eine Fabrik war einem Strand ebenbürtig, ein romantisches Panorama dem schmutzigsten Gäßchen, solange sich dort eine begehrte Frau befand. Die Schönheit der Welt ließ mich kalt, wenn sie nicht durch eine weibliche Gegenwart belebt wurde. Ich kannte nur noch die Landschaften meines Begehrens, menschliche Landschaften.

Meine Akrobatik war ohne Arroganz. Die Frauen warben um mich ebenso wie ich um sie. Seit der Donjuanismus von beiden Geschlechtern geteilt wird, hat er seinen schlechten Ruf verloren und aufgehört, seine Freiheit wie eine Herausforderung zur Schau zu stellen. Es gibt keine Schürzenjäger mehr, weil es das weibliche Pendant dazu gibt. Die Frauen gaben sich hin, kamen und gingen, ohne Erklärungen zu verlangen, stimmten zu oder lehnten ab, und diese Unkompliziertheit beglückte mich.

Jeder von ihnen sagte ich ein lässiges »Ich liebe dich«, dessen Intensität sie akzeptierten, ohne sich an den Vertrag zu klammern. So großartig diese kreuzenden Schicksale auch waren, ich erlebte bei diesen Liebesbeziehungen nur die Schönheit der Anfänge. Ich kreuzte eine unglaubliche Sammlung von Menschen, schwebte in einer Folge prägnanter Augenblicke, die mich im Zustand der Schwerelosigkeit hielten. Das Glück, Hochspannung zu empfinden, eine Art barbarischen Appetits auf die Verschiedenartigkeit, gaben mir das – zweifellos naive – Gefühl, meine Schritte an den gewaltigen Lauf der Gesellschaft anzupassen. Als die erste Zeit der sinnlichen Entfesselung vorüber war, dachte ich daran, das Land zu verlassen. Frankreich ist ein schlafendes Land, in dem man nicht umhin kann, sich in sich selbst zurückzuziehen, ein Land des Privatlebens. Darum blüht hier mehr als anderswo das Ehefurunkel, die egoistische Liebe der Gatten, verbarrikadiert, alle Fensterläden geschlossen, wenn sich die Welt rundum auflehnt. Ich profitierte von meiner Spezialausbildung als Parasitologe, nahm Kontakt mit »Medecins sans Frontières« auf und bat, in ein armes, aber im Bereich der Sitten liberales Land in Schwarzafrika oder Südostasien geschickt zu werden, weil ich wußte, daß ich bessere Arbeit leisten würde, wenn meine erotischen Bedürfnisse sich ohne Hindernisse befriedigen ließen. Kurzum, nach 30 Jahren des Herumtappens, dachte ich, es sei mir endlich gelungen, meine kleine Geschichte mit der üppigen Geschichte der anderen Menschen zu verknüpfen.

Ich sehe Ihre Grimasse, Didier. Sie sagen sich: dieser Drecksack, der sich seiner Ruchlosigkeit rühmt und mir mit einem Lächeln auf den Lippen Horrorgeschichten enthüllt. Ja, ja, indem ich mich selber schwer belaste, überlasse ich Ihnen das Privileg der Entrüstung. Aber ich befreie mich auch: Ich mache Ihre Ohren zu einem Mülleimer, in dem ich meine Sünden zurück lasse.

Sein mit abscheulicher Schärfe funkelnder Blick verursachte mir Übelkeit. Wortlos erhob ich mich. Nur ein Mensch, dem es wahren Genuß bereitet, sich selbst zu kasteien, konnte in solchen Rausch geraten, wenn er sich zu so schamlosen Geständnissen hinreißen ließ. War es möglich, daß er sich aus Lust anschwärzte? Mir blieb keine Zeit, darüber nachzudenken, denn kaum hatte ich die Tür seiner Kabine hinter mir zugemacht, stieß ich auch schon auf jemandem im Gang. Es war Rebecca, die offensichtlich an der Wand gelauscht hatte. Seltsam. Sie stieß keinen Schrei aus. Wir waren alle beide stumm, sie in flagranti beim Spionieren erwischt, ich vor Überraschung wie gelähmt und zudem von den Geständnissen des Gelähmten ganz benommen. Sie hatte mir, so schien es, etwas zu sagen: Auch sie hatte vielleicht ein Geheimnis. Sie war bis unter den Lichtstrahl eines Spots zurückgewichen. Diese Beleuchtung, die für eine andere ohne Barmherzigkeit gewesen wäre, betonte ihr schönes Gesicht, das noch Spuren von Kindlichkeit trug. Ihre Haare wehten leicht im Hauch der Klimaanlage, ihre langen Wimpern vergrößerten die Augen und gaben ihnen zusätzlichen Glanz. Ich fühlte mich von Respekt für diesen, der Entschuldigung und dem Bedauern geschlossenen Mund erfüllt, wußte nicht mehr, ob ich böse war, ob ich ihr ihren Verrat übelnehmen sollte.

»Jetzt weißt du, wie unglücklich ich gewesen bin!«

Dieses unvermittelte Duzen traf mich tief. Die Intimität war also wiederhergestellt, und ich griff dieses Freundschaftszeichen auch sofort auf.

»Ich kann einfach nicht glauben, daß Sie ... daß du das alles ertragen hast.«

»Beruteile mich nicht nach meiner nach außen getragenen Stärke. Aber, sag mal, bist du mir nicht böse wegen des Rendezvous heute nachmittag?«

»Doch, nein, also ...«

»Es war ein dummer Streich, das gebe ich zu, aber, glaub mir, Didier, es war die einzige Möglichkeit, daß du es erfährst.«

»Aber warum überläßt du es ihm? Warum erzählst du mir dein Leben nicht selbst?«

»Das Reden überlasse ich Franz, er kann nur noch mit Worten leben, nicht mehr mit seinem Körper. Es ist sein einziges Vergnügen. Jedesmal, wenn er für 24 Stunden mit

Leuten zusammen ist, hat er ein unwiderstehliches Bedürfnis, alles zu erzählen. In den meisten Fällen stopft man ihm das Maul. Um also seine Zuhörer anzulocken, spiegelt er ihnen vor, daß ich mich ihnen hingeben würde, wenn sie ihn geduldig anhören. Es ist ein reines Hirngespinst von ihm, ich würde mich darauf nie einlassen.«

»Ich weiß, er hat es mir gesagt. Aber das ist nicht der Grund, warum ich ihm zuhöre«, berichtigte ich hastig, um nicht zu interessiert zu erscheinen.

»Du machst das wirklich aus Barmherzigkeit?«

Ich löcherte sie daraufhin mit wirren Fragen über die seltsamen Gewohnheiten, die sie mit ihrem Gatten gepflegt hatte, doch jede davon erinnerte sie an Qualen und Freuden, die sie für erledigt hielt und nicht preisgeben wollte. Des Kämpfens müde fragte ich schließlich:

»Darf ich denn auf ein neues Rendezvous hoffen? Ein richtiges diesmal?«

»Du hast mir also verziehen? Hör dir morgen die letzte Beichte von Franz an, dann verspreche ich dir, daß danach... Aber entschuldige mich jetzt bitte, ich muß gehen. Es ist Zeit für seine Spritze.«

Als ich mich umdrehte, entdeckte ich Tiwari, der uns von einer Biegung des Ganges aus beobachtete. Als er merkte, daß er gesehen worden war, senkte er den Kopf und verschwand in einer Kabine. Wieso mischte der sich denn da ein?

Händereibend kehrte ich zur zweiten Klasse zurück, voll der egoistischen, eitlen Freude desjenigen, dem es gelingen würde und der demnächst die Frucht ernten sollte, die er seit so langer Zeit begehrte. Ich war Rebecca also nicht böse; obwohl ich nichts Greifbares von ihr erhalten hatte, war ich beruhigt. Der ungewöhnliche Pakt ihres Mannes war nichts als ein Fantasma eines in seine Einsamkeit verbannten Kranken. Es gab keine Allianz zwischen ihr und ihm, das war mir wichtig. Es gab nur Rebecca und mich, Rebecca, die in mein Herz eingedrungen war, wie man widerrechtlich in eine Wohnung eindringt, eine schöne Diebin, mit der ich paktierte.

Als ich in unsere Kabine kam, erkannte ich sofort, daß Béatrice mir weniger gefiel. Oder eher, daß sie die gleiche geblieben war, während sich um sie herum alles verändert hatte.

»Warum bist du nicht wiedergekommen?« fragte sie mit vor Erregung geröteten Wangen. »Wir haben mit Marcello und Tiwari eine Mannschaft gebildet und viermal gewonnen.«

»Ich war bei Franz«, sagte ich barsch, weil ich lieber direkt sein wollte als zu lügen, was inzwischen sinnlos geworden war.

»Bei Franz? Ich dachte, du wolltest ihn nicht mehr sehen?«

Sie war so glücklich über ihren Nachmittag, daß sie nicht einmal meine Antwort hörte.

Wir aßen ein bißchen abseits von den anderen zu Abend. Ich betrachtete den mit trübsinnigen, unausstehlichen Essern bevölkerten Speisesaal, als hätte ich ihn noch nie gesehen, und sah zum ersten Mal die unglaubliche Häßlichkeit dieses Dampfers. In Wahrheit waren mir nur sehr wenige der Passagiere vertraut geworden, während mir die Mehrheit gleichgültig geblieben und zu einer unbestimmten Gruppe zusammengewürfelt war, ohne daß ich sie durch einen Spitznamen oder ein Merkmal unterschieden hätte. Ich mochte mich noch sehr zur Hoffnung zwingen, indem ich an den morgigen Tag dachte, der Gedanke an diesen Abend ohne Rebecca ließ mir jeglichen Optimismus in der Kehle stecken bleiben. Der Bericht von Franz hatte sich auf meine Beziehung zu Béatrice negativ ausgewirkt. Diesmal erkannte ich einen direkten Zusammenhang zwischen seiner Geschichte und meinem progressiven Desinteresse an meiner Gefährtin. Und die Verachtung, die er sich brüstete, seiner Geliebten entgegengebracht zu haben, übertrug ich jetzt auf die meine. Reiner Zufall natürlich, doch der Gedanke, daß der Behinderte dabei war, mich mit seinen Vorlieben zu infizieren und mir eine Parasitenseele einzupflanzen, ging mir nicht aus dem Sinn.

Aber nein, das stimmte nicht, Franz hatte nichts mit dem

Nachlassen meiner Zuneigung zu tun; diese Reise hatte eine Unzufriedenheit aufgedeckt, die unter dem Druck der Umstände zum Ausbruch kam. Wie sonst ließe sich dieser Blitz aus heiterem Himmel erklären? War diese Reise in den Orient nicht ein Versuch, unsere Beziehung zu flicken? Wir waren noch zusammen, weil es einmal angefangen hatte, und es mußte weitergehen, ohne daß es einen edleren Grund dafür gab als unseren Gehorsam gegenüber der Routine, die wir entwickelt hatten. Diese Kontinuität hatte etwas Absurdes. Ich nahm Béatrice nicht mehr so, wie sie war, sondern wog ihre Qualitäten auf Fehler ab, wie ein gewöhnlicher Händler. Vor zwei Tagen hatte ich sie noch »Meine Auserwählte« genannt, heute hatte ich Lust, es in »Meine Enttäuschung« umzuwandeln.

»Was hast du denn?« fragte sie mich. »Du bist seltsam, du sagst nichts, und ich habe den Eindruck, als würdest du mir ausweichen.«

»Warum sollte ich dir ausweichen?«

»Du hast mir heute nichts vorgelesen. Man könnte meinen, daß du unsere Reise vergessen hast.«

»Unsere Reise! Du redest darüber, als handele es sich um einen Säugling.«

»Du ziehst vielleicht den Säugling Franz und seinen Fortsetzungsroman über seine Dulzinea vor.«

Das war das erste Mal, daß sie von Rebecca in diesem Ton redete.

»Warum nennst du sie Dulzinea? Was hat sie dir getan?«

»Sie geht mir auf die Nerven, weiter nichts. Ich kann nicht ausstehen, wie sie einen von oben bis unten mustert, und ich mag ihre Art nicht, mit den anderen Frauen in Konkurrenz zu treten.«

Der taktlose Flegel, der in mir schlummerte, gab zur Antwort:

»Du nimmst ihr übel, daß sie schön ist und jünger als du.«

Sie sah mich überrascht an, als hätte sie das nun doch nicht erwartet!

»Bin ich vielleicht alt und häßlich?«
»Das wollte ich damit nicht sagen.«
»Ich finde, daß du sie ziemlich heiß verteidigst. Ich weiß, daß sie schön ist, und daß sie dir gefällt. Ich habe sie nur attackiert, um deine Reaktion zu testen.«
»So was Blödes, dein Test!«
Es war mir peinlich, so schnell durchschaut worden zu sein. Aber Béatrice sagte einfach nur:
»Weißt du was, ich glaube, wir machen nicht mehr oft genug Liebe.«

Nach dem Abendessen fügte ich mich diesem Wink mit dem Zaunpfahl und kam in der Enge unserer schwimmenden Katakombe meinen Pflichten nach. Doch selbst nackt entledigte sich meine Freundin nicht ihrer Hülle der legitimen Frau. Und je länger ich ihr bei der rituellen Waschung ihrer Intimtoilette zuschaute – sie hatte diese Hygienemanie, sich vor dem Lieben zu waschen –, desto mehr schwand mein Appetit. Alles war daneben an ihrer Morphologie, und ich mußte die Augen zumachen, um sie nicht mit einer, meiner Nachsichtigkeit so entgegensetzten, morbiden Lust zu mißbrauchen.

Schließlich kopulierten wir mit Hilfe der Gewohnheit. Doch alles in mir schreckte vor diesem weißen Abgrund zurück, dessen Geographie mir bis in die intimsten Winkel vertraut war; und zudem trug der von Stunde zu Stunde stärker werdende Wellengang nicht zur Verschönerung unserer Umarmung bei. Unmerklich schob sich das Bild einer temperamentvollen, wilden Rebecca zwischen dieses vorausschaubare Fleisch und mein Begehren, das nicht mehr wußte, welchem Objekt es sich widmen sollte. Ich mochte mich noch so bemühen, es zu verscheuchen, es reckte sich zwischen uns wie ein unwiderstehlicher Magnet, ein unwillkommener Dritter, der mich ablenkte. Ich liebkoste meine Partnerin mit Nachlässigkeit, gab mir Mühe, ihrer Haut eine Reaktion zu entlocken, die ich in allen Einzelheiten und jeder Phase kannte, doch an jenem Abend stellte sie sich nicht ein. Am Ende schlief ich in der Hast, der morgige Tag möge bald kommen, auf der Stelle ein, wie man in die Tiefe des Meeres sinkt.

VIERTER TAG:

Die Bitternis gefälschter Sympathien
Die ausgestreckte Hand

Am Morgen des vierten Tages tauchte ich aus einem Traum auf, in dem Béatrice wie unter unerträglichen Schmerzen Grimassen schnitt. Ich stand mit einem einzigen Gedanken im Kopf auf: mich innerhalb der nächsten 24 Stunden mit Rebecca zu vereinen. Der Sturm hatte die ganze Nacht gewütet, und obgleich wir die Meerenge von Korinth erreicht hatten, galoppierten bleifarbene Wogen noch immer am Schiffsrumpf entlang und hoben sich zum Ansturm auf den aschgrauen Horizont. Ein fahles Licht, von Regenfluten durchsetzt, hüllte die flachen Strände und die entlang der kleinen Buchten halbmondförmig angelegten Fischerdörfer in Trauer. Béatrice war ebenso mißgelaunt wie das Wetter. Selbst fingerdicke Schminke vermochte ihre faden, von schlechtem Schlaf angespannten Züge nicht zu maskieren. Wir sollten Athen gegen Mittag erreichen, aber ich dachte nur an den Neujahrsabend, der, daran zweifelte ich keinen Augenblick, entscheidend sein würde. Die Aussicht auf eine Idylle an Bord überstieg bei weitem mein Interesse am Orient, das seinen Tiefstand erreicht hatte. Um ehrlich zu sein, hatte ich, ermüdet von Marcellos bei Tisch vorgetragenen Litaneien zu diesem unerschöpflichen Thema, schon die Nase voll von einem Land, noch ehe ich einen Fuß auf seinen Boden gesetzt hatte.

Ich ließ meine Geliebte mit dem traurigen Gesicht sitzen und ging spazieren. Das Glück, dem ich kräftig nachgeholfen hatte, wollte, daß ich in der Bar der ersten Klasse auf die Gattin von Franz stieß. Sie begrüßte mich mit einer Begeisterung, die mich überraschte, küßte mich viermal auf die

Wangen, wobei sie meine Hände festhielt, und setzte mich neben sich. Ihre Anwesenheit gab diesem Raum eine bezaubernde Intimität. Es war mein erstes richtiges Tête-à-tête mit einer Frau, von der ich alles wußte und die dennoch eine Fremde für mich war. Sie hatte nichts mehr von dieser verächtlichen Attitüde, die mich die ersten Tage so eingeschüchtert hatte. Ihr direkter Blick, voll fröhlicher Frechheit, ließ ihr Porzellanpuppengesicht aufleuchten. Gegenüber soviel Grazie wurde ich zunächst wieder schüchtern und begann zu stammeln. Doch die Redseligkeit meiner neuen Freundin, ihr strahlendes Lächeln und die Seligkeit, in die mich ihr erstes Kompliment stürzte – sie fand, ich hätte schöne Augen –, gaben mir nach und nach mein Selbstbewußtsein wieder.

»Alle auf dem Schiff sind krank«, sagte sie. »Wenn das so weitergeht, wird man das Fest abblasen müssen.«

Ich meinerseits berichtete ihr die Neuigkeiten aus der zweiten Klasse, ohne eine Einzelheit über die Stewards und die Kabinenkellner auszulassen. Ich hatte ihr nichts Bestimmtes zu sagen, aber ich hörte nicht auf zu reden. Die Wörter strömten hastig über meine Lippen, und ich staunte über die spirituelle Angemessenheit meiner Reden. Ich fühlte, wie zwischen uns eine sofortige Vertrautheit entstand, eine dieser Strömungen des Vertrauens, die in wenigen Minuten eine Zuneigung für Jahre zementiert. Wir schauten uns gegenseitig an, hingerissen über den Zauber einer aufkeimenden Zuneigung, und flirteten schon mit den Augen und mit Lächeln.

»Du hast ja sogar Humor«, sagte Rebecca, zog mich leicht an sich und küßte mir die Stirn.

Diese Zärtlichkeit brachte mein Blut in Wallung. Ihr Mund war lauwarm, und ich bedauerte, die beiden Schmetterlinge ihrer Lippen nicht im Fluge geschnappt zu haben. Sie hatte ihr Haar hochgesteckt, so daß zwei kleine, rosige, mit Saphiren geschmückte Ohren sichtbar wurden. »Hilf mir, mein Kreuzworträtsel zu Ende zu raten«, schlug sie vor und breitete eine *Marie Claire* auf der Theke aus.

Dann hielt sie mir ein halbvolles Päckchen Marlboro hin.
»Magst du eine Zigarette?«
»Danke, ich rauche nicht.«
»Nicht einmal dieses Laster? Übrigens, weißt du, was die Dampflokomotive zur Elektrolok sagt?«
»Nein.«
»Wie haben Sie es geschafft, mit dem Rauchen aufzuhören?«
Sie kicherte. Diese zarte Albernheit entzückte mich.
»Du brauchst nicht zu lachen, nicht einmal aus Mitleid. Also, sag mir, waagerecht: das Höchste für einen Japaner?»
Ausgerechnet in diesem Moment mußte Béatrice hereinkommen und uns überraschen. Während einiger Sekunden sagte keiner ein Wort. Man hätte sich auf der Bühne eines Boulevardtheaters glauben können (es ist verblüffend festzustellen, bis zu welchem Grad das Leben die dümmsten Klischees bestätigt). Ich wußte nicht, wie ich dieses verschwörerische Schweigen verhindern sollte, und tat dennoch nichts, um es abzukürzen.
»Ich hoffe, ich störe euch nicht«, sagte der Eindringling und hatte Mühe, ein Zittern des Kinns zu unterdrücken.
Ihre Stimme war nur noch fadendünn.
»Ganz und gar nicht«, erwiderte Rebecca, »es ist eine Freude, dich zu sehen. Wir stellen gerade die Liste der Tagesneuigkeiten auf.«
»Diese Art von Aktualität interessiert mich nicht.«
»Bist du gerade erst aufgestanden? Deine Augen sind noch ganz geschwollen.«
»Nein, ich bin schon seit sechs Uhr wach. Dieser Seegang hindert mich am Schlafen.«
»Oh! Entschuldige, du sahst so aus, als kämst du gerade aus dem Bett.«
Eine höfliche Schärfe klang in dem Gespräch mit, die in Beleidigungen umzukippen drohte. Der eitle und wohltuende Gedanke kam mir, daß die beiden Frauen sich um mich zerreißen würden.
»Was ziehst du heute abend an?« fragte Rebecca.

»Ich weiß nicht, ich habe nicht viel Lust hinzugehen.«
»Ich kann dir was von mir leihen. Wir sind ungefähr gleich groß, auch wenn du um die Hüften etwas dicker bist.«
Béatrice zuckte zusammen; mir war zum Lachen zumute.
»Ich habe deine Kleider nicht nötig, ich habe alles, was ich brauche.«
»Ich habe das gesagt, um dir zu ersparen, so vernachlässigt dreinzuschauen. Gut, ihr Turteltäubchen, ich verlaß euch jetzt und gehe meinem Täuberich den Schnabel stopfen. Bis heute abend.«
Eine lange Minute herrschte Schweigen in dem plötzlich leergefegten Tanzsaal. Die »Turteltäubchen« vermieden es, sich anzuschauen, durch die plötzliche Abwesenheit der Fremden noch verklemmter.
»Ich habe euch gestört, nicht wahr?«
»Überhaupt nicht. Wir unterhielten uns.«
»Lüg nicht, Didier, man konnte es auf deinem Gesicht lesen, als ich reingekommen bin.«
»Hör mit deinen Vermutungen auf!«
»Didier«, setzte sie wieder an (und ihre Stimme war zitterndes Flehen). »Sag mir, daß es ein Mißverständnis ist, daß ich nur träume.«
Ich blieb taub für ihre Notsignale. Sie musterte mich mit erstaunten Augen und entdeckte nach und nach eine Wahrheit, die sie nicht glauben wollte. Sie hatte alles erraten und war den Tränen nah. Ich erinnere mich nicht an die daraufhin gewechselten Platitüden; ich sagte ihr Gemeinplätze, weil ich ihr nichts zu sagen hatte, und die Stereotype, die im Prinzip zwischen Leuten, die sich lieben, ausgetauscht werden, stapelten sich zwischen uns wie Leichen auf. Diese Nichtigkeiten, die mich aus Rebeccas Mund entzückten, gingen mir bei Béatrice auf die Nerven. Wieder einmal ging sie als Verliererin aus der Konfrontation hervor.
»Schau mich an«, fing sie mit schmerzlich zitternder Stimme wieder an. »Ich bin nicht nur schön, sondern auch lebendig, spritzig. Sie ist eine sexuelle Falle, ein von den

Männern geschmiedetes Geschöpf. Ich verstehe dieses Bedürfnis von dir nicht, alles zwischen uns kaputt zu machen, nur weil du geil auf dieses Mädchen bist.«

Ich unterdrückte schallendes Gelächter. Sie und spritzig? Ja, wie abgestandener Schaumwein! Aber sie begriff langsam, daß sie mir lästig zu werden begann. Ein Wort hätte genügt, um ihr wieder Hoffnung zu machen, aber ich schwieg.

»Franz ist es, der dir den Kopf verdreht hat. Ich wußte gar nicht, daß du so leicht zu beeinflussen bist. Sie ist übrigens gar nicht so schön, deine Rebecca, viel zu aufgetakelt und künstlich.«

In ihrer Nähe hatte ich die glückliche Unvorhersehbarkeit des Lebens verpaßt, es war dringend fällig, die verlorene Zeit nachzuholen.

»Jetzt antworte mir doch endlich. Siehst du denn nicht, daß sie sich über uns lustig machen? Dich gegen mich aufwiegeln, um uns auseinander zu bringen?«

»Nun, das ist wenigstens etwas, das Polizeipräfekten und eifersüchtige Frauen gemeinsam haben: die fixe Idee von einer Verschwörung«, sagte ich voller Ironie, glücklich, einen Gedanken, den Franz mir am Vortag souffliert hatte, zu entwickeln.

»Aber natürlich, ich spinne.«

Ihr ganzer Leib bebte unter der heftigen Erschütterung ihrer Gefühle; ihre Nase schwoll an, und sie klagte schluchzend, daß wir uns nicht mehr liebten. Der Barmann beobachtete uns verständnislos. Dieser Dialog war mir unangenehm wie immer, wenn man im Unrecht ist und sich rechtfertigen muß. Die Wahrheit war, daß Béatrice nicht mehr auf dem Markt war und es sich nicht eingestehen wollte. Auf dem Markt sein: Ich weiß nicht, warum mir dieser Ausdruck an jenem Morgen so gefiel. Ich stellte mir die Liebeswelt als einen riesigen Basar vor, wo die einen anboten und die anderen auswählten. Je älter die Leute wurden, desto zahlreicher boten sie sich an und desto weniger wählerisch wurden sie. Ich mußte an die Pariser Freundinnen von

Béatrice denken, alle wie sie um die 30, einst hochmütige Madonnen, die von den Männern umschwärmt wurden, heute Gesichter, die das ständige Flehen »Liebt mich« zur Schau trugen, arme Häufchen Elend, bereit, mit irgendwem mitzugehen, solange er sie der Einsamkeit und Verlassenheit entreißt. Ich fühlte mich fern, ganz und gar fern von diesem Mädchen, das nicht mehr zu meiner sentimentalen Aktualität gehörte. Wenn sie doch für 24 Stunden von der Bildfläche verschwinden würde!

Später landeten wir bei strömendem Regen in Gesellschaft von Marcello, Raj Tiwari und zwei Dutzend anderen in Piräus. Wenige Lebewesen streunten, in Regenmäntel gehüllt oder von schwarzen Regenschirmen gekrönt, an häßlichen Häusern, die ihren stinkenden Atem ausbliesen, durch diese ästhetische Katastrophe. Der eisige Wind, der zerknülltes Zeitungspapier vor sich herwehte, die Aggressivität der Autofahrer, die zum Spiel hupend auf uns losjagten, nahmen mir endgültig jegliche Lust auf diesen Ausflug. Und als es dann darum ging, die Metro zu nehmen, um zum Omonia Platz zu gelangen und von dort zur Akropolis – das hieß eine bis anderthalb Stunden in öffentlichen Verkehrsmitteln zu vergeuden –, gab ich auf und machte mich, trotz der flehentlichen Bitten von Béatrice, auf den Rückweg. Was bedeuteten mir die Meisterwerke der griechischen Antike, mir, der ich bereit war, den Parthenon, Delphi und Delos für einen einzigen Kuß herzuschenken!

Höchst zufrieden über diese Freizeit ging ich wieder an Bord. Das Meer war aufgewühlt, man hörte es im Hafen brodeln, die Schiffe am Quai knarren, eine ölglänzende Dünung hob und senkte ohne Unterlaß die Schnellboote und Schleppkähne. Die Truva verschlang mit weit aufgerissenem, von einem mit scharfen Zähnen bewehrten Fallgitter überragten Maul mehrere Dutzend Touristenautos, überwiegend holländischen und deutschen Ursprungs. Ich begab mich zu der Kabine von Franz, denn ich mußte, auf Rebeccas Wunsch hin, ein letztes Mal seinen Bericht anhören. Ich hoffte, daß er mit grausamer Pingeligkeit alle Einzelheiten seiner Niederlage rekapitulieren würde, und ich freute mich im voraus auf die Geschichte seines Sturzes, wie man sich über das Mißgeschick eines glücklosen Konkurrenten freut. Der Behinderte irrte sich in keiner Weise, als er wenige Minuten nach meiner Ankunft zu mir sagte:

»Ich werde mich kurz fassen, denn heute berichte ich Ihnen von meiner Niederlage, und dieses ungeheure Unglück wird, so nehme ich an, in gewisser Weise ihrem Ego schmeicheln.«

Die ausgestreckte Hand

Hier also das Ende unserer erbärmlichen Saga, wie ich sie Ihnen seit drei Nächten nachgezeichnet habe. Im neunten Monat meines selbstgewählten Junggesellendaseins, mitten in einem ausschweifenden Leben der Lust, wurde ich am frühen Morgen nach einer durchzechten Nacht auf einem Fußgängerüberweg von einem Auto angefahren und fand mich mit gebrochenem Schienbein im Krankenhaus wieder. Mein Status als Arzt erlaubte mir, ein Zimmer für mich allein zu fordern, und ich sah nicht ohne Freude die zwei Wochen Zwangsurlaub, gefolgt von einem Monat Rekonvaleszenz und Rehabilitation auf mich zukommen, und kalkulierte schon die Höhe des Schmerzensgelds, das ich meinem Verkehrsrowdy aus der Nase ziehen könnte.

Eine Woche war verstrichen. Mitten am Nachmittag wurde die Tür zaghaft von einer Person weiblichen Geschlechts geöffnet. Mindestens eine Minute lang konnte ich diese hübsche, sonnengebräunte, leicht orientalisch wirkende Frau nicht unterbringen. Dann erkannte ich sie nicht ohne Enttäuschung. Es war Rebecca.

»Du hier? Du hast also nicht Selbstmord begangen?«

Sie war bei der Beleidigung bleich geworden und vermied es, mir ins Gesicht zu schauen.

»Nein, noch nicht. Ich habe gehört, daß du krank bist. Von einem gemeinsamen Freund, M., den ich auf dem Boulevard Saint-Germain getroffen habe. Also bin ich dich besuchen gekommen.«

Wie konnte sie mich, nach dem üblen Streich, den ich ihr gespielt hatte, wiedersehen? Aber wir sprachen nicht über meinen Trick, noch über die Szenen der Verzweiflung, die er verursacht haben mußte. Rebecca sagte mir nur, daß sie sechs Monate in einem Kibbutz in Israel an der libanesischen Grenze gewesen sei. Sie war viel schöner, als ich sie in Erinnerung hatte, schlanker, mit einer Reihe neuer Gesten und Ausdrücke, die eine plötzliche und verwirrende Reife ahnen ließen.

Sie kam am nächsten Tag wieder, und von da an täglich. Ich hatte ihr nicht mehr zu sagen als früher, und bald behandelte ich sie mit der gleichen Anmaßung und Verächtlichkeit wie in vergangenen Tagen. An einem Sonntag, als ich sie wegen ihrer Ausdauer, mich besuchen zu kommen, verspottet hatte, entrüstete sie sich.

»Du willst doch nicht wieder anfangen, mich zu beleidigen?«

»Na, so was, die Königin der Feuerdrachen revoltiert!«

Ihr Gesicht hatte einen harten Ausdruck angenommen, und ihre Augen schlossen sich zu Schlitzen.

»Adieu«, sagte sie eisig. »Du wirst mich nie wiedersehen.«

Sie beugte sich über mich, um mich zu küssen. Ich fühlte, wie ihre Hände an den Flanken meines Bettes herumfummelten – ich wurde von Seitenplanken abgesichert, die von Haken gehalten wurden –, aber außer ihren Augen sah ich nichts anderes. Der Tonfall ihrer Worte verursachte mir eine Gänsehaut. Dann steuerte sie auf die Tür zu. Reaktion eines Kranken: Ich rief sie zurück.

»Warte, komm zurück.«

Ich streckte ihr die Hand entgegen, wobei ich mich mit meinem ganzen Gewicht gegen die Barriere lehnte. Sie drehte sich um und streckte mir ihrerseits die Hand entgegen. In dem Augenblick, wo sich unsere Finger berühren wollten, zog sie ihre Hand zurück. Ich beugte mich noch weiter vor und sie wich zurück. Ich schaute sie an. Ein böses Lächeln verzerrte ihre Züge. Sie hielt mich zum Narren, sie wagte es, mich zum Narren zu halten, weil ich krank war! Ich zog meinen Arm zurück. Fast im gleichen Augenblick packte sie ihn und riß daran. Mein ganzer Körper kippte auf die Seite des Betts.

»Hör auf zu ziehen, dumme Kuh, du tust mir weh.«

Doch sie hatte meinen Arm mit beiden Händen gepackt und zog daran, als wolle sie ihn abreißen. Dann gab die Seitenplanke mit düsterem Knirschen nach – sie hatte den Haken gelöst –, und ich krachte aus der Höhe des Krankenhausbetts mit voller Wucht auf den Boden.

Ich wurde von einem gewaltigen Schauder erfaßt, der mich in der Nierengegend traf. Ein eisiger Blitz durchfuhr mich von den Füßen bis zum Kopf und teilte mich in zwei Teile wie einen Kristallbecher. Auf dem eiskalten Kachelboden hörte ich, ehe ich in Bewußtlosigkeit versank, eine Frauenstimme flüstern:

»Du armer Trottel, hattest du geglaubt, ich hätte es vergessen?«

Sie können sich ohne Mühe die Folgen dieses Unfalls vorstellen. Meine Wirbelsäule hatte Schaden genommen, und ich war von der Taille abwärts gelähmt, meiner Beine und erektilen Nerven beraubt. Ich wurde zweimal operiert, die größten Spezialisten lösten sich an meinem Krankenlager ab. Umsonst, die Fraktur war zu brutal, die Lähmung unwiderruflich. Ich verbrachte zwei Monate im Krankenhaus, eingekeilt zwischen zwei Stahlwände, gespickt mit Drainagen, Tag und Nacht mit Injektionen behandelt. An diese Überlebenswächter gekabelt, fühlte ich mich wie eine überlastete Telefonzentrale und hatte jede Menge Zeit, die Medizin und die falschen Erzengel zu verfluchen, die ihren Klerus darstellen. Obwohl ich wußte, daß Rebecca die Schuld trug, strengte ich einen Prozeß wegen Nachlässigkeit gegen das Krankenhaus an, beschuldigte die diensthabende Schwester, die Seitenplanken schlecht gesichert zu haben, die der Grund meines Sturzes gewesen waren. Nicht ein einziges Mal kam es mir in den Sinn, die wahre Schuldige zu denunzieren. Vielleicht, weil irgend etwas in mir ihre niederträchtige Rache bewunderte. Ich gewann und erreichte Schadenersatz: Die Krankenhausverwaltung wurde verurteilt, mir auf Lebenszeit monatlich eine noble Rente zu zahlen. Von nun an war ich reich: Zwei Quadratmeter Bett und ein Rollstuhl mit hübschen Stahlrohren stellte mein ganzes Universum dar. Rebecca hatte mich in den Staub beißen lassen, die gedemütigte Frau hatte Genugtuung für das große Unrecht, das ich ihr angetan hatte, erhalten.

Seltsamerweise bestand sie darauf, mich zu pflegen, und kümmerte sich mit bewundernswerter Aufopferung Tag und Nacht um mich. Mein körperlicher Verfall genügte dieser Betrügerin nicht, sie hatte noch andere Pläne. Sie hatte sogar das Herz meiner Mutter gewonnen, die sie segnete und bei jeder Gelegenheit Lobreden auf sie losließ. Der Prozeß der Verknechtung war in Gang gesetzt. Sie hatte auf mich einen Einfluß, der dem eines perversen, jungen Mädchens auf einen Greis vergleichbar ist. Ganz naiv hielt ich mich noch immer für stark genug, sie nach Gutdünken zu fesseln und dann abzuweisen, wenn ich mir die Mühe machte. Doch die Positionen hatten sich umgekehrt: Jetzt war ich der Verlierer. Dieser Wechsel war mein Untergang.

Ja, ich hatte geglaubt, man könne völlig ungestraft leben; als die Strafe kam, konnte ich sie nicht ertragen. Ich hatte mich auf Rebeccas Liebe verlassen wie auf die Solidität einer Münze. Aber die anderen sind niemals so verliebt oder so indifferent, wie man glaubt. Aus dem Kreis der Gesunden ausgeschlossen, flüchtete sich meine ganze Vitalität in meinen Mund, den geschwätzigen, sabbernden Kehlkopf, der ein Wrack überragt. Für den Rest meines Lebens an eine Prothese gebunden sah ich mich — einen viel zu großen Kopf auf einem winzigen Oberkörper mit mageren, unbeweglichen Beinen, mein Geschlecht tot, ein welkes Würstchen in seinem Nest aus Haaren. Die Außenwelt existierte nicht mehr, denn ich hatte aufgehört, in ihr zu existieren. Wo waren die Sicherheit und der Stolz auf meine Gewandtheit geblieben, mein Vertrauen in den Erfolg, die Gewißheit, etwas zu erreichen? Das alles war verschwunden. Die Illusion eines hektischen Lebens zerschmolz mit dieser Behinderung. Und so begann eine lange Nacht der Tränen und Gewissensbisse.

Gewisse Wunden sind die Zeichen eines schwerwiegenden seelischen Versagens. Alles, was ich als Kind gefürchtet hatte, traf ein. Dieser Unfall bewahrheitete ein Scheitern, das schon immer in mir vorhanden war. Ich war lange bevor ich auf den Kachelboden in jenem Krankenhauszimmer stürzte, besiegt. Hatte ich nicht von Anfang an von der Niederlage geträumt? Und meine Gier, das Leben zu genießen, meine Ungeduld mit den Menschen, vor allem den Frauen, entsprangen die nicht der Vorahnung der Katastrophe? Das Schicksal verband sich mit dem Alptraum, aus dem ich hervorgegangen war. Der verzweifelte Vergleich der beiden Abschnitte meines Lebens — zuerst die Zeit der glorreichen, ungebrochenen Fülle, jetzt die Leere, die Gefangenschaft in den Händen einer Kerkermeisterin — stürzte mich in ohnmächtige Wut. Der Panzer aus Sorglosigkeit, Gewalttätigkeit und zynischer Freude, die mein Glück gewesen waren, wichen bei dem ersten Unwohlsein: Bei einem Schwindelanfall oder einem Krampf verging ich vor Angst, das furchtsame Lauschen auf meine geringsten Beschwerden warf mich um. Meine Untätigkeit machte meine Ängste noch viel grausamer, als sie mir alle Zeit ließ, darüber zu grübeln und ihre Bitterkeit noch zu vertiefen. Durch diese kläglichen, doch irreparablen Sorgen besudelt und erniedrigt, gequält von dieser Frau, die zu vergessen ich mich so bemüht hatte, überlebte ich und fiel immer noch tiefer, als ich je gefallen war.

Es war, als sei der Schlußstein eines Bogens abhanden gekommen. Das erste Jahr war grauenvoll. Ich ließ mein Aussehen dem eines verlassenen Hauses gleichen. Die Krankheit schnitzte in meine eigentliche Substanz selbst die Maske, die sie heute entstellt. Mein Gesicht hörte für immer auf zu leuchten und färbte sich im Einklang mit dem Körper grau. Ich besaß die Nerven nicht mehr, die mich besessen und meine Gliedmaßen aus den Gelenken springen lassen hatten. Unter allen Formen des Versagens hatte ich die schlimmste erwischt, und somit war der Bruch vollständig. Mit 30 Jahren wurde ich zum alten Mann, der in der Routine eines Lebens ohne Zufälle langsam verblödet. Ich schämte mich meiner ruinierten Stärke, schämte mich, mich von jener Frau pflegen zu lassen, die ich so abgrundtief verachtet hatte. Mein Leben war ein Friedhof, auf dem Hoffnungen begraben waren, die nie wiedergeboren würden. Ich hatte mir ein beachtenswertes Schicksal vorgesehen und erntete nur eine Strafe voller Komik: Der große, böse Mann endete auf einem ärmlichen Bett.

Doch das allerschlimmste lag woanders: Jetzt, wo ich besiegt war, vollführte Rebecca, die Frau, Rebecca, die Arme, Rebecca, die Immigrantin, um mich herum die Besetzung des Hasses. Sie hatte in mir, dem arroganten Bürger, den verantwortlichen Feind gefunden, den sie mit dem guten Recht dessen, der aus löblichen und verständlichen Gründen haßt und überwindet, niederschmetterte. Nach der Erniedrigung des Henkers erlitt ich nun die des Opfers, so daß mir kein Aspekt der menschlichen Existenz erspart blieb. So kam für mich die Zeit der Sühne. Indem meine Mätresse mich zum Krüppel machte, fand sie das Mittel, mir zu entkommen und das Wachstum, das meine Grausamkeit gebremst hatte, fortzusetzen. Sie lebte auf. Ihre schlemmerhafte Schönheit loderte mit lukullischen Mahlzeiten wieder auf, während ich nur einen oder zwei Bissen schlucken konnte. Ihr spektakulärer Aufstieg stärkte sich an meinem eigenen Niedergang. Rebecca: Dieser Name ließ von nun an den Donner der Angst grollen.

Kalt und mit dem ungestraften Stolz großer Verbrecher bat sie mich, sie zu heiraten. Sie wollte von der Versicherungssumme profitieren, von meinem Geld leben, ihre Lohnarbeit aufgeben und den Tanzunterricht wieder aufnehmen. Als Gegenleistung verpflichtete sie sich, alle für meinen Zustand notwendige Pflege zu übernehmen. Ich fühlte, daß die Partie verloren war, vor allem, weil meine Mutter, die sich nie ganz von dem Verlust ihres Mannes erholt hatte, erkrankte und in ein Pflegeheim gesteckt wurde. Wir heirateten bei meiner Entlassung aus dem Krankenhaus und zogen in eine Dreizimmerwohnung auf dem rechten Seineufer, die Rebecca selbst einrichtete und wo sie sich ein orientalisch dekoriertes Zimmer vorbehielt. Wir lebten nach den Regeln einer Wohngemeinschaft zusammen. Sie verwaltete die Finanzen und gewährte mir nur ein kleines wöchentliches Taschengeld. Nach einem Monat entließ sie die Krankenschwester angeblich aus Sparsamkeitsgründen, in Wirklichkeit aber, um die Alleinherrschaft zu übernehmen. Jeden Morgen badete sie mich, transportierte mich aus dem Bett auf den Rollstuhl und kleidete mich an. Und jeden Morgen mußte ich die endlose Liste ihrer Vorwürfe über mich ergehen lassen, die sie beim Umhergehen aufzählte. Sie sprach in einem heiligen Rausch, gestärkt durch Monate der Wut und der vokalen Abstinenz. Es waren dornengespickte Reden, die mich mit rachsüchtiger Eloquenz überrollten und mich zwangen, sprachlos unter der schwindelerregenden Parade meiner Sünden den Kopf zu senken.

»Oh, du Ausbund von einem großartigen Mann«, sagte sie (diese Worte und mehr noch ihr Ton machten mich taub, als hätte man neben meinem Ohr einen Schuß abgefeuert), »du hast gemeint, ich würde weit weg von dir, verhungert nach deiner verweigerten Nähe, krepieren. Du hast dir vorgestellt, daß ich, die arme Friseuse, gedemütigt über den Schicksalsschlägen und der Erbärmlichkeit meiner niederen Herkunft brüten würde. Idiotin, deren einziger Fehler es war, dich zu lieben und von bescheidener Herkunft zu sein, weit von den Vorteilen des Reichtums und den Schätzen der Kultur entfernt. Und du, der jugendliche Held, der brillante Arzt, du hast dich in die Brust geworfen und bist deiner Kometenbahn gefolgt und hattest das mickrige Hindernis, das du mit dem Handrücken beiseite gefegt hattest, schon vergessen, das Staubkorn im Staub der Wege, die du mit gleichmäßigem, edlem Gang beschrittst. Jetzt bist du nur noch ein Gemüse, eine Wegschnecke. Vulgär, deine orientalische Prinzessin, nicht wahr, die ihre Gemeinheiten nicht in Seidenpapier wickelt, nicht fein, nicht aus einer alten Familie hervorgegangen! Hör mir gut zu, Stummel. Ich hatte von einem Engel auf Erden geträumt, einem Engel, in den ich mich hoffnungslos verliebte und dem ich grenzenloses Vertrauen schenkte. Zur Zeit unserer Begegnung schien mir, daß mein ganzes Leben nicht ausreichen würde, dich auszuschöpfen. Und jetzt schaue ich dich an, elend und geschrumpft. Ich mußte verrückt sein, dir mein Leben, meine Intelligenz, meine Arbeit zu opfern. Ich hielt dich für meinesgleichen, ich war bereit, mein Leben an das deine zu schweißen, mit Loyalität als einziger Bedingung, doch du hast mich zertreten und in derartigem Maße unter deinem Auswurf begraben, daß ich darunter meinen Namen und meine Identität verlor.

Nach deiner schäbigen Hinterlist am Flughafen von Roissy dachte ich, ich würde den Verstand verlieren, wäre verhext. Im Flugzeug hatte ich einen Nervenzusammenbruch. Dann nahm ich in Athen, der ersten Zwischenlandung, ein Hotelzimmer und habe dort in einem Zustand hochgradiger Erschöpfung eine Woche verbracht, ohne mich zu rühren oder zu schlafen. Ich habe damals ungeheuer gelitten, ich war krank, ich war kurz davor, vor Kummer zu sterben, ich liebte dich so, daß ich keinen Gedanken, keinen Atemzug, keinen Herzschlag tat, der nicht an dich gerichtet war, so daß ich kein Wort mehr sagen konnte, aus Angst, deinen Namen auszusprechen. Ich fühlte mich wie von einem Sack von Tauen verschnürt, du hattest mir ein Gift gemischt, das mich völlig lähmte, und ich saß ganze Tage auf einem Stuhl und murmelte vor mich hin. Es war nicht Freiheit, die ich suchte, sondern ein Ausweg. Ich zog sogar Selbstmord in Betracht, aber wozu eine Frau umbringen, die schon lange tot ist? Drei Jahre lang war Tag um Tag ein kleines Stück von mir abgerissen worden. Ich gehörte mir nicht mehr genug, um mich umzubringen.

Und dann überkam mich aus der Tiefe des Abgrunds der Wille, meine Schande zu überleben, deine Zerstörung zu besiegen. Und da im allerschlimmsten Unglück in den Menschen etwas steckt, das niemand zerstören kann, dachte ich nur noch daran, mich zu rächen, die Pfeile, die du auf mich abgeschossen hattest, zurückzulenken. Die Überzeugung, daß ich dir eine Wunde zufügen mußte, die ebensogroß oder noch größer war wie die, die du mir angetan hast, war das einzige, das mich am Leben hielt. Die Rache ist gründlich, sie läßt keine Einzelheit aus und infiziert die Wunden. Das Universum gewinnt dabei einen unglaublichen Reichtum. Diese Rache habe ich so intensiv erträumt, daß sie ein Gedicht in meinem Kopf war, lange bevor sie ein Verbrechen gegen dich wurde. Ich entsann fabelhafte Attentate gegen dich. Ironie des Schicksals: das, welches dich umgemäht hat, war ein Geschenk des Zufalls. Vielleicht weißt du es, vielleicht auch nicht. Es gibt eine Tradition des weiblichen Leids; um sitzengelassene Frauen bildet sich sofort eine Solidarität. Alte Freundinnen, die erfuhren, daß ich allein war, haben mich aufgesucht und waren um mich, als wärest du ein Schild gewesen, das unsere Beziehungen abgeschirmt hat. Lange Zeit brauchte ich jemanden, um mich zu beherbergen und zu ernähren; ich war schließlich noch jung, erst 28. Lange Zeit hatte ich gegenüber Marginalen, gegenüber Rebellen eine negative Haltung der Ablehnung, der Abwehr. Sie beunruhigten mich, schienen mir die Würde des Daseins zu beleidigen. Ich weiß heute, daß ich mich geirrt habe. Bei diesen Leuten, die kämpfen, und sei es noch so ungeschickt, finde ich die Vitalität, die sie unabhängig und schöpferisch macht. Die Freiheit, so ahnte ich, erlangt man nur für den Preis unerhörten Feilschens mit den eigenen Dämonen, nach Kämpfen, nach unendlichen Rückfällen.

Ich habe Monate gebraucht, um mich aus deinem Bann zu befreien und dich als das zu sehen, was du warst: Kein großer Stern, sondern eine Vergrößerung, ein gebrochenes Gerippe, das nur meine Lebensangst furchteinflößend machte. Glaub mir, ich hätte die Versklavung nie akzeptiert, wenn ich nicht die Gewißheit bewahrt hätte, mich davon befreien zu können. Insgeheim hatte ich dich schon abgesägt. Im Grunde warst du nichts als eine Schöpfung meines Geistes, ein Idol, das ich mit ausgestreckten Armen festhielt;

ich sah nur das Idol, ich sah nicht die Anstrengung meiner Arme. Ich brauchte nur die Tatsache, daß du mich brauchtest. Ich habe dich verführt, indem ich dich für deine eigene Macht fasziniert habe, dir die Illusion vermittelt habe, du seist unbesiegbar. Es war meine Jugend, die dir soviel Wert zugeschrieben hat; fünf Jahre älter, und ich wäre sofort ernüchtert gewesen. Diese fünf Jahre habe ich in sechs Monaten erreicht.

Du hast mich nie geliebt, du hast mich einerseits auf die Eingeweide reduziert, andererseits auf einen exotischen Fetisch. Du tatest so, als respektiertest du die Frau in mir und verehrtest in Wahrheit nur die Öffnungen. Du brauchtest einen perfekten Prototyp, um deine Vorliebe für den Orient zu befriedigen, jemanden, der dich morgens mit Salem aleikum begrüßt und beim Lieben juchuh schreit. Aber das junge Mädchen, das ich war, das hast du immer verpaßt.

Aus welchem Grund hast du mich verlassen? Für eine Idee, eine armselige Idee, die du ungeschickt und lächerlich zu inkarnieren versucht hast. In dir steckte nur der undeutliche, dumme Traum, zu erscheinen, als irgendwas zu erscheinen, verführerisch, unstet, Don Juan. Du hast mich in der Erinnerung des schüchternen Jünglings verlassen, der jahrelang hinter jeder Arschträgerin hergehechelt und sich über diese Hungerjahre nie hinweggetröstet hat, wie die Leute, die sich in Erinnerung an die Entbehrungen des Krieges vollfressen; du hast mich verlassen, um die Zuschauer zu erstaunen, um deine paar Freunde, Gefangene des Ehesystems, zu beeindrucken, aus Mangel an greifbarem Ruhm gegenüber den zehn Leuten, die dein Gefolge darstellen. Meine Liebe zu dir war ein langewährender Irrtum, der seine Wahrheit gefunden hat!«

Dieses schöne Plädoyer machte mich schwindelig. Ihrer Sache sicher und mit Kampfbereitschaft und wahrhaft bewundernswerter Schärfe nahm mir meine Wärterin jegliche Möglichkeit einer Entgegnung, denn sie hatte einen überlegenen, radikalen Vorteil: die körperliche Unversehrtheit. Glauben Sie es, wenn Sie wollen: Nachdem ich meinen

Lebensinhalt verloren hatte, fand ich meine Gründe, sie zu lieben, wieder. Ich bewunderte ihren Erfolg, auch wenn er auf meine Kosten ging. Ich freute mich darüber, mich in ihr getäuscht zu haben. Und außerdem hatte ich keine Mittel mehr zu träumen. Jemand voller Saft und Kraft hat große Träume, die halbe Portion träumt kaum noch. Verstümmelt wie ich war, erschien mir das Eheleben wieder erstrebenswert und das traute Heim anziehend. Das Gefühl ist etwas, das man wie eine Uhr verlieren kann, das sich langsam erschöpft wie ein Bankkonto und das man wiederfinden kann wie einen Hut. Ich war vorzeitig gealtert und über mein Los verbittert, meinen Körper quälten die Erinnerungen an frühere Genüsse, ich verfluchte die Menschheit, die Sonne, die Vögel und die Kinder, doch ich fürchtete die Einsamkeit mehr als alles andere und beschloß, den Rest meines Lebens mit Rebecca zu verbringen, koste es, was es wolle. Der Preis dafür ist astronomisch, Didier, aber ich würde mich nicht mehr damit abfinden, wenn sie aus meinem Leben verschwände.

Vor Rebecca versuchte ich also einen sentimentalen Rückwärtsgang. Ich füllte das Haus mit meinen Klageliedern. Ich versuchte, mit dem Talent des Weinens ihr Mitleid zu erregen, konzentrierte mich zunächst auf mein Unglück, drehte mich dann in ihre Richtung, um ihr meine feuchten Augen, aus denen die ersten Tränen perlten, zu zeigen, anschließend verbarg ich in falscher Scham mein Gesicht, um loszuschluchzen, und überließ mich endlich ganz dem Tränenstrom. Ich vergoß, meiner unerschöpflichen Reserven gewiß, unter heftigem Schniefen literweise davon, steigerte die Menge und das Trompetengetöse der Nase, um ihre Aufmerksamkeit zu wecken. Doch nichts vermochte meine Richterin zu erweichen. Sie ging hinaus, um mein Geheul nicht hören zu müssen. Linkisch versuchte ich, um ein wenig von ihrer Wertschätzung zurückzuerlangen, mich schlecht zu machen.

»Hör zu, ich hasse mich mehr, als mich je ein Mensch gehaßt hat.«

»Nein«, schnitt sie mir das Wort ab, »gib dich in dieser

Hinsicht keinen Illusionen hin. Ich hasse dich tausendmal mehr, als du dich jemals selbst verabscheuen kannst. Die Antipathie, die du für dich selber hegst, ist noch immer viel zu sentimental, um ehrlich zu sein.«

»Ich nehme mich mitleidlos auseinander, ich verachte mich. Ich werde von Gewissensbissen zerfressen, ich schäme mich für meine Taten. Ich weiß, daß ich keine Erlaubnis habe zu leben, ich geißele mich mit beispielloser Härte.«

»Halt den Mund«, explodierte sie. »Du hast nicht das Recht, dich zu kritisieren; das ist nur ein weiterer Beweis für deinen wahnsinnigen Hochmut. Ich allein habe das Recht, dich runterzumachen; ich allein kenne die Wahrheit über dich, weil ich sie erlitten habe.«

»Rebecca, bitte, das weiß ich alles. Ich bin schäbig, du bist großzügig, ich bin ein Schatten, du bist das Licht. Ich habe es verdient, meine Gesundheit für das Übel zu verlieren, das ich begangen habe.«

»Nein, du hast es nicht verdient, werte Belanglosigkeit, die du bist, ich finde diese Strafe ganz und gar ungerecht. Doch, doch, im Ernst, du hast kein Glück. Im Grunde war ich töricht, ich bin geblieben, als du mich nicht mehr haben wolltest, und es war nur natürlich, daß du mich gequält hast. Du hast dir nichts vorzuwerfen.«

Diese Sophismen verwirrten mich. Ich gab nur ungern das einzige Vorrecht auf, das mir blieb, das Recht, als absolut schuldig dazustehen.

»Rebecca, du warst die Geschicktere, du hast meine Stärke gegen mich gekehrt und hast sie in Schwäche verwandelt, du hast dich meiner Waffen bedient, um mich zu besiegen.«

»Mein Gott, was bist du kompliziert! Wozu diese nebulösen Theorien, wenn nicht, um dich in der Illusion zu wiegen, du hättest noch immer das Ruder in der Hand, die Sache sei dir noch nicht entglitten?«

Als die Jammertour versagt hatte, versuchte ich es mit Flehen und zog das lyrische Register:

»Ach, Rebecca, lehre mich das Leben, ich, der ich es so schlecht gelernt habe. Bring mir bei, es zu lieben wie du. Was war ich doch für ein ungeschlachter, plumper Grobian! Mit was für Feingefühl du dir die Tage und die Nächte zu eigen machst! Wie schlecht habe ich vor dir gelebt, ich beuge mich vor deiner Überlegenheit, deinem weiblichen Genie. Du hast mir wundervolle Jahre geschenkt, sie gehören zu den allerschönsten meines Daseins. Mein Körper ist krank, ruiniert, doch er wird von der Erinnerung an die ungeheuren Freuden bewohnt, die ich mit dir erlebt habe. Nie wieder werde ich dir Böses antun, ich werde dich lieben, wie dich niemand je geliebt hat, es wird keine Szenen mehr geben.«

»Keine Szenen mehr! Ich will aber welche, ich will Szenen, stell dir vor, ich habe Geschmack daran gefunden, ich kann nicht mehr darauf verzichten. Du wirst mir nichts Böses mehr antun? Was könntest du mir denn antun, jetzt, wo du außer Betrieb bist, du arme Wanze? Du wirst mich mit deinen Seifenlaugenreden nicht erweichen, ich erinnre mich noch zu gut an die Kränkungen, die du mir gebraut hast, um mich von deinen erbärmlichen Schmeicheleien einwickeln zu lassen. Ich will nichts von dem Übel, das du mir angetan hast, vergessen, ich will an jedes Wort denken, das mich verletzt hat, ich will geladen mit diesem abstoßenden Dreck leben, um einen Grund zu haben, dich in jedem Augenblick zu hassen. Ich bin vielleicht ungebildet, aber ich bin nicht dumm genug, um in die Falle deiner lahmen Galanterien zu tappen. Eines Tages findet jeder seinen Meister, der ihn für das Übel zahlen läßt, das er begangen hat: Denn das Übel will dem Bösen übel. Du warst ohne es zu wissen schon mein Sklave, du gehörtest mir, wie der Sieger seiner Beute gehört.

Und jetzt versteh mich richtig: Ich gewähre dir das Leben nicht aus Mitleid, sondern als eine Strafe. Du wirst hier in diesem Zimmer, dieser Wohnung eingesperrt bleiben, du bist nicht mehr tauglich, mit Leuten zu leben. Du hast die Gesellschaft, den Krach und die Menschenmenge zu sehr gewollt. Dem ganzen Hofstaat, der dich umgeben hat, ist der Aufenthalt in diesen Räumen nicht gestattet. Du kannst deine

Freunde im Café treffen, wenn es dir gelingt, allein mit deinem rollenden Stuhl hinunterzugelangen. Wenn ich dich aus dem Haus ließe, würdest du dich nur wieder mit Leuten einlassen, die nicht wachsam genug sind, und du würdest sie zerstören. Warte nicht auf ein Pardon. Ich weiß, Barmherzigkeit ist eine edle Tugend, die den Strom der Wut unterbricht, aber für mich bist du nicht mehr der Mann, den ich vor allen und gegen alles geliebt habe, du bist kein Mensch, dem man verzeihen könnte. Du bist eine Schande, ein bitterer Gedanke, ein schädliches Tier, und ich muß dich von allem fernhalten.«

Ich mochte mich noch so sehr bemühen, sie zu besänftigen, ihre Eitelkeit und ihre Wut blieben völlig unzugänglich für die Anbetung eines Liebhabers ohne Mittel und ohne Schönheit. Und jedesmal, wenn ich mich erniedrigte oder sie mit dem albernen Lyrismus von Verliebten anflehte, antwortete sie mit schallendem Gelächter. Jedes meiner Argumente war durch die begangenen Greuel befleckt, und die besten Vorsätze brachen unter der Parade der Anklagepunkte zusammen, die sie, sobald ich versuchte, sie zu beugen, wie ein loderndes Feuer vor mir ausbreitete.

»Du bist und bleibst ein Schakal, versuche nicht, dich als Lämmchen zu verkleiden.«

Ich sah sie entsetzt an, gefangen in den Klauen dieses schmerzhaften Charmes, in dem das Gefühl eines unwiederbringlichen Verlusts mitklingt.

»Töte mich«, bat ich sie dann, »irre dich einfach in der Dosis, setz mir eine Spritze.«

»Nein, nein«, widersprach sie (sie achtete sorgfältig darauf, alle Medikamente und scharfen Geräte außerhalb meiner Reichweite aufzubewahren). »Du bist mir lebendig wesentlich lieber als tot, aus dem einfachen Grund, weil ein Toter nicht mehr leidet.«

In weniger als einem Jahr gelang es ihr, meine Kräfte zu schwächen, meine Hoffnungen zu zügeln, meine Freuden verächtlich zu machen und alles, was mir an Stolz und Siegesgewißheit noch geblieben war, zu zerstören. Ich war vorzeitig zum Greis geworden, der nicht mehr das Recht hatte zu weinen, und der dennoch so traurig war wie ein Kind. Wie kann man den Umschwung von jemandem begreifen, der einen im allerschlechtesten Licht gesehen und akzeptiert und in den übelsten Gewohnheiten bestärkt hat, mit dem man sich anschließend alles erlauben zu können geglaubt hat, außer, sich in einem besseren Licht zu zeigen? Meine Sklavenhalterin weigerte sich, mir meine Freunde am Telefon zu geben und behauptete, ich schliefe. Sie hatte den Apparat in ihrem Zimmer installiert und schloß die Tür ab, wenn sie fortging. Wenn es zufällig einem von ihnen gelungen war, die Schranke der Tür zu überwinden, empfing sie ihn mit solcher Kälte, daß er nie wiederkam. Sie kontrollierte auch meine Post, und mit Hilfe dieser magischen Grenzen, fand ich mich nach wenigen Monaten allein mit ihr, ihren geringsten Launen ausgeliefert, die zum alleinigen Gesetz geworden waren.

Aber Rebeccas Rache zielte vor allem auf meine verlorene Männlichkeit ab. Es war ein niederträchtiges Argument, aber da ich selbst ein häßlicher, schnöder Mensch gewesen war, konnte ich nicht erwarten, daß sie mich mit mehr Rücksicht behandelte, als ich ihr seinerzeit entgegengebracht hatte. Um meine Untauglichkeit wettzumachen, griff sie schon in der ersten Woche auf Kohorten von Anwärtern zurück, die die Nacht bei uns verbrachten. Sie liebte ganz besonders die Jünglinge mit dem hitzigen Hosenschlitz und der ordinären Stimme. Zu Anfang mußte ich nur ihre Schreie ertragen. Dann forderte sie, daß ich den Szenen beiwohnte, um mich in die Mysterien ihrer gegenwärtigen Liebschaften einzuweihen. Wenn ich mich weigerte, dann kam sie mit ihrem Galan in mein Zimmer, um es dort zu praktizieren. In diesen Momenten, Didier, hatte sie nichts anderes im Sinn, als mich zu erniedrigen; sie stand meistens unter dem Einfluß von Drogen oder Alkohol, schrie aus vollem Hals, nahm die provokantesten Posen ein und sang Schamlosigkeiten. Oder sie hängte mir ein Schild um den Hals: »Achtung, Sondererektion.« Stellen Sie sich meine Qualen vor, diese langen, schlaflosen Nächte, meine Adern, die kochten, mein Herz, das mir bis zum Hals klopfte, meine Hände, in die ich biß, um sie zu beruhigen. Manchmal mußte ich mich von meinem Rivalen beleidigen lassen; manche provozierten mich oder borgten sich Bücher aus, wenn nicht Rebecca ihnen selbst einen persönlichen Gegenstand schenkte, an dem ich hing.

Eines Abends wendeten sich diese demütigenden Scherze beinahe zum Drama und brachten mich auf den Gipfel der Verbitterung. Rebecca hatte auf dem Heimweg vom Tanzunterricht auf der Straße zwei Rocker aufgelesen, ungefähr 20, cool und böse, Gorillas mit nietenbesetzten Lederjacken, Schmalztolle über der Stirn, Elvis-Ansteckern am Revers und Ringen im Ohr – die ganze Montur des pomadisierten Pavians. Sie beschnupperten mich mit bösartiger Arroganz und grinsten hämisch, als Rebecca ihnen meine Identität verriet. Meine Anwesenheit schien sie zu irritieren, sie witterten in meiner Behinderung so was wie eine Falle, die sie beunruhigte. Meine Schöne gab sich ihnen gegenüber noch liebenswürdiger, noch affektierter als sonst, und der Kontrast zwischen ihrem liebenswerten Geplapper und deren Argotgebell drehten mir das Herz um. Nach einem schnellen Abendessen, bei dem die beiden Vorstadtrüpel keine Gelegenheit ausließen, ihre Flegelhaftigkeit zu entfalten, nahm sie sie sinnlich in Angriff und tat jedem die Ehre ihres Mundes an. Ich brauche Ihnen nicht zu sagen, daß die beiden Grobiane ihr unverhofftes Glück weidlich ausnutzten: Sie setzten sich in den Kopf, meine Krankenschwester zu sodomisieren. Es half nichts, daß sie sich weigerte. Sie holten ein Rasiermesser hervor, hielten es ihr an die Kehle und zwangen sie, es sich gefallen zu lassen. Der Scherz wurde zum Horror. Während sie am Werk waren, ohrfeigten sie sie und zogen ihr an den Haaren. Sie lachten und brüllten ihr alle Greuel zu, die die männliche Fantasie erfinden kann, um die Frauen zu entwürdigen. Nachdem sie ihre Vergewaltigung verübt hatten, kippten sie mich aus meinem Stuhl und zwangen mich aufzustehen. Jedesmal, wenn ich umzufallen drohte, fingen sie mich auf.

»Hol's doch mal raus, dein dreiteiliges Besteck, zeig mal, was du noch übrig hast«, gröhlten sie und geilten sich daran auf.

Obwohl ich auf alles gefaßt gewesen war, war ich völlig niedergeschmettert, so, als sei mir urplötzlich das absolut Böse in seiner ganzen Häßlichkeit erschienen. Ich konnte nicht fassen, was mir geschah, und erwartete das Schlimmste. Ich hatte weder die Kraft, sie zu beschimpfen, noch, das entsetzliche Stöhnen freizulassen, mit dem mein Mund gefüllt war. Wie ein armer Käfer, der auf den Rücken gefallen ist und mit den Stummeln strampelt, kreischte ich: »Laßt uns, ich bitte euch, geht weg!« Sie hätten uns mit mehr Respekt behandelt, wenn Rebecca sie vorher hätte bezahlen lassen. Aber diese kostenlose Gabe hatte in ihren Barbarenhirnen die schlimmsten Instinkte geweckt. Sie verwüsteten mit Fußtritten und Rasiermessern die ganze Wohnung, rissen Regale und Vorhänge herunter, zerschlugen das Geschirr, die Spiegel und die Fensterscheiben, schlitzten die Matratzen auf, leerten die Schränke aus, zerfetzten die Tapeten, kippten Tische und Stühle um und nahmen schließlich alles Bargeld und ein paar Wertgegenstände mit. Und was meinen Sie, was Rebecca machte? Das Luder lag heulend am Boden. Sie hatte verschwollene Augen, ihre Kleider waren zerrissen, ihre Beine zitterten, sie wurde von Krämpfen geschüttelt und wiederholte zwischen zwei Schluchzern immer wieder: »Du bist schuld, das ist alles deine Schuld, du wirst immer schuld daran sein.«

So verstrichen meine Tage in der Erwartung böser Streiche, die meine Gattin ersann, um sich an mir zu rächen. Eines Morgens erwachte ich in halber Dunkelheit: Die Vorhänge waren zugezogen, ein Katafalk vor die Tür gespannt, und auf einem Tisch brannten zwei Kerzen. Ein schwarzes Kreuz, eines von diesen unglaublich häßlichen Friedhofskreuzen, steckte zwischen meinen Händen, und Rebecca weinte leise neben dem Bett. Verängstigt über diese Leichenhausatmosphäre fragte ich:

»Was ist denn los?«

»Psst«, zischte sie. »Du bist gestern abend gestorben, ich halte Totenwache.«

»Gestorben?«

»Ja, eine Gehirnembolie während der Nacht. In einer Stunde wirst du eingesargt.«

Gelähmt vor Angst und von dieser Inszenierung zutiefst getroffen, fing ich an zu brüllen, bis ich bewußtlos wurde, während meine Mätresse in wildes Gelächter ausbrach.

Sie hatte ebenfalls ein ganzes System von Strafen und Schikanen etabliert, je nachdem, ob sie mich gehorsam fand oder nicht. Zum Beispiel unterließ sie es eine Woche lang, mich zu waschen und zu transportieren, und ließ mich in meinen Exkrementen schwimmen. Und jedesmal, wenn sie in meine Nähe kam, hielt sie sich die Nase zu und nannte mich »Scheißstinker« oder »Luftverpester«, und wartete so lange, bis ich voller Schrunden und Wunden war und der Gestank so unerträglich wurde, daß er auch sie belästigte. Oder sie ließ mich zwei oder drei Tage lang hungern und genehmigte mir nur Wasser. Bei den Injektionen spielte sie ungeschickt und machte sich einen Spaß daraus, dieselbe Spritze fünf- oder sechsmal anzusetzen, brach auch manchmal die Nadel in der Haut ab. Und ich mußte mir alle diese Quälereien ohne Murren gefallen lassen.

Sie erinnern sich vielleicht, daß ich mich gestern damit brüstete, in meinen Glanzzeiten meinen Sohn gegen Rebecca aufgestachelt zu haben. Seltsamerweise untersagte meine Gattin, trotz der Blockade, die sie um mich errichtet hatte, dem Kleinen nie, mich besuchen zu kommen. Meine Bindung mit ihm hatte sich übrigens gelockert, das Bild des allmächtigen Vaters war nach meinem Unfall abgeblättert. Er betrachtete mich jetzt mit einem gewissen Mitleid, und als er mich schlecht behandelt sah, übertrug er, mit dem Automatismus von Knirpsen, die den Stärkeren anbeten, alle seine Zuneigung auf Rebecca. Matthieu, so heißt er, war gerade 13 geworden, der Mann und das Kind stritten sich um diesen mitten im Wachstum stehenden Körper, in dem die Pubertät schon ihre Rechte zu fordern begann. Eines Abends — er blieb zum Essen bei uns, bevor er zu seiner Mutter zurückkehrte — verstieg sich Rebecca in eine wahre Verführungsaktion ihm gegenüber. Sie trug ein ultrakurzes Kleid mit einem beleidigend tiefen Ausschnitt, und hörte nicht auf, seine Hand zu nehmen und ihn zu reizen, indem sie ihm ihre Köder unter die Nase hielt.

»Hörst du endlich auf, den Jungen zu reizen?« donnerte ich.

Was hatte ich da gesagt! Sie hatte nur auf mein Eingreifen gewartet, um zu handeln.

»Du armer, stinkender Rumpf, du Kellerassel auf Rädern, du siehst wirklich überall übel. Schau dir deinen Vater an, Matthieu, er ist derartig vom Sex besessen, daß ihm alles dreckig und krumm erscheint.«

»Das ist wahr«, stimmte der Junge zu, »er hat zu Hause nie von was anderem als Sex geredet.«

»Willst du, daß ich ihn wirklich aufreize, den Jungen? Soll ich dir zeigen, wozu ich imstande bin? Matthieu, küß mich auf den Mund.«

Der Jugendliche grinste zunächst hämisch und schaute mich an, dann tat er es, von Rebecca ermutigt und wegen meiner Behinderung beruhigt. Was dann kam, können Sie sich denken: Die noch ganz neue Natur ließ bei meinem Sohn nicht auf sich warten und erwachte, obwohl er sich deswegen schämte.

»Oh, was für eine hübsche Stange, die ich da erraten kann«, wisperte Rebecca, den Blick auf seine Beine gerichtet, »wie entwickelt sie aussieht!«

»Das reicht!« schrie ich.

»Hör nicht auf ihn«, sagte Rebecca sanft, und unterstrich durch ihre Beherrschung meine Aufregung. »Er will dich in der Kindheit halten, aber du bist kein Kind mehr, Matthieu, du bist jetzt erwachsen, und du kannst es beweisen, indem du nein zu deinem Vater sagst.«

Von dieser Sirene aufgestachelt, musterte mein Sohn mich verächtlich.

»Matthieu, geh nach Hause, deine Mutter wartet auf dich.«

»Halt den Mund«, zischte er, »du hast kein Recht, mir etwas zu befehlen, ich bin kein Kind mehr. Iß und halt den Mund.«

Rebecca strahlte.

»Du bist fabelhaft, Matthieu. Auf diesen Augenblick habe ich schon lange gewartet, ich war immer überzeugt, du wärst mehr wert als dein Vater. Jedenfalls siehst du besser aus als er. Sag mal, hast du schon mal mit einer Frau geschlafen? Willst du die Lust kennenlernen, die absolute Wonne? Komm, ich werde dir das schönste Geschenk machen, das es gibt, du wirst zum Mann werden. Lassen wir den Kranken mit seinem Groll allein.«

Und zu mir gewandt fügte sie, als sei es das Natürlichste auf der Welt, hinzu:

»Franz, räum den Tisch ab und schau fern, wenn du willst. Aber vergiß vor allem nicht, daß du uns auf die Nerven gehst, daß du alt und häßlich bist und daß du stinkst!«

Und ich, der ich immer alles vor den Augen meines Sohns getan und diese Zurschaustellung sogar mit einer gewissen Prahlerei betrieben hatte, mußte nun das Gemurmel und die Seufzer der inzestuösen Liebenden hinter der kaum angelehnten Tür ertragen. Ich glaube, in jener Nacht hatte ich den tiefsten Punkt erreicht.

Heute ist der Alptraum verblaßt und hat eine grauere, verschwommenere Welt hochkommen lassen. Wir haben uns ein Leben in dem kleinen Raum zwischen Verzweiflung und Niedertracht eingerichtet. Rebeccas Rachegelüste, ihr Haß selbst sind weitgehend gestillt und haben einer kalten Koexistenz Platz gemacht. Ich überlebe und kenne nur noch das hypnotische Glück der Morphiumspritzen, die ich fast täglich bekomme, um meine Qualen zu lindern. Wie jene Leute, die das einzige Abenteuer ihres Lebens endlos wiederkäuen, erzähle ich meine Geschichte jedem, der sie hören will. Mir bleiben nur noch die Worte, um mein Los zu beschwören und die Fasern zusammenzuknoten, die der Unfall zerrissen hat. Ich höre das Dröhnen der Stadt, die Geräusche der Straße, Wege und Ebenen richten zärtliche Botschaften an meine lahmen Beine, und ich beneide den unbedeutendsten Greis, der über die Straße geht.

Alles ist verloren in meinem Leben. Ich habe meine Schulden gegenüber den Frauen für das männliche Geschlecht in seiner Gesamtheit bezahlt, ich habe den ganzen Horror des virilen Grobians auf mich genommen, um die Erde davon zu säubern.

Was soll's. Ich liebe Rebecca wieder. Ich sehe nur noch sie, habe im Kopf nur noch ihre Gedanken, und ihr Name kommt mir unaufhörlich über die Lippen, wie dem Gläubigen die 1000 Namen Gottes über die Lippen kommen. Dieser schreckliche Altersunterschied zwischen ihr und mir wird immer schlimmer. Sie wird jeden Tag jünger und macht mich immer älter. Ich weiß, daß ich mit keiner Frau einen solchen Elan in der Liebe finden könnte wie diese Verbissenheit in der Grausamkeit. Ich habe keine Wahl mehr, ich bin auf ihre Gesellschaft angewiesen. Ich habe Angst, daß sie sich in einen anderen verliebt. Sie bleibt nur wegen meiner Invalidenrente bei mir. Und ich ziehe es vor, ihre Affären mit ihrem Einverständnis zu arrangieren, als nichts darüber zu wissen. Sie hat manche ihrer Liebhaber zu lieben geglaubt und hat sich von ihnen wieder gelöst. Aber seit ihre Rachegelüste abgeflaut sind, fühle ich, daß sie für sentimentale Sehnsüchte empfänglicher geworden ist. Ich lebe mit diesem Damoklesschwert über dem Kopf. Wie paradox, Didier, daß ich Ihnen meine Befürchtung gerade in dem Augenblick anvertraue, wo Sie mir vielleicht Rebecca rauben werden. Doch, doch, protestieren Sie nicht, Sie sind ein gefährlicher Rivale für mich. Sie sind so fein, so komplex! Aber ich langweile Sie mit meinen Leidensgeschichten, Sie scheren sich einen Dreck um meine Geschichten.

Mit verstörtem Blick und versagender Stimme wiederholte er noch mehrfach ganz automatisch »meine Geschichten« wie eine Glocke den Nachhall des letzten Schlages. Ich machte mir nicht die Mühe, ihn zu widerlegen. Der alte Knacker hatte gehofft, mir die Schuldenlast seiner Kümmernisse unterzujubeln, doch ich betrachtete sein Mißgeschick als wohlverdient. Insgeheim keimte in mir Verachtung für diesen Menschen, der sich von einer Frau besiegen läßt, nachdem er versucht hat, sie zu zerstören. Und wenn Franz gelogen hatte, nur um seine Frau anzuschwärzen? Wenn er ganz einfach nur einen Unfall hatte? Ich wollte den in der Unendlichkeit seines Selbstmitleids verlorenen Invaliden gerade verlassen, als er fragte:

»Fürchten Sie nicht, Béatrice weh zu tun, wenn Sie einen Flirt mit meiner Rebecca anfangen?«

Diese Anteilnahme überraschte mich.

Lässig gab ich zurück:

»Was geht Sie das an?«

Er schaute mich an. Er hatte einen Kassettenrecorder in die Hand genommen und fummelte nervös an den Knöpfen herum.

»Ich weiß nicht. Aber Béatrice ist doch hübsch?«

»Ja, wenn man sie zum ersten Mal sieht.«

»Gewiß, ein Pin-up ist sie nicht.«

»Sie sagen es!«

»Aber es gibt doch so was wie Komplizität zwischen Ihnen?«

»Wir haben Gewohnheiten, das ist unsere wichtigste Gemeinsamkeit.«

»Ich bin sicher, Sie übertreiben. Wozu denn sonst diese Reise?«

»Ein Bedürfnis, die Routine zu brechen, um sie anschließend wieder herzustellen. Eine unreflektierte Entscheidung.«

»Viermal«, sagte der Invalide.

»Viermal was?«

»Sie haben Béatrice viermal verleugnet.«

Dieses biblische Vokabular ärgerte mich.

»Niemanden habe ich verleugnet! Was soll denn das wieder heißen?«

Franz legte den Recorder wieder weg.

»Vergessen Sie meine Worte. Guten Abend, Didier, bis nachher beim Fest.«

Wir hatten Athen verlassen, ohne daß ich es gemerkt hatte. Ich ging zum Luftschnappen zum Bug und fand draußen das Tosen der Fluten, die Schaumkronen trugen, als hätten die Götter die Federn eines Daunenkissens verstreut. Der Sturm nahte, und immer heftigere Windstöße jagten über das Wasser und peitschten es auf. Eine Mauer eiskalter Luft überquerte die obere Brücke, und die Böen wurden gewaltig und schlugen von allen Seiten zu. Ich flüchtete mich schnell wieder in das windgeschützte Innere. Aber ich hatte es nicht eilig, in die Kabine zurückzukehren, wo Béatrice mit feuchten Augen und vom vielen Schnäuzen geschwollener Nase auf mich warten mußte. Wie sollte ich sie für die Zeit ausklammern, während der ich meinen Hunger auf diese Fremde stillte? Bestimmt sein, ja, nicht nachgeben, bestimmt und höflich. Ihr sagen: »Rebecca interessiert mich, aber das betrifft dich nicht. Schließlich, verdammt noch mal, leben wir nicht mehr im 19. Jahrhundert, laß uns ein modernes Paar sein und unsere Gelüste frei ausleben. Und falls du selber Neigung für einen Mann verspürst, laß dich nicht hindern, ich werde mich liberal verhalten. Raj Tiwari zum Beispiel hat Humor; Marcello hat interessante Erfahrungen gesammelt. Es sei denn, du ziehst ein Mitglied der Besatzung vor. Also, nur Mut!«

Unbehaglich und unsicher machte ich die Tür zu unserem Kämmerchen auf. Béatrice lag, grünlich im Gesicht, auf der Liege. Der säuerliche Geruch von Erbrochenem zeugte ohne jeden Zweifel von einem neuen Element: Seekrankheit. Man hätte glauben können, daß sie meinen Ruf erhört und sich krank gemacht hatte, um mir nicht in die Quere zu kommen.

»Wenigstens werde ich dich nicht stören«, stöhnte sie.

»Du hast mich noch nie gestört.«

Aschfahl faßte sie mit eiskalten Händen nach meinem Arm.

»Oh, wie schrecklich dieses Jahr endet! Ich würde am liebsten sterben.«

Ich mochte noch so sehr beunruhigt spielen, ihre Bettdecke zurechtrücken, sie über die Akropolis ausfragen, nach einem Steward klingeln, damit er den Arzt rufe, ich verbarg meine Zufriedenheit nur schlecht. Ich strahlte und war ungeduldig. Konnte ich ein passenderes Unwohlsein erträumt haben? Ich hatte nicht nur den Abend und die ganze Nacht für mich, sondern dazu noch Unschuld und Straffreiheit. Brauchte also keine Erklärungen zu geben, es gab keinen Groll, keine Spuren: das perfekte Verbrechen. Danke, Sturm, danke, schlechtes Wetter, danke, Doktor, der Kranken ein Schlafmittel, Ruhe und Diät bis zum nächsten Tag verschrieben zu haben. Nun, ich würde mit meinen eigenen Flügeln fliegen und mit der schönsten Frau an Bord tanzen, ohne die kummervolle Mißbilligung meiner alten Dame ertragen zu müssen. Arme Béatrice, sie war aus dem Rennen. 30 Jahre alt, aber körperlich und geistig zehn Jahre älter als ich. Ich atmete aus vollen Lungen, von Hoffnung erfüllt und getragen von dem bevorstehenden, ebenso köstlichen wie unerwarteten Glück. Das Bild des Invaliden ging mir durch den Sinn und zum ersten Mal fand ich ihn beinahe sympathisch. Der Kerl hatte am Ende einfach Pech gehabt, er war eher unglücklich als bösartig, und ich hatte beinahe Lust, ihm die Hand zu schütteln und einen freundschaftlichen Klaps auf die Schultern zu geben. Unter diesen wundervollen Aussichten war der Nachmittag kurz und zerrann mir unter den Fingern, ohne Spuren zu hinterlassen. Ganz und gar auf den glücklichen Augenblick ausgerichtet, nahm ich eine Dusche, kleidete mich nüchtern in ein weißes Hemd, eine saubere Samthose und einen leichten Pulli, putzte meine Schuhe und, unter den Augen meiner Zarten und Teuren, rasierte ich mich sorgfältig, pfiff dabei vor mich hin, und parfümierte mir das Gesicht mit einem guten Rasierwasser.

Endlich erschallte die Schiffsglocke und kündigte den Beginn der Silvesternacht an.

»Bist du sicher, daß du nicht aufstehen kannst?« fragte ich meine schneeweiße Dulzinea mit einem scheinheiligen Lächeln.

»Laß mich, geh dich amüsieren.«

»Du wirst mir fehlen, weißt du?«

»Du wirst mich schnell ersetzen«, seufzte sie und fing an zu heulen.

Ich murmelte ein höfliches »Gute Nacht, Liebling« und schloß leise die Tür hinter mir. Jetzt war die Stunde der Prüfung gekommen. So, genug der Andeutungen, jetzt war es Zeit zum Vollzug. Die Kürze der Überfahrt zwang mich, schnell zu handeln. Und ich schwor mir, die Angelegenheit zügig abzuwickeln, überzeugt, das Glück auf meiner Seite zu haben.

Wie dieser fatale Abend begann, mit was für perfider Schönheit! Wie ein Geburtstagskuchen erleuchtet, die Decks von Musik und Gelächter widerhallend, feierte die Truva das neue Jahr zwischen Athen und Istanbul unter einem schwarzen, drohenden Himmel. Das Schiff hatte die ordinäre, frivole Art eines Vergnügungsdampfers angenommen, dessen Aufgabe es ist, Frohsinn und Sorglosigkeit zu verbreiten. Es wirkte wie eine Theaterkulisse auf einer riesigen, flüssigen Bühne. Die Gesichter hellten sich auf, auch die abweisendsten begannen unter dem Blick der anderen plötzlich zu existieren. Die Passagiere, die sich den ganzen Tag zu Tode gelangweilt und in einer Kabine oder an der Bar gegähnt, getrunken oder Karten gespielt hatten, erschienen aufgeputzt und geschniegelt im großen Speisesaal, der zu dem Anlaß in einen girlandengeschmückten Festsaal verwandelt worden war. Eine nervöse Energie, eine kaum kaschierte Ungeduld, aus der das neue Jahr hervorgehen würde, breitete sich über jung und alt. Auf der großen Treppe, die zu den Festlichkeiten führte, wimmelte es von einem ständigen Auf und Ab wie ein Wasserfall über einem

Teich. Durch den Seegang bewegten sich die Reisenden wie Leute, denen der Boden unter den Füßen wegrutscht. Wäre es nicht noch so früh am Abend gewesen, hätte man sie aufgrund ihrer lächerlichen Schaukelei für eine Meute von Betrunkenen auf der Achterbahn halten können. Wegen des stürmischen Wetters hatte die Direktion das traditionelle Festessen durch ein kaltes Büffet ersetzt, das leichter zu servieren war, und die Tische aus dem großen Speisesaal entfernt, um den Tänzern mehr Raum zu gewähren. Ein italienisches Orchester sollte die Abendgesellschaft unterhalten.

Im Saal um mich herum stieg die Erregung und floß in belanglosen, strahlenden Gesprächen über wie Champagner. Die Frauen, in leuchtende oder brave Farben gekleidet – an diesem Abend waren, zumindest bei den Europäerinnen, tiefe Ausschnitte die große Mode – plauderten geräuschvoll. Die Leute kamen und gingen mit kindlichem Gehabe und lächelten sich endlich zu, nachdem sie sich vier Tage lang ignoriert hatten. Alle diese Gespräche und das Geschwätz steigerten die Lautstärke im Raum, bis sie sogar das Tosen des Meeres übertönten.

Ich fand Rebecca, einen Cocktail schlürfend, an der Bar. Sie war schon von einer Meute von Bewunderern umringt, die in allen Sprachen der Welt versuchten, sie zu fesseln. Sie trug schwarze Strümpfe und ein kurzes Kleid aus rosafarbenem Satin mit einem tiefen Rückendekolleté, das ihre honigfarbene Haut sehen ließ. Sie fuchtelte mit einer langen, perlmutternen Zigarettenspitze und lächelte über die Scherze eines schmerbäuchigen Levantiners, den andere Männer durch Grimassen oder laute Bemerkungen zu verdrängen suchten, um die Aufmerksamkeit der Schönen auf sich zu lenken.

Ihre Schönheit an jenem Abend verschlug mir den Atem. Sie saß mit übergeschlagenen Beinen auf dem Barhocker und strahlte eine Art Licht aus, das mich zuerst blendete. Sie erhellte diesen seltsamen Ort, der schon in das Licht von Lampen und Lüstern getaucht war, die sie jedoch spielend in den Schatten stellte. Ihre nach hinten geknoteten Haare legten die mineralische Reinheit ihres Gesichts bloß. Sie verursachte einem beinahe Unbehagen mit der Mauer ihrer Perfektion, die sie zwischen sich und den Lebenden errichtete. An der Zahl der Verehrer, die einen Kreis um sie bildeten, erkannte ich mit einem schmerzhaften Stich ins Herz die Entfernung, die mich noch von der Verwirklichung meiner Wünsche trennte. Ich fürchtete, ihr einfältig und zu zaghaft zu erscheinen, ich fühlte in ihr eine Wollust und eine Intelligenz der Geilheit, die mich einschüchterten. Die Bewegung ihrer hochgewachsenen Gestalt, als sie sich vorbeugte, um einen Riemen ihres Stiefels wieder zu befestigen, die Elastizität ihrer Haltung, die schwindelerregende Gewißheit, daß sie unter diesen Touristen die einzig Interessante war, überrollten mich. Ich bewegte mich mit der schlafwandlersichen Langsamkeit von jemandem auf sie zu, der von einem wundervollen Gegenstand hypnotisiert wird, dessen Reichtum er nie auskosten können wird. Kaum hatte sie mich entdeckt, drängte sie den Kreis ihrer Galane zurück und schenkte mir ein kokettes Lächeln, mit dem man einen schüchternen Verehrer ermutigt.

»Komm her, Didier, spendier mir einen Drink. Bist du allein?«

Ich berichtete ihr von Béatrices Übelkeit, und Rebecca schien sich insgeheim über ihre Abwesenheit zu freuen. Diese sofortige Komplizenhaftigkeit entzückte mich. Leider prallte mein Glück auf die Kälte der anderen Konkurrenten, die mich feindselig musterten. Das Festgefühl, die zahlreichen Anbeter, die unsere Unterhaltung unterbrechen kamen, um irgendwelche Belanglosigkeiten von sich zu geben, konnten meinen Unternehmungen nur hinderlich sein. Umgeben von schwatzenden Leuten, die mir das Trommelfell bersten ließen, strebte ich nach irgendeinem diskreteren Fleckchen und schlug Rebecca vor, einen Spaziergang zu machen.

»Einverstanden. Laß uns Franz holen gehen. Du kannst mir helfen, ihn zu transportieren.«

Sie spaltete die Menge selbstsicher und mit einer köstlichen Kühnheit. Ich bewunderte die Gelassenheit dieser Frau, die sich nur halbnackt zeigte, um die zu gewagten Begierden besser abwehren zu können. In dem eng anliegenden rosa Satin und den schwarzen Strümpfen war sie anstößiger als wenn sie gar nichts angehabt hätte. Und es war nicht ein schwülstiges, ordinäres Zuckerbäckerrosa, sondern ein exquisiter Farbton, das Rosa einer kostbaren und reichhaltig gefüllten Pralinendose.

Es waren nur fünf Minuten zwischen dem Saal und der ersten Klasse, aber diese Minuten waren wesentlich. Jetzt oder nie war die Gelegenheit, mich fern von den Neugierigen an Rebecca heranzumachen. So mutig ich auch gewesen war, kaum sah ich, daß ich nicht mehr lange mit ihr allein im Korridor sein würde, packte mich die Angst, und ich fing an zu zittern. Ich gehöre nicht zu jener Spezies, die man Schürzenjäger nennt. Ich tauge weder zu Kühnheit noch zu Schlagfertigkeit, die Angst macht mir den ersten Schritt furchtbar schwer. Ich schreibe den einfachen Dingen viel mehr Bedeutung zu als die meisten Leute, und außerdem betrachte ich die Kränkung, abgewiesen zu werden, als die grausamste, die es gibt. Auf mich selbst gestellt, ohne die Unterstützung irgendeines Aufputschmittels, wichen alle die Gelüste, die mich bewegten, der Unentschlossenheit einer Adoleszenz, die trotz meines Alters noch nicht überwunden war. Ich streckte die Hand aus, um nach ihrer zu greifen, doch ich zog sie wieder zurück. Ich wagte es nicht. Sie zu berühren, eine Nichtigkeit, konnte nur jemandem beängstigend erscheinen, der so wenig abgebrüht war wie ich. Dieses Zusammensein an einem einsamen Ort machte mir eine Gänsehaut. Glücklicherweise schleuderte mich ein Rucken des Dampfers gegen sie; mit dem unüberlegten Mut des Schüchternen packte ich sie um die Taille und drückte meinen Mund auf ihre Lippen. Ich dachte, es würde einen Kampf geben, einen Widerstand mit anschließendem Nachgeben, doch weit davon, sich zu wehren, stellte sie sich in meinen Armen tot und ließ ihre Arme seitlich herunterhängen. Ihr Einverständnis erschütterte mich mehr als eine klare Weigerung. Küß mich, wenn du willst, schien sie zu sagen, ich bin woanders, ich erdulde geduldig deine Versuche. Also küßte ich überglücklich ihre nackten Schultern und murmelte ihr zu:

»Ich fürchte, ich habe mich in dich verliebt. Und das ist nicht gerade das Beste, was mir passieren konnte. Ich bin seit einigen Tagen in unmöglicher Verfassung.«

Sie sagte zuerst nichts und hatte eine Hand auf meine Brust gelegt, doch dann befreite sie sich plötzlich und stieß mich ärgerlich zurück.

»Hör auf, Didier, du sabberst auf mein Kleid und machst es schmutzig.«

Ich war enttäuscht, doch mit einer Überschwenglichkeit, die ich heute närrisch finde, fügte ich hinzu:

»Und ich kenne nichts, was so erfrischend wäre wie deine Lippen.«

Sie prustete vor Lachen.

»Du klingst wie eine Zahnpastareklame!«

Betroffen von diesem Kommentar folgte ich ihr wie ein geprügelter Hund bis zu der Kabine von Franz. Ich war wütend, daß ich nicht die passenden Antworten gefunden hatte, und aufs neue unsicher über ihre Absichten. Wenn sie mich wollte, warum sagte sie es dann nicht? Wenn sie mich nicht wollte, warum dann diese Begeisterung, sobald sie mich sah? Aber an jenem Abend fand ich mich nicht damit ab, daß sie mir entwischte, selbst wenn ich mit ihrem unberechenbaren Charakter zurechtkommen mußte. Vielleicht hatte ich einfach nicht lange genug gewartet, die Frist nicht respektiert. Sie setzte nur ein bißchen Abwehr ein, um mein Begehren besser zu entflammen.

Franz sah nicht gut aus. In sich zusammengesunken hockte er wie eine Sphinx in seinen kleinen Stuhl gezwängt und wirkte erschlagen. Seine beinahe bläuliche Blässe verriet große Erschöpfung. Er begrüßte mich nicht einmal, so absorbiert war er von Rebecca.

»Wir kommen dich abholen«, sagte sie. »Mach dich fertig.«

Der Invalide zog ein langes Gesicht.
»Bleib hier«, flehte er, »laß uns nicht hingehen.«
Sie tätschelte ihm die Wangen.
»Sei nicht kindisch.«
Ich glaubte, der Gegenstand zu sein, der diese Frau von ihrem Mann abwendete, und senkte geniert den Kopf. Ich konnte nicht umhin, die toten Beine des Behinderten zu betrachten, die in einer dünnen Flanellhose steckten. Dann wanderte mein Blick bis zu seinem Gesicht hinauf, in dem das Flehen gegen die Panik kämpfte. Ich hatte Mitleid mit diesem Mann, der in sich die Ermüdung all der Hiebe trug, die ihn mit seiner Frau verstrickt hatten. Ein Krampf verzerrte seinen Mund zu einem tückischen Lachen. In seiner Angst konnte er nur wiederholen:
»Bleib hier, bleib, bleib.«
»Sei still, fang nicht wieder mit deinem Zirkus an.«
Sie entkleidete den Invaliden und zog ihm ein Hemd über. Er ließ es sich gehorsam gefallen. Sein Torso war mager und disproportioniert im Verhältnis zu seinen muskulösen Armen, und ich schreckte vor diesem schmalen Schild mit einem Wappen aus blondem Körperhaar zurück.
Plötzlich hörte der Kranke, dessen Appetit auf den jungen Körper, der vor ihm stand, erwacht war, mit seinem Gejammer auf und begann, daran herumzutasten und ihn schamlos zu befummeln. Rebecca ließ es sich gefallen. Diese Passivität entsetzte mich, wenn auch weniger als das, was dann kam.
Franz hatte Rebeccas Kleid bis über die halbe Hüfte hochgehoben, ihre Strumpfhose bis zum Schenkelansatz heruntergestreift und eine geschlitzte, weiße Unterhose mit einem Kettchen darüber freigelegt. Ich dachte, ich träume. Dieser Striptease vor meiner Nase verdarb alles. Ich schloß die Augen und macht sie wieder auf. Ein dunkler Schimmer unter dem Stoff ließ einen üppigen Busch ahnen. Der Invalide bearbeitete ihn fieberhaft mit dem Mund und knetete gleichzeitig die Hinterbacken seiner Gattin mit den Händen. Ich hätte in dem Augenblick hinausgehen müssen, aber ich war von der Schamlosigkeit dieses Individuums, dessen

Finger sich gleich schleimigen, unanständigen Wegschnekken in ihr Fleisch gruben, wie hypnotisiert. Rebecca, eine Zigarette im Mund, ließ es sich ohne zu murren gefallen und kämmte gleichzeitig das schüttere Haar ihres Gatten. Man hätte meinen können, eine liebenswürdige Mutter, die ihr Kind herausputzt. So viel Vertraulichkeit ekelte mich an. Wer war ich denn, daß sie sich so vor mir preisgab? Nicht mehr als ein Sklave vor seiner Königin. Diese Abweichung von den üblichen Regeln des Verführens war ganz und gar nicht nach meinem Geschmack. Durch das Aufdrängen ihrer Nacktheit, hatte sie die Erregung zerstört, und wenn sie mich noch aufreizen wollte, mußte sie sich wieder anziehen. Ganz in seine schlüpfrige Tätigkeit vertieft, tätschelte Franz sie und lutschte an ihr mit der Gier eines Säuglings, und der Gegensatz zwischen diesem halbkahlen Schädel und diesem Mund, der um Wollust bettelte, widerte mich an. Rebecca fixierte mich prahlerisch.

»Du bist völlig versteinert, weil du deine Fata Morgana in Fleisch und Blut vor dir hast, was? Willst du vielleicht auch dein Teil? Dann hast du nachher Ruhe.«

Sie befreite sich aus der Umarmung ihres Mannes und kam auf mich zu, wobei sie ihr Kleid mit beiden Händen in die Höhe hielt.

»Nein, nicht so«, rief ich aus, ehe sie nahgekommen war.

»Na so was, er gibt sich wählerisch! Und dabei ist es doch genau das, wofür du die ganze Zeit um mich herumscharwenzelst.«

Ich verlor vollständig das Gleichgewicht und stammelte: »Warum machst du dich über mich lustig?«

»Was? Ich biete dir an, was jeder an Bord zu berühren träumt, und du spielst den Vornehmen.«

»Verstehst du denn nicht«, mischte Franz sich ein, »daß dieser junge Mann am Protokoll festhält. Du hast sein Ritual durcheinandergebracht, das hat ihn in Panik versetzt.«

»Pech für ihn!«

Sie ließ ihr Kleid los, zog die Strumpfhose wieder hoch und ging sich vor einem Spiegel kämmen. Wütend über meinen Mangel an Schlagfertigkeit, und in dem Bewußtsein, daß ich in den Augen dieses durchtriebenen Paares als jungfräulich und unerfahren dastand, verfluchte ich mich innerlich.

»Beeil dich, Franz, ich höre schon das Orchester spielen.«
Der Behinderte, der sich seine Jacke zuknöpfte, betrachtete mich mit einem hämischen Lächeln.

»Wirklich, Didier, Sie haben ein Geschick, sie kapitulieren zu machen! An Stelle von Béatrice würde ich deswegen die ganze Nacht nicht schlafen.«

»Laß ihn«, sagte Rebecca und versteckte nur schlecht, daß sie lachen mußte. »Du hemmst ihn nur noch mehr.«

Ich beobachtete sie alle beide und entdeckte, daß sie miteinander verknüpft waren wie die Maschen eines Netzes, aus dem ich ausgeschlossen war. Ein finsterer Pakt aus Laster und Blut schweißte sie zusammen, trotz ihrer Feindseligkeit, wie die zwei Schneideblätter einer Schere. Und ich hatte naiv gehofft, einen kleinen Platz als Dritter in ihrer teuflischen Intimität zu finden! Aber ich schob die ganze Verantwortung für Rebeccas Sarkasmen auf Franz. Die gegenwärtigen Umstände erlaubten es mir, meine Ressentiments zu besänftigen.

Das Schiff, wie gesagt, wurde schwer geschaukelt. Als wir auf dem Korridor waren, wurde es sehr schwierig, den Rollstuhl zu steuern. Eine böse Idee packte mich. Ich ließ den Lenker los. Das Schiff tauchte gerade in ein Wellental. Der Rollstuhl rollte nach vorn, stieß gegen eine Tür und rollte wieder zurück. Es war ein Wunder, daß der Behinderte nicht herausfiel.

»Paßt doch auf!« schrie er.

Ich verschränkte die Arme und ließ ihn an mir vorbeirollen, ohne ihn aufzuhalten. Rebecca ging sofort auf das Spiel ein und schickte ihn zu mir zurück. Franz stöhnte. Sein Fahrgerät prallte bei jeder Bewegung des Dampfers mal rechts, mal links gegen die Wände, immer kurz davor umzukippen, und wir spielten ihn uns gegenseitig zu wie einen Ball, wobei es darauf ankam, das Gleichgewicht nicht zu verlieren. Franz versuchte, seinen Stuhl unter Kontrolle zu bekommen, indem er mit den Händen die äußere Felge zu bremsen versuchte, aber die Neigung des Ganges und unser kräftiges Anstoßen waren stärker als er. Als er begriff, daß wir mit ihm spielten, trübten sich seine Pupillen vor Entsetzen wie schlammiges Wasser. Ich weiß nicht, welche Grausamkeit von diesem Paar auf mich übergegangen war, aber ich genoß es, den Krüppel gegen seine Angst kämpfen zu sehen. Hatte er mir diese böse Tat nicht eingeflüstert? War ich seiner Botschaft nicht treu, indem ich ihn folterte? Und Rebecca lachte, lachte die ganze Zeit, und ihre Billigung war mir wichtiger als alles andere. Ich hätte alles getan, um ihr zu gefallen. Wir hätten Franz verletzen, wenn nicht gar töten können. Ich kümmerte mich nicht darum. Er verfiel immer mehr und hatte das weiße, hohle, verzerrte Gesicht von jemandem, der unter fürchterlichen Schmerzen leidet. Er zitterte am ganzen Körper und selbst seine toten Gliedmaßen schienen von dem Terror gepackt. Er wandte uns sein aschfahles Gesicht zu und stammelte abgehackt:

»Hör auf, Rebecca, ich flehe dich an.«

Das also war dieser kleine Haufen Unrat, der mich beleidigt hatte, ein beinloser Krüppel, der wie ein Weib jammerte. Und ich sagte mir mit arglistiger Freude: Dir werde ich den Spaß an der Ironie verderben, du wirst deine Bemerkungen sehr teuer bezahlen müssen. Das junge Mädchen wurde von einem Lachkrampf geschüttelt und lehnte sich an die Wand, um wieder zu Atem zu kommen.

»Oh! Das ist zu komisch. Wenn du dein Gesicht sehen würdest, Franz!«

Der Arme hielt sich die Hand vor die Augen, um nichts mehr zu sehen, und stieß Seufzer der Wut aus, die seinen ganzen Brustkasten anhoben. Zorn, Haß, Verzweiflung und Angst stritten in ihm. In dem Wissen, uns ausgeliefert zu sein, hatte der ganze Horror seiner früheren Qualen wieder Besitz von ihm genommen. Er hatte keine Lippen mehr, so weiß waren sie, zwei Löcher durchbohrten seine Wangen,

sein leeres, schlaffes Gesicht gab ihm das Aussehen eines
verstörten Nachtvogels. Sein Gejammer, das er bis dahin
zurückgehalten hatte, brach nun hervor wie das von Klageweibern bei einer Beerdigung.

»Hilfe«, jaulte er kläglich, »Hilfe!«

Ich genoß es, ihn jammern, sich erniedrigen und wie ein
verachtenswertes Geschöpf gedemütigt zu sehen, doch ein
Matrose tauchte aus einem Gang auf und fragte auf englisch, wer um Hilfe gerufen hätte.

»Es ist nichts«, erklärte Rebecca. »Wir haben meinen
Mann aus Versehen losgelassen, und er hat Angst bekommen.«

Der Matrose bot uns seine Hilfe an. In wenigen Augenblicken hatte Franz seine Fassung wiedergewonnen, doch er
zitterte noch immer und klammerte sich an seinen Stuhl,
aus Angst, er könnte das Gleichgewicht verlieren.

»Das war nicht nett, Didier, was Sie da getan haben.«

»Es war doch nur Spaß und ohne jede Gefahr.«

»Trotzdem, Sie haben Freude daran gehabt, böse zu mir zu
sein, als ob ich Ihnen je etwas angetan hätte.«

Leicht beschämt zuckte ich mit den Achseln. Mir fiel
plötzlich auf, daß ich diesen Mann, der mein Alter hatte,
auch wenn er gut zehn Jahre älter aussah, seit vier Tagen
siezte; das Du war zwischen uns undenkbar.

Im Speisesaal war das Fest schon in vollem Gange. Nach
unserer Intimität zu dritt, betäubte mich das Zusammentreffen mit dem geräuschvollen Volk der Nachtschwärmer;
es waren ungezählte Stimmen, Gelächter, das fröhliche,
anonyme Stimmgewirr einer Menschenmenge, der man die
Erlaubnis erteilt hat, sich zu amüsieren, und die sich mit
Alkohol, Krach und Musik aufputschte. Und dieses Getöse wurde vom Vibrato der elektrischen Gitarren, mit einer
aggressiven Anlage verstärkt, noch übertönt. Das Orchester
spielte mehr oder weniger gelungen ein internationales Repertoire, überwiegend große amerikanische und englische
Kompositionen der Rock- und Popmusik. Die gedrängten
Leiber absorbierten in großen Zügen den Schweiß, der in

dem Saal schwebte. Das unaufhörliche Kommen und Gehen zwischem dem Saal, der Bar und den Toiletten verursachte immer wieder Verkehrsstaus.

Sobald Rebecca ihren Mann in einer Ecke in der Nähe des Buffets abgestellt hatte, begann sie, von Paar zu Paar zu flattern und jeden Mann und jeden Jüngling zu küssen, wie ein großer, pickender Vogel. Mit jeder Bewegung machte sie auf sich aufmerksam, erzeugte einen Lichthof um sich, der die Zuschauer verhexte: Die Augen landeten auf ihr wie Wespen, ohne sie zu stechen und noch weniger zu erschrecken. In zärtliche und sehnsüchtige Blicke gehüllt war sie die Königin mit einem Narren in einem kleinen Rollstuhl und herrschte über ein Königreich von der Größe eines Speisesaals, bevölkert mit 50 Untertanen. Wie gut sie die harten Prüfungen überwunden und ihre Würde zurückerobert hatte! Sie fing an zu tanzen. Man hätte meinen können, daß daraufhin ein unsichtbarer Faden sämtliche Augen auf die Tanzfläche gezogen hätte. Ich war nicht der einzige, der unter dem Zauber dieser Teufelin stand, die mit einer kleinen Bewegung ihres Beckens Begehrlichkeit erweckte. Eine tiefe Heiterkeit erhellte ihr Gesicht, die ehrliche Freude, sich bewundert zu wissen, und sie verteilte ihr Lächeln aus so großer Entfernung, daß man es zu erwidern wagte. Obgleich ich unter ihrem Zauber stand, war ich über diese magnetische Anziehungskraft erbost, weil ich mir sagte, daß ich sie nicht zurückerobern konnte, solange sie sich an der öffentlichen Verehrung berauschte; mich zu belohnen wäre für sie ein Verlust, eine Einbuße. Dennoch fühlte ich mich bereit, alles zu schlucken, um sie zu haben. Ich machte es mir beinahe zur Ehrensache, nahm ihr diese Fallen, diese Fußangeln nicht übel, die mein Verlangen eher anheizten, statt es zu löschen. Im Grunde gefiel mir diese köstliche Hölle, die ich nie gekannt hatte und die eine andere Natur in mir aufdeckte. Ich liebte Béatrice, die mich so akzeptierte, wie ich war, nicht mehr, und ich begehrte Rebecca, die nichts von mir wissen wollte.

Ich trank ein großes Glas Whisky, schüttelte zerstreut ein

paar freundschaftlich ausgestreckte Hände und machte mich auf. Eine unsichtbare Kraft drängte mich auf die wogende, bunt gemischte Tanzfläche, und die Musik – ein berühmtes Rythm-and-Blues-Stück der sechziger Jahre – juckte mir in den Beinen. Ich stürzte mich unbekümmert in das farbige Gewühl aus Seeleuten, haarigen Nordländern, sonnengebräunten oder blassen Orientalen, die sich so schlaksig und frei bewegten, daß ihre Tolpatschigkeit mir Mut machte: Immerhin tanzte ich nicht schlechter als sie. Ich lächelte Pärchen zu, sprach mit zwei kleinen Mädchen, die zusammen tanzten, und fühlte mich wohl. Und unmerklich bahnte ich mir einen Weg durch diesen Wald aus Leibern und näherte mich Rebecca.

»Huhuh, Travolta, man stürzt sich ins Abenteuer?«

Ich lächelte einfältig. Ich brachte es fertig, diese Stichelei als Kompliment zu nehmen! Und plötzlich, ihr direkt gegenüber, kam ich mir lächerlich vor. Unsere beiden Silhouetten so nah beieinander, daß wir beinahe ein Paar bildeten, mußten ein seltsames Bild abgeben, das zum Lachen reizte. Ihre einschüchternde Pracht wurde durch meine Tölpelhaftigkeit noch verstärkt. Als linkische, verklemmte Imitation versuchte ich, an der Seite des Balletts ihrer Füße, die über den Boden hüpften, meine mittelmäßige Persönlichkeit einzubringen. Ich bereute es, statt des tristen Literaturstudiums nicht tanzen gelernt zu haben. Tanz, Pop, Disco gehörten zu einer Welt, aus der Béatrice und ich uns sorgfältig ferngehalten hatten, weil wir sie für vergänglich und vor allem für zu ordinär gehalten hatten. Wir hörten nur klassische Musik, in letzter Zeit vor allem italienische Opern, und betrachteten die Unterhaltungsmusik als unwesentlich. Und jetzt erwies sich dieses vorschnell verachtete Universum als das einzig wertvolle. Ich gab mir zwar Mühe, eine lockere Selbstverständlichkeit vorzutäuschen, und komplizierte Akkorde zwischen Knien und Waden zu stricken, doch ich war geniert. Und ich fühlte mich beobachtet, inspiziert und von Kopf bis Fuß beurteilt. Um die Schwierigkeiten noch zu steigern, brach Rebecca bei meinem Anblick in schallendes Gelächter aus, dessen Unmittelbarkeit mich rasend machte.

»Du machst mein Zwerchfall zittern, mit deiner Art zu tanzen. Du watschelst wie der Bär Baloo in Walt Disneys Dschungelbuch.«

Ich demonstrierte phlegmatische Geringschätzung, doch meine Enttäuschung mußte in meinen Zügen eindeutig ablesbar gewesen sein. Meine Beine wurden steif, während Rebecca behende Drehungen um sich selbst vollzog, dann wiederkam und für jedermanns Augen demonstrierte, daß sie mit mir zusammen war, ohne es wirklich zu sein, eine zufällige Partnerschaft, nicht eine gewählte.

»Schau mal, sogar Franz amüsiert sich über uns.«

Ich drehte mich um und entdeckte durch eine Lücke in der Menge den Invaliden, der uns mit leuchtendem Gesicht Zeichen machte, sich auf den Bauch schlug und dann Marcello und Tiwari, die bei ihm waren, mit dem Finger auf mich aufmerksam machte. Diese Geste heimlichen Einverständnisses sträubte mir die Haare. Mit einem einzigen Blick konnte der Behinderte die ganze Piste überschauen, und trotz der Mauer aus wogenden Leibern war ich ihm ausgeliefert. Versteinert von dem Blick dieser bekannten Augen, die mich musterten, schlug ich Rebecca vor, ihr ein Getränk zu holen. Franz, dem keine meiner Bewegungen entging, holte mich an der Bar ein, wo er mir selbst ein großes Glas Gin eingoß. Ich hatte das Gefühl, er sei aufgeladen wie ein Gewehr, bereit, Schmähungen und Sarkasmen abzuschießen.

»Didier, Sie haben den Rhythmus in den Prothesen.«

»Ich habe nie behauptet, daß ich tanzen könnte.«

»Jedenfalls tut das ihren Chancen bei Rebecca keinen Abbruch.«

Die Beleidigung traf mich heftig.

»Armer Franz, ohne Verleumdungen können Sie wohl keine Unterhaltung durchstehen.«

Ohne das Glas entgegenzunehmen, das er mir hinhielt, ließ ich ihn dort sitzen und tauchte wieder ins Gewühl. Das

Orchester begann eine Serie von Slows. Die Paare näherten und entfernten sich. Manche begannen zu flirten, ich hörte das Rascheln ihrer Hände, ihr ersticktes Kichern. Ohne zu zögern, lud ich Rebecca ein, die annahm. Sie drückte sich an mich und legte mir die Arme wie einen Schal aus heißem, pulsierendem Fleisch um den Hals. Sie sah mich so freundlich an, daß ich überzeugt war, sehr bald die Früchte meiner Geduld ernten zukönnen. Ihr fester Busen ruhte köstlich an meiner Brust, ihre Haare berührten meine Wange, und sie rieb mit einem lustvoll sinnlichen Lächeln ihren Bauch sanft an mir. Sie scherte sich nicht mehr darum, in diesem Zustand zärtlicher Hingabe gesehen zu werden, die Umarmung machte unsere Verbindung offiziell. Ich drückte mich an sie, keuchend und berauscht, sog inbrünstig ihren Atem ein. Alles an diesem wundervollen Mädchen war Grazie, Köstlichkeit, Überraschung, selbst der Schweiß, der auf ihrem Nacken perlte, war wohlriechend. Ich sah niemanden und hörte nichts als das Schlagen meines Herzens, das ein Echo zu dem verstärkten Trommeln der Bässe und dem Hämmern von Hunderten von Füßen auf dem Boden war. Sie drückte mich fest an sich und summte leise die Melodie des Liedes mit, das ich natürlich nicht kannte. Unter meinen Händen erstreckte sich ihr nackter, muskulöser Rücken, und ich trieb die Kühnheit so weit, meine Finger darauf herumspazieren zu lassen. Wenn sie sich diese Vertraulichkeit gefallen läßt, wird sie auch allem anderen zustimmen, sagte ich mir. Sie akzeptierte. Mit der Flüssigkeit von Wasser ließ sie sich gehen und stellte den Kontakt mit ihrem ganzen Körper her. Mein Daumen strich am Rand ihres Schulterblatts entlang und meine andere Hand ruhte auf ihrer schmalen, geschmeidigen Taille, die keinen Widerstand leistete. Meine feuchte Handfläche näherte sich dem Ansatz ihres großartigen Gesäßes. Wenige Millimeter von meinen Fingern erstreckte sich der majestätische Angelpunkt der Welt, dort ruhte die Wahrheit, auf diesem erhabenen Thron, und nicht in den übervölkerten Städten Asiens oder Chinas.

Wie verzaubert ich war, bereit, ein mageres Almosen zu erbetteln, das sich in meiner entflammten Vorstellungskraft wie ein Festmahl darstellte. Alles, was Franz mir erzählt hatte, kam mir wie ein Schwindelanfall, eine köstliche Versuchung, wieder in den Sinn. Ich stellte mir schon ihre glatte, körnige Haut vor, ihren Bauch, der abrupt die zarte Wunde freilegt, die flüssige, wilde Umarmung, eine täuschende Enge, die in eine Weite führte, in der es süß und bitter wäre, mich zu verlieren. Ich flüsterte ihr Albernheiten ins Ohr, sie lachte und warf dabei den Kopf zurück. Hatte vielleicht der Alkohol sie berauscht, und ließ ihr meine Sätze pikant erscheinen, auch wenn sie es nicht waren? Ich küßte ihren Hals und ihre Schultern; dieser Kuß ließ mir die Beine weich werden, die Nachricht verbreitete sich von Nerv zu Nerv in meinem ganzen Körper. Ich verlor nun sämtliches Schamgefühl und erinnerte mich einer Praktik aus meiner Jugend. Ich ließ meine Wange langsam über die ihre streichen und versuchte, durch eine leichte Neigung ihren Mund zu erwischen. Sie schreckte zurück.

»Was nimmst du dir da für seltsame Freiheiten heraus?«

Ihre Augen durchdrangen mich wie Stahlklingen, und ich konnte keinen Schimmer von Zärtlichkeit oder Nachsicht darin entdecken.

»Schämst du dich nicht, vor meinem Ehemann?«

Diese Worte ließen mich erstarren, und ich stammelte: »Aber... aber Franz zählt doch nicht.«

Sie setzte ein verächtliches Lächeln auf und ließ mich spüren, wie wenig ihr meine Absichten bedeuteten.

»Für wen hältst du uns eigentlich? Wir sind verheiratet, stell dir mal vor, und wir leben nicht im Konkubinat!«

Sie löste ihre Umarmung und ließ ihren Arm in einer Geste ungeheurer Langeweile seitlich herunterhängen. Ich war fassungslos über ihre Scheinheiligkeit und unglücklich, daß mir nichts Originelles einfiel, das ich ihr erwidern könnte.

»Welche Idiotin, diese Béatrice«, fauchte sie.

Dieser Satz war eine Brücke, die sie mir schlug, um mich

zu versöhnen. Ich war so glücklich, ein Gesprächsthema gefunden zu haben, daß ich mich in die Verleumdung stürzte. Koste es, was es wolle, meine Gefährtin schlecht zu machen: Ich tat es in gemeiner Weise und ersparte ihr nicht ein beleidigendes Attribut.

»Du hast mich falsch verstanden«, berichtigte mich meine Partnerin. »Ich wollte sagen: Welche Idiotin, diese Béatrice, daß sie dich liebt und erträgt!«

Ein Schauder ließ mich erstarren, es war zu spät, meinen Irrtum wiedergutzumachen, also spottete ich:

»Ich kann ja nichts dafür, daß sie seekrank ist.«

»Und während sie leidend im Bett liegt und an dich denkt, hast du nichts Besseres zu tun, als sie schlecht zu machen.«

Entgegnungen, Zitate aus der Literatur kamen mir in den Sinn, ohne daß ich sie passend gefunden hätte, und ich war nicht fähig, selber welche zu erfinden. In den Fängen einer mysteriösen Nervosität brachte ich als letzten Ausweg hervor:

»Hör auf, Rebecca, ich liebe dich.«

»Ich sehe mit Freuden, daß du Sinn für Humor hast, du versuchst auch wirklich alles. Aber du müßtest wissen, daß man schon lange nicht mehr verführt, indem man sagt: Ich liebe dich. Laß dir was anderes einfallen.«

»Aber es ist die Wahrheit.«

»Nicht doch, ich bin für dich nichts als ein Spielzeug für die Dauer einer langweiligen Seereise.«

Jeder kennt das unangenehme Gefühl, das uns durchfährt, wenn jemand, der einem lieb ist, uns genau dessen anklagt, womit er uns treffen wird, das heißt unserem Vorwurf zuvorkommt und ihn gegen uns kehrt. Ich wußte, daß sie log, und dieser Trick erschien mir unser nicht würdig. Ich war angeekelt von dem eisigen Ton und eingeschüchtert von ihren Worten, und ich sagte:

»Hör auf, dich auf mich zu projizieren.«

»Mein Gott, was für eine Klette! Entschuldige, ich bin schwanger, ich muß mich setzen.«

»Schwanger? Seit wann?«

»Seit einer halben Stunde natürlich, seit du mich auf dem Flur geküßt hast.«

Verärgert verließ sie die Tanzfläche, ihren Charme hatte sie abrupt abgestellt. Ich folgte ihr wie ein begossener Pudel mit gesenktem Kopf und wagte noch nicht zu glauben, so schnell in Ungnade gefallen zu sein. Als wolle sie mein Unglück noch vergrößern, setzte sie sich neben Franz. Der Invalide war betrunken, eher hingelümmelt als sitzend drehte er sein alkoholisiertes Maul mal nach rechts, mal nach links, hielt eine Flasche Whisky mit ausgestrecktem Arm vor sich und erleichterte seine Überspanntheit mit dreckigen Sprüchen. Sein schmutziges Haar klebte an seiner schweißnassen Stirn.

»Ach, da ist ja unser unwiderstehlicher Frauenheld wieder! Nun, klappt es?«

Ich wollte ihm nicht antworten, und als Gipfel meiner Demütigung sah ich Rebecca über die Gemeinheiten ihres Mannes kichern. Ich war voll von dieser bleiernen Traurigkeit, die den Verlust eines Gutes begleitet, das man zu greifen geglaubt hat und das einem entwischt ist. Nichts kann den Kummer so steigern wie falsche Sympathie. In wenigen Minuten hatte Rebecca Tage geduldigen Wartens und irrer Hoffnungen weggefegt.

»Hör auf, mich so anzustarren«, sagte meine Peinigerin, »du verschlingst mich noch mit deinen runden Augen.«

»Ich habe dich enttäuscht, nicht wahr?«

»Aber nein, ich mag Männer, die versagen, das bringt sie mir näher.«

Da mir Reden weniger abträglich erschien als Schweigen, setzte ich alles auf eine Karte und hielt ihr in zerhacktem Kauderwelsch einen konfusen Vortrag über Indien und seine Zauberer, die Zusammenfassung eines Artikels, den ich vor zwei Tagen gelesen hatte. Ich sprach leise, damit Franz mich nicht hörte. Sie lauschte schweigend, ihr Blick war auf die Zigarettenasche fixiert, die zwischen ihren Fingern immer länger wurde, und sie biß sich von innen auf die Lippen, um sich am Gähnen zu hindern. Diese neuen Beweise ihrer Gleichgültigkeit brachen mir endgültig das Herz. Die Anwärter von vorhin, die voller Ironie meine Niederlage feststellten, näherten sich wieder wie dicke, vor Eitelkeit summende Hummeln. Und als ziehe ein Unglück das andere an, setzte Marcello sich neben uns. Ich war plötzlich eingeschüchtert und schwieg. Das war ein schwerwiegender Fehler. Als er uns stumm da sitzen sah, lud er Rebecca sofort zum Tanzen ein.

Jeder hätte unter diesen Umständen das gleiche empfunden wie ich: das Gefühl von jäher Einsamkeit. Die Serie der Disco-Hits hatte wieder angefangen. Ich war baff, daß dieser neapolitanische Guru, den ich ausschließlich seinen Yogaposen verschrieben geglaubt hatte, mit teuflischer Geschmeidigkeit tanzen konnte. Seit Beginn des Abends hatte ich befürchtet, daß ein Unfall mir die Versprochene rauben würde, und der war jetzt passiert. Bitterer Neid fiel mir tropfenweise auf die Schultern und verdarb mir jegliche Freude. An meinem Unglück konnte ich ermessen, welches Glück mein Rivale empfinden mußte, der mein ganzes Gegenteil zu sein schien, das heißt selbstsicher, lachend, groß und schlank. Rebecca schenkte ihm vielversprechende Blicke, die mich schmerzten. Zwischen ihnen entstand eine Komplizität, die zwischen mir und ihr nie entstanden war. Das bißchen Aufmerksamkeit, das sie mir zukommen ließ, bestätigte meine Befürchtungen. Sie beugten sich einer über den anderen, um sich zu berühren, drehten sich um, prallten mit dem Rücken aneinander, und ich wartete auf den Augenblick, wo sie sich küssen würden. Ich hatte natürlich nicht so viel Originalität in meinen Verrenkungen bewiesen; wenn man sich zu solcher Vulgarität herablassen mußte, um zu gefallen, zog ich Abstinenz vor. Der Tanz ist ein Feld ohne Gesetz, doch die Polizei wird durch den Blick von jedem auf alle ersetzt. Die geringste Steifheit ist eine Sünde für das Auge, ein unverzeihlicher Fehler in einer Kunst, die ganz und gar der Oberfläche und dem Anschein geweiht ist. Dies so grausame Schauspiel zerstörte meine Hoffnungen endgültig und ich zog nervös an einer Zigarette.

Ich hätte niemals geglaubt, daß diese Yogi-Imitation ein ernsthafter Konkurrent für mich sein könnte. Warum mußte er in diesem ohnehin schon komplizierten Spiel auch noch zusätzlich auftauchen? »Er wird sie Ihnen vor der Nase wegschnappen«, keifte der Invalide mir direkt ins Gesicht.

Er war schon ernsthaft beschwipst.

»Diese Betörerin hat Sie völlig in ihrem Bann. Ich hatte Sie gewarnt. Schauen Sie nicht so drein wie ein gebratener Hering. Sie unterstellen ihr extravagante poetische Qualitäten, während ihr einziges Vergnügen darin besteht, die Männer verrückt zu machen; vergessen Sie nie, daß sie die gedemütigte und schwindelerregend undurchschaubare Frau der unglücklichen Jahre geblieben ist. Sie ist eine Nervensäge, weiter nichts.«

Er setzte ein ganz besonders giftiges Lächeln auf; wie er sich freute, die ewige, tiefe Infamie der Menschen zu konstatieren!

»Lassen Sie mich«, bat ich.

»Meiner Meinung nach ist es sinnlos, daß Sie darauf beharren. Sie sind für sie ein zu kleiner Fisch.«

Ich schluckte einen Fluch herunter. Diesmal hatte er die erlaubten Grenzen überschritten. In mir war alles völlig aus dem Lot, ich verlor die Beherrschung und brüllte ihm ins Gesicht:

»Wenn Sie nicht behindert wären, würde ich Ihnen jetzt meine Faust in die Visage rammen.«

»Keine groben Beleidigungen, beherrschen Sie sich.«

Ich stand auf. Meine Beine trugen mich kaum, sie waren wie aus Gummi, und nach ein paar Schritten mußte ich mich an einer Stuhllehne festhalten, um nicht hinzufallen. Auf der Suche nach einem vollen Glas mit irgendwas, das brannte und betäubte, irrte ich durch den Saal. Da sämtliche Flaschen leer waren – die Leute betranken sich zu Tode, um die letzte Nacht des Jahres zu feiern – stieg ich in die zweite Bar hinunter, die am unteren Ende der Treppe eingerichtet worden war. Ich kippte Schluck um Schluck zwei Gin pur, einen Brandy und einen Rest Cognac herunter. Töricht sann ich nach einer Rache, die ich unter einer Sturmflut aus Alkohol ertränken wollte. Ich stieß eine Tür auf, und plötzlich schlug mir der grollende Atem des Meeres entgegen.

Dichter, schräg einfallender Regen prasselte mir ins Gesicht. Ich tat ein paar Schritte auf das sturmgepeitschte Deck hinaus, siedete und träumte, verloren in einer unbestimmten, gedemütigten Wut. Fetzen von Rockmusik wurden mir vom Wind zugetragen. Das Wetter war scheußlich, ich war in wenigen Sekunden von Kopf bis Fuß durchnäßt. Mein Schaudern verstärkte sich, als ich mich allein in dieser Nußschale sah, die in diese schreckliche Dezembernacht vordrang, in diesen schwarzen, von Polarwinden gepeitschten Kessel. Das Meer schien Löcher zu haben. Das Schiff stürzte in bodenlose Tiefe, richtete sich fast senkrecht wieder auf, den Finger himmelwärts gerichtet, um dann wieder mit der Nase nach unten zu schießen. In meinem Unglück mußte ich wieder an Béatrice denken und fand auch wieder Angenehmes an ihr: Sie war zwar alles andere als perfekt, aber sie liebte mich wenigstens. Besser den Spatz in der Hand als die Taube auf dem Dach. Ich mußte wieder hineingehen. Es war gefährlich, zu lange auf dem glitschigen Deck zu bleiben.

Noch immer verwirrt blieb ich einen Moment auf der Schwelle des großen Saals stehen, der im Rhythmus des Seegangs auf und niederschwankte, und konnte zunächst nur Silhouetten, Luftballons und Luftschlangen in dem gedämpften, bläulichen Licht erkennen. Die Hälfte der Deckenlampen war ausgeschaltet worden, und die Luft, vom Rauch und von Körperausdünstungen geschwängert, wurde immer dicker. Manche Paare küßten sich auf den Mund, andere liebkosten sich ostentativ, während ein Sturm drohte. Zu meiner Erleichterung hatte Marcello Rebecca verlassen, die jetzt allein tanzte. Ich begann wieder Hoffnung zu schöpfen und vergaß gleichzeitig erneut meine legitime Gafährtin Béatrice. In solcher Pracht hatte Rebecca sich noch nie entfaltet. Ihr rätselhaftes Gesicht dominierte alle anderen. Ich sah nur diesen Stern und versuchte auch nicht, die Gefühlswallung zu verstecken, die mich bei ihrem Anblick überkam. Sie atmete schwer, hatte den Kopf nach hinten geworfen, die Augen halb geschlossen, gepackt von der Ekstase einer stigmatisierten Heiligen. Zwei Dutzend Männer und Frauen starrten sie ebenfalls an wie Kinder um einen Weihnachtsbaum. Sie vereinte sämtliche Träume auf sich, die zwischen diesen stählernen Wänden schwebten. Sie hatte ein inneres Legato gefunden, das die brutale, kraftvolle Musik des Orchesters perfekt zum Ausdruck brachte. Auf Zehenspitzen hochgereckt oder zusammengeknickt spielte sie mit ihrem Körper wie auf einem Instrument, das mit den anderen im Einklang stand. Sie besaß die elektrische Kraft und bahnte ihr einen Königsweg mit gewagten Pantomimen. Überrascht, berauscht, verzaubert hatte ich ihr die Koketterie mit Marcello verziehen und überließ mich ganz und gar diesem hinreißenden Schauspiel. Das Zittern ihrer Brüste, die Ekstase ihres Beckens überwältigten mich. Ich war nichts mehr als ein kleines Männchen, verschreckt vor dieser schönen, blutrünstigen und oberflächlichen Panterin, ein Knabe in Ekstase vor einem Star. Ich bewunderte sie mit vor Staunen offenem Mund, als mir eine Hand auf die Schulter tippte.

Es war Béatrice, eine sehr schöne Béatrice, dezent geschminkt in hinreißend engen Jeans. Ich war baß erstaunt, als stünde ein Gespenst vor mir. Wenn das Schiff sich in zwei Teile gespalten hätte, hätte ich nicht verblüffter sein können. Sie hatte übelwollende, zornblitzende Augen. Ich zog den Kopf zwischen die Schultern und senkte den Kopf.

»Erstaunt, mich zu sehen? Oh, ja, die Medikamente des Arztes haben gewirkt. Ich habe mir die ganze Seele leergespuckt und jetzt fühle ich mich großartig. Komm schon, mein Schatz, du brauchst deine Freude nicht zu verbergen; dein teurer Freund Franz war es, der mich von einem Steward hat wecken lassen. Ich habe den Eindruck, daß mein Erscheinen diesem Abend ein wenig Salz hinzufügen wird.«

»Franz? Aber warum hat Franz dich denn geweckt?«

»Er hat mir ausrichten lassen, daß du dich ohne mich langweilen und, um deine Langeweile zu überwinden, seiner Frau den Hof machen würdest. Er hat mich außerdem das Ende eures Gesprächs heute nachmittag in seiner Kabine anhören lassen, das er ohne dein Wissen aufgenommen hatte. Äußerst aufschlußreich.«

Ich brachte ein unartikuliertes Stammeln hervor und blieb dann stumm und bekam keine Luft mehr, als hätte ich einen Schlag in die Magengrube erhalten.

»Er ist ein ziemliches Schwein, dieser Behinderte, aber er hat mir wenigstens die Augen geöffnet.«

»Hör zu, ich habe mich benommen wie ein...«

»Das ist sie ja, deine wunderbare, hübsche Prinzessin, dein Leuchtturm, für die du bereit warst, mich in den Müll zu schmeißen. Sag mal, es sieht nicht aus, als liefe es so gut?«

»Béatrice, ich liebe dich.«

»Das wagst du mir zu sagen! Da, das hier für deine Lüge!«

Sie versetzte mir mit voller Wucht eine Ohrfeige.

Ich hatte den Nordpol verloren, war völlig benommen. Das aufgewühlte Meer harmonisierte mit dem Zorn meiner Geliebten und vergrößerte ihn, ohne daß sie sich dessen überhaupt bewußt war.

»Didier, ich werde offen mit dir sein. Du hast mich enttäuscht. Es gibt Umstände, die einen Menschen besser entlarven als zwei Jahre des Zusammenlebens. Dadurch, daß ich dich ständig gesehen habe, wie du Rebecca begehrt hast, hast du sie auch für mich attraktiv gemacht. Aber ich frage mich, ob wir beide bei ihr die gleichen Chancen haben.«

An ihren geballten Fäusten und ihrer feierlichen Haltung las ich ab, daß sie zu einer ungewöhnlichen Unternehmung entschlossen war. Sie ließ mich dort stehen, mehr tot als lebendig, bahnte sich einen Weg durch die Mauer der Neugierigen, die einen Kreis um die Gattin von Franz gebildet hatten, und fing an, ihr gegenüber zu tanzen. Rebecca empfing sie mit strahlendem Lächeln. In mir entstand ein großes Vakuum, die Vorahnung des Unabänderlichen. Die beiden

Rivalinnen waren zu Komplizinnen geworden. Ich erkannte meine Gefährtin nicht wieder: Diese bescheidene, zurückhaltende Frau war einer gerissenen Abenteurerin gewichen. Die Blonde und die Dunkle, sie waren die lichte Moral des Tages und das Rätsel der Nacht, die sich zusammenfanden, Norden und Süden, die sich gegen mich, der ich versucht hatte, sie zu entzweien, miteinander versöhnten.

Ihre gegensätzliche Schönheit steigerte sich durch ihr Nebeneinander und machte sie zum schönsten Paar des Abends. Diesmal war alles verloren. Als die Zuschauer sahen, wie die beiden sich im Takt wiegten, fingen sie Feuer. Die Musiker des Orchesters pfiffen und der ganze Saal brach unter dem Beifall zusammen. Die beiden Freundinnen entfalteten sich unter dem Applaus wie Blüten in der Sonne, hingerissen zu verhexen, hinreißender noch in ihrem Bestreben, sich gegenseitig zu gefallen. Jeder ihrer Schritte löste Beifall aus, ihre Versöhnung wurde durch dieses Bad in der begeisterten Menge bestärkt. Aber wo hatte Béatrice denn Tanzen gelernt? Bei den wenigen Parties, zu denen wir eingeladen waren, hatte sie Bewegungen von solcher Schüchternheit an den Tag gelegt, daß es an Tolpatschigkeit grenzte. Diese fürchterliche Fröhlichkeit vereiste mir das Herz. Vor Schwindel schwankend suchte ich eine Sitzgelegenheit und ließ mich auf ein Sofa fallen. Ich hatte Lust, mich in ihren Kreis zu stürzen, sie zu trennen, sie zu ohrfeigen, aber die Scham hielt mich zurück. Es gibt einen Moment, wo die Ereignisse aus verschiedenen Richtungen des Horizonts zusammentreffen und die Ausgänge versperren. Mir kam es plötzlich so vor, als flüsterten die Leute hinter meinem Rücken, als redeten sie mit leiser Stimme und schauten mich dabei an. Ich trank zwei oder drei Gläser von irgendwas und merkte nicht, daß ich noch einmal neben Franz gelandet war.

»Sie zittern ja! Haben Sie Angst vor Béatrice? Ich finde die beiden einfach fabelhaft; man sollte immer Vertrauen in die Frauen haben.«

»Warum, warum haben Sie den Kuppler gespielt, wenn

Sie mir nur nachher den Dolch in den Rücken rammen wollten?«

»Nun, mein lieber Freund, Ihrer Begeisterung für meine Frau mangelte es an Adel, sie war sogar reichlich häßlich. Ich mag zwar modern sein, aber ich neige nicht zu dieser Art von Gefälligkeit.«

Ich wäre beinahe in Tränen ausgebrochen. Ich war so vernichtet, daß ich nicht einmal mehr die Kraft hatte, auf Franz böse zu sein, auch wenn er dieses abscheuliche Komplott zum großen Teil angezettelt hatte. Ich konnte ihn nicht lieben und noch weniger bewundern. Aber ich hatte beinahe Lust, ihn in diesem Moment zu Hilfe zu rufen, doch er zeigte sein böses Lächeln, das nichts Gutes verhieß.

»Alle unsere Paarbeziehungen sind zerbrechlich, Didier, und sie können leicht zersplittern, indem sie sich aneinander stoßen. Schmollen Sie nicht, lassen Sie Ihre Vorurteile fallen. Und da unsere Frauen sich so blendend zu verstehen scheinen, feiern wir sie. Sind wir nicht jetzt eine Familie von Brüdern? Machen Sie es wie ich: Ich mache die Liebhaber meiner Frau zu meinen engen Freunden. Mir gelingt es, mich zu erfreuen, wo andere sich büschelweise die Haare ausreißen. Streiten wir uns nicht, Didier, stoßen wir als gute Republikaner an, die alles miteinander teilen.«

Während der Invalide ein zitterndes Glas an seine Lippen hob, verdoppelte der Sturm seine Intensität. Plötzlich neigte sich die Truva um mehr als 30 Grad nach Steuerbord und ein Spiegel zersprang, dessen Splitter bis in die Mitte des Raumes geschleudert wurden. Unter dem Aufprall der Wellen stöhnte das Schiff wie ein erschöpfter Koloß und die ganze hölzerne Ausstattung knirschte und krachte. Riesige Wogen bombardierten den Schiffsrumpf, platzten an den Fenstern des Speisesaals zu Trauben von milchigem Schaum, um dann als Regen aus opalisierenden Blasen niederzugehen. Es entstand ein unerträglicher Radau: Der Dampfer raste schwindelerregende Abhänge hinunter, um sich im nächsten Augenblick auf schäumende Wellenkämme zu heben. Man hätte meinen können, das Mittelmeer versuche seinerseits, zur Rockmusik zu tanzen.

Das Schlagzeug und die Verstärkeranlage kippten auf die Tanzfläche und rutschten bis vor die Füße der Anwesenden. Der Saal hatte sich in eine Bratpfanne verwandelt, und wir wurden in die Luft geworfen wie Pfannkuchen. Die Passagiere hatten aufgehört zu tanzen und klammerten sich an die Säulen oder an die Lehnen der festgeschraubten Sessel und erduldeten stoisch das Unwetter. Der Saal bockte und hüpfte, was ein Debakel der Mägen zufolge hatte. Die Toiletten wurden plötzlich zum Schicksal und zum Ziel einer Mehrheit der Menschen. Barmänner und Stewards beeilten sich, Packpapiertüten zu verteilen. Die bleichen Köpfe tauchten in diese Papierhüte, und mit zuckenden Buckeln entledigten sie sich des Überschusses. Nur Rebecca und Béatrice blieben ruhig inmitten der Panik und fuhren fort, zu imaginären Rhythmen zu tanzen; die entfesselten Fluten gaben ihren Bewegungen eine außergewöhnliche Resonanz. Sie ringelten sich mit unanständigen Verrenkungen umeinander, aufrecht über den wütenden Elementen wie Allegorien der Unordnung.

Der Sturm hatte mich für einen Moment von meinem Kummer abgelenkt, doch sobald eine ruhige, effiziente Organisation die Ordnung an Bord wiederhergestellt hatte – zwei Matrosen hielten den Rollstuhl von Franz fest –, versank ich wieder in Melancholie. So wie das Schiff hatte auch ich Kurs auf den Boden des Abgrunds eingeschlagen. Meine Gefühle hatten sich ebenso schnell umgekehrt wie die Situation. Ich hatte Rebecca schon vergessen, und Béatrice erschien mir wieder begehrenswert. In dem Durcheinander hatte man vergessen, sich ein frohes Neues Jahr zu wünschen. Ein Steward erinnerte die Überlebenden an ihre Pflichten, jedermann gratulierte und umarmte sich. Tiwari und Marcello präsentierten mir ihre guten Wünsche mit dieser Prise Herablassung, die man Verlierern gegenüber an den Tag legt: Das schlimmste ist nicht das Scheitern, sondern die Zeugen, die es bestätigen. Béatrice und Rebecca küßten sich zum ersten Mal auf den Mund. Sie lachten und schienen sich feine, galante Sachen zu sagen. Dann machten sie sich einen Spaß daraus, mir von ferne Kußhändchen zuzuwerfen; noch nie waren sie mir so schön und so fröhlich vorgekommen.

»Du machst vielleicht ein Gesicht«, sagte Béatrice mit einer Stimme, die mir fremd war. »Willst du uns kein gutes 1980 wünschen?«

Ich war bis auf die Knochen zu Eis erstarrt, der Hals war mir wie mit einer Schlinge zugeschnürt, und es gelang mir nicht einmal, den Mund zu öffnen.

»Sollen wir ihn zu uns einladen?« fragte Rebecca.

»Hätte er mich eingeladen, wenn du akzeptiert hättest?«

»Ich glaube nicht.«

»Dann lassen wir diesen Flegel ganz allein. Das ist eine klassische, aber bewährte Waffe.«

Ein paar Silben kamen mir über die Lippen wie das Glucksen einer sich leerenden Badewanne.

»Was sagst du? Sprich deutlicher, ich versteh' dich nicht.«

Sie hatten die Intelligenz von Zwillingen, die sich über einen Spielverderber amüsieren. Sie berieten sich flüsternd, und mein noch so gespitztes Ohr versuchte vergeblich, ihre Geheimnisse zu erhaschen. Schließlich fingen sie alle beide immer heftiger an zu lachen.

»Bedaure, Didier, wir sind schon komplett.«

»Versteh mich«, fügte Béatrice hinzu und senkte dabei die Stimme ein wenig. »Du hast alles Vertrauen, das ich in dich gesetzt habe, unterminiert. Schändlich ist die Tat, die man auf halbem Wege liegen läßt. Ich hätte dir ein Abenteuer mit Rebecca verziehen. Ich verzeihe dir nicht, daß du sogar das verpatzt hast. Dennoch ein gutes neues Jahr, Don Juan, und begib dich schnell auf die Jagd, sonst mußt du die Nacht allein verbringen.«

Sie küßten mich jede auf eine Wange und entfernten sich dann, die Gesichter einander zugewandt. Sie drückten sich Seite an Seite gegeneinander, als wollten sie zusammen einen einzigen Körper bilden.

»Oh, diese kleinen Giftschlangen«, sagte Franz, der alles mitangehört hatte. »Das, Didier, ist Schwesterlichkeit, und da kenne ich mich nicht aus. Los, akzeptieren Sie mit Eleganz, nichts als ein Notbehelf zu sein. Nachdem Sie erst den Casanova spielen wollten, schlüpfen Sie doch jetzt nicht in die Haut eines Zerberus.«
Ich war am Boden zerstört. Dieses Ärgernis hatte in meinem betrunkenen Zustand das Gewicht einer Katastrophe. Béatrices letzte Worte hatten mein Gefühl der Schwäche bis zum Exzeß gesteigert. Ich sah um mich herum nur noch Gegner und Angreifer, und dieser widerwärtige, nicht abschüttelbare Beinlose ratterte mir seinen dreckigen, stinkenden Monolog immer noch ins Ohr.
»Meinen Sie, die beiden werden...«
Er machte eine obszöne Geste mit der Zunge.
»Ihre Freundin ist geil, die meine ist heiß – sie werden Ihnen nichts übriglassen.«
Diese abscheuliche Bemerkung widerte mich an, übermannt von einem Anfall schwülstiger Abneigung brüllte ich ihn an:
»Ich hasse Sie, ich hasse Sie!«
»Um so besser: Ich bin feige, ich bin häßlich, ich bin gemein. Das sind für mich zusätzliche, kostbare Gründe, widerlich zu sein. Ich möchte die Verachtung verdienen, die man mir entgegenbringt. Ich werde Ihnen was sagen«, fügte er laut lachend hinzu, »mit einem Freund wie mir braucht man keine Feinde.«
Um auf diese Kränkungen zu reagieren, fehlte mir die Kraft; in meine Trauer versunken, verfolgte ich die Ereignisse im Saal nur mit einem halben Auge. Man hatte den Champagner entkorkt. Eine Katastrophenfröhlichkeit brach unter den 30 gesunden Passagieren aus, die noch übrig waren. Unter ihnen hatte sich so etwas wie eine Bruderschaft der Ausdauer etabliert, die sie zu gegenseitiger Sympathie tendieren ließ. Tollheit hatte von diesen allerletzten Nachtschwärmern Besitz ergriffen; Béatrice und Rebecca spielten die Hauptrolle in dem Getöse und Radau. Dann

kam der Höhepunkt des Abends. Die junge Gattin von Franz, die gerade eine Sektschale geleert hatte, drehte sie zunächst zerstreut zwischen den Fingern, um sie dann nach Kosakenart über ihre Schulter zu schleudern, wo sie mit hellem Klirren zerbarst. Ein Aufschrei folgte dieser Geste, dann ein Stimmengewirr, eine Pause und erneut Stimmengewirr.

Béatrice hatte ihrerseits ebenfalls ihr Glas über die Schulter befördert, eine brillante Absurdität, die alle Gäste zum Lachen brachte. »Versucht es mal«, forderte Rebecca die Umstehenden auf. Mit nicht aufzuhaltender Fröhlichkeit wurden ein Dutzend Gläser in eleganten Bögen entweder auf den Boden oder gegen die Wände befördert. Dann lief Rebecca zum Buffet, um sich weitere Gläser zu holen, leerte sie, indem sie ihre Nachbarn vollspritzte, und schleuderte sie gegen die Decke. Scherben regneten vom Himmel, und das Gelächter der enthemmten Spieler antwortete auf die Detonationen des splitternden Glases. Diese letzte Gruppe von Festgästen war stockbesoffen, und kein Vergnügen erschien ihnen toll genug. Die Stewards versuchten zwar, dagegen einzuschreiten, doch nichts konnte die köstliche Tollheit aufhalten, die von den beiden jungen Frauen ausgelöst worden war. Ihre Dreistigkeit kannte keine Grenzen mehr. Keine Schale, kein Schälchen, kein Weinglas, Kelch, Becher, keine Vase, keine Karaffe, keine Fingerschale wurde bei diesem Massaker ausgelassen. Die Projektile kreuzten sich unter wüstem Geschepper, und der Krach splitternden Glases übertönte beinahe das Krachen der Wellen, die sich an den Wänden des Salons brachen.

Dieses Geklirr, das die anderen begeisterte, hatte für mich den Beigeschmack von Totenglocken. Nun waren Papierteller und Essensreste an der Reihe, als Bomben, Bälle oder Pfeile zu dienen. Das Spiel wurde zur Refektoriumsschlacht. Bald flogen Patéklumpen, Hühnerknochen, Käsebrocken, gefüllte Weinblätter, Selleriestangen, Sahnegurken und reife Tomaten durch die Luft und zerplatzten an ihren Zielen, wo sie triefende Spuren hinterließen. Die Essensreste sammelten sich auf dem Boden oder den Köpfen der getroffenen Personen, an denen Saft, Wein oder Soße heruntertropfte.

Ich hatte mich ans andere Ende des Saals geflüchtet, nahm an dem ganzen Rabatz nicht teil, sondern betrachtete es von fern, verliebt und armselig, winzig und verachtet, witterte ich den Geruch einer mächtigen Fröhlichkeit, die ich nicht teilte, ein häßliches, kleines Entlein, aus der Volière verjagt, allein in meinem Eckchen Desaster.

»Kommen Sie«, rief Franz mir von weitem zu, »wir amüsieren uns!«

Diese Menge von Besoffenen war mir zuwider, und ich flüchtete vor dem Artilleriefeuer und nahm ein konfuses Bild von Rauchfahnen, geröteten Gesichtern und wiehernden Gelächter mit. Wie hatte Béatrice sich zu dieser Pöbelei mitreißen lassen können?

Ein letztes Mal betrachtete ich den Speisesaal, um mir seine gräßliche Geographie für immer einzuprägen. Béatrice und Rebecca standen mit nassen Haaren Arm in Arm da, bogen sich vor Lachen und klopften einer Gruppe von schwankenden Stewards auf den Bauch. Als Franz, der von einer kleinen Gruppe germanischer Harpyen umringt war, mich fortgehen sah, grölte er mir nach:

»Achten Sie auf Ihre Hörner beim rausgehen, die Tür ist niedrig.«

Im nächsten Moment, auf der Verbindungsbrücke, überfiel mich eine unerträgliche Migräne. Mein Kopf fühlte sich an wie eine Bürde, wo sämtliche Venen meines Körpers sich zu einem einzigen Blutklumpen verhärteten, der schwerer war als Stein. Ich brach zusammen, die Nerven zerrissen wie nach einem gewaltigen Zornausbruch. In diesem Moment erschien mir alles niederträchtig, stumpfsinnig und grau. Die Enttäuschung war zu groß, und ich verzieh es mir nicht, mich auch noch lächerlich gemacht zu haben, und für eine verzeihliche Sünde bestraft worden zu sein, die zu begehen ich nicht einmal fähig gewesen war. Ich versuchte vergebens, mich von meiner Neuralgie abzulenken, und verfolgte mit rachsüchtigen Gedanken die beiden Verräterinnen, die dort oben ihre Vereinigung planten. In kindischer Weise hoffte ich, daß das Schaukeln des Schiffs sie daran hindern würde, sich zu umarmen, und daß ein Gepäckstück aus dem Netz fiele und sie im Vollzug ihrer Sünde niederschlüge.

Ich warf mich heulend auf mein Lager, betete, das Schiff möge im Sturm untergehen und alle Akteure dieser üblen Farce mit in die Tiefe nehmen. Ich hatte getrunken und keine klare Vorstellung von den Dingen mehr. Die Stunden verschmolzen zu einem einzigen Alptraum. Ich wachte immer wieder auf und schlief wieder ein. Ich wartete die ganze Nacht auf Béatrice, schreckte bei jedem Geräusch auf dem Flur zusammen und schluchzte um so heftiger nach jedem falschen Alarm.

FÜNFTER TAG:

Die Teezeremonie

Wie konnte ich mich nach einem solchen Abend rasieren, frisch anziehen, einen Kaffee trinken? Der Tag glitt über die Nacht wie ein feuchter Lappen über eine schmutzige Scheibe, eine Weltuntergangssonne wagte sich schüchtern hervor und beleuchtete ein Bild des Jammers. Alles schlief noch, bis auf das Brummen der Motoren und die heftigen Windböen, die das Schiff zittern ließen. Ich hörte die Verwünschungen des Meeres gegen den Schiffsrumpf krachen und nährte meine Unruhe an diesem Getöse, das mit mir zusammen brüllte. Es blieb jetzt nur noch eine lästig weite Wasserfläche bis nach Istanbul, wo wir am frühen Nachmittag ankommen sollten. Noch fünf Stunden in diesem schwimmenden Leichenwagen eingesperrt. Ich fühlte mich trostlos. Béatrice war noch immer nicht zurückgekommen.

Ich mußte unter allen Umständen mit ihr reden. Meine Gefährtin, mit der mich die Erinnerung an so viele glückliche Stunden verband, erschien mir in diesem Augenblick als die begehrenswerteste aller Frauen. Ich verfluchte Rebecca, diese grausame Intrigantin, die uns entzweit hatte. Wie hatte ich in Betracht ziehen können, für ein paar Vertraulichkeiten mit einer Unbekannten alles aufs Spiel zu setzen? Ernüchtert erwachte ich. Es hatte wirklich diesen abgeschlossenen Ort gebraucht, damit eine so schmutzige Leidenschaft aufkommen konnte; dieses Schiff hatte mich seelisch zum Krüppel gemacht.

Der Gedanke, daß mein ganzes Mißgeschick sich mit einer trivialen Weisheit wie »Wer zuviel küßt, umarmt schlecht« zusammenfassen ließ, tötete mir den letzten Nerv. Ich hatte nicht mehr den Mut zu warten, bis sie zurückkam. Ich mußte sie sofort sehen, mit ihr sprechen, sie um Verzeihung bitten. Ich ging hinaus, stieg die Treppen hinauf, durchmaß mit großen Schritten Decks und Laufstege, geriet in den Maschinenraum, kam wieder und wieder an der kleinen Truppe von unausgeschlafenen Stewards vorbei: Keine Spur von Béatrice. Ich haßte diesen schwimmenden Käfig, der uns gefangen hielt, ich verfluchte das rätselhafte Meer, das nirgendwohin führt, 1000 Richtungen vorgibt und gleich wieder verleugnet. Mehrfach kehrte ich in unsere Kabine zurück. Jedesmal hinterließ ich eine Nachricht über meinen Verbleib und die Zeit meiner Rückkehr. Umsonst.

Dann beschloß ich, mir Gewißheit zu verschaffen. Eine Kraft, derer ich nicht Herr war, drängte mich, in die fluchbeladene Etage zurückzukehren. Ich rannte die Treppen zur ersten Klasse hinauf. Ich näherte mich geräuschlos der Tür zu Rebeccas Kabine und drückte mein Ohr dagegen. Dort stand ich, betäubt von meinem eigenen Herzklopfen, als die Tür sich öffnete.

»Kommen Sie herein«, sagte Franz, »ich habe Sie erwartet.«

Ich bekam einen Höllenschreck.

»Sie hier? Habe ich mich denn in der Kabine geirrt?«

»Ganz und gar nicht. Ich wache über den Schlaf meiner Frau.«

Ich dachte zunächst an Flucht. Der Gelähmte war der letzte Mensch, den ich jetzt sehen wollte. Und er mußte Bescheid wissen. Ich trat also ein, wütend und unfähig, ein Wort hervorzubringen. Rebecca schlief auf dem Bett.

»Sie können laut sprechen. Sie hat ein Schlafmittel genommen.«

»Wo ist Béatrice?«

»Irgendwo auf dem Schiff, aber ich weiß nicht wo; ich schwöre es Ihnen.«

Seine besonders unschuldige Miene machte ihn wenig glaubwürdig. Ich hatte schnell hinter seinem allzu liebenswürdigen Benehmen etwas Sonderbares bemerkt.

»Immerhin bin ich der einzige, der mit allen dreien ein gutes Verhältnis bewahrt hat. Sind Sie traurig, Didier?«

Soviel es mich auch kostete, es erschien mir ehrlicher, meinen Kummer einzugestehen. Schließlich, sagte ich mir, ist er nur ein Narr, und seine Bosheit ist in erster Linie Dummheit. Er ist es nicht einmal wert, daß ich ihm etwas nachtrage.

»Ich möchte Ihnen helfen, Béatrice zurückzuerobern. Nicht aufgrund von Freundschaft, denn Sie haben es nicht zugelassen, daß sich zwischen uns freundschaftliche Gefühle entwickeln, sondern aufgrund von Solidarität. Sie gehören wie ich zu der Rasse der Schmerzleidenden, und ich liebe die Verlierer: Ihnen bleibt immer der Ausweg, wenigstens einmal zu gewinnen.«

»Ich bin nicht hergekommen, um Ihre Hilfe zu erbitten.«

»Zweifellos, aber ich habe nicht das Herz, Sie in dieser Situation im Stich zu lassen. Zunächst einmal: Sind Sie sicher, daß meine Frau Ihnen nicht mehr gefällt?«

Ich ließ mich durch seine Gutmütigkeit nicht täuschen.

»Franz, fangen Sie nicht wieder an. Ich suche ausschließlich Béatrice.«

»Béatrice kommt zu Ihnen zurück, wenn sie Lust dazu hat. Davon reden wir später. Schauen Sie lieber mal.«

Er schob den Vorhang des Bullauges beiseite, löste die Bettlaken und schlug sie bis zum Fußende zurück. Rebecca schlief nackt auf der Seite, ein Bein über das andere gefaltet. Ich fühlte plötzlich, wie mein Puls heftig zu pochen begann.

»Warum machen Sie das?«

»Für Sie, Didier, ich verwirkliche Ihre Träume.«

Ich verstand ihn nicht. Eine krankhafte Schwellung entstellte seine Oberlippe. Er stieß Rebecca mit der Schulter an und ließ sie auf den Rücken rollen.

»Sie ist schön, finden Sie nicht? Welches Vergnügen zu denken, daß dieser Frauenkörper, diese seidige Haut alle Bewegungen mitmacht, die ich ihr auferlege. Sie ist die Ihre, wenn Sie wollen.«

»Soll das ein Witz sein?«

»Ganz und gar nicht, es ist mein voller Ernst. Bewundern Sie diese breiten Schultern, diese vollen Brüste, wärmen Sie sich an der Jugend dieses schönen Antlitzes, das Sie vielleicht nie wiedersehen werden, streicheln Sie ihren Bauch, keine Angst, sie steht unter Drogen, küssen Sie sie, verhaken Sie Ihre Zunge in ihrem Dornengebüsch.«

Ich blieb starr wie eine Bohnenstange, überzeugt, daß Rebecca sich nur schlafend stellte. War das wieder eine Falle, die dieses Paar ausgeheckt hatte, das die gleiche Vorliebe für das Schmutzige miteinander teilte?

»Hören Sie auf, die Ware anzupreisen, ich finde Ihre Selbstgefälligkeit ekelerregend.«

»Sie sind borniert, Didier. Sehen Sie denn nicht, daß ich glücklich darüber bin, daß wir die gleiche Verehrung für sie teilen?«

»Darum geht es jetzt nicht mehr. Ich will Béatrice wiederfinden, sonst nichts. Wo ist sie?«

»Wenn ich im Besitz aller meiner Fähigkeiten wäre, Didier, würde ich Ihnen vorschlagen, mit mir das gleiche zu machen, was diese beiden Weibsluder taten.«

»Ihr schwarzer Humor zeugt nicht von bestem Geschmack.«

»Machen Sie Liebe mit ihr, ich bitte Sie. Ich schaue von weitem zu, wenn Ihnen meine Gegenwart unangenehm ist. Entschädigen Sie sich.«

Das alles sagte er in dem aufgekratzten Tonfall eines Kindes, das ein Bonbon haben will.

»Sind Sie wahnsinnig?«

»Nicht im geringsten. Und schalten Sie gleichzeitig den Wasserkessel ein, wir machen uns einen Tee.«

»Hören Sie mal, Franz, meinen Sie nicht, daß Sie schon genug angerichtet haben, nach allem, was gestern abend geschehen ist? Also, entweder Sie sagen mir jetzt, wo Béatrice ist, oder ich gehe.«

»Béatrice schläft in meiner Kabine, was erklärt, warum Rebecca hier schläft. Die Betten sind zu schmal für zwei, und weil ich nicht müde war, habe ich Ihrer Freundin meines abgetreten. Sie brauchen nicht hinzugehen, den Schlüssel habe ich. Ich habe von außen abgeschlossen.«

»Geben Sie ihn her.«

»Eine Sekunde, Didier, haben Sie ein wenig Verständnis für einen Kranken. Lassen Sie uns erst den Tee trinken.«

Er stellte die Tassen auf ein Tablett. Ich war beruhigt, Béatrice nicht weit weg zu wissen, und stöpselte den Wasserkessel ein. Dann fügte der Behinderte mit eigenartiger Sanftheit hinzu:

»Wir sollten miteinander abrechnen, Didier, einverstanden? Zu Anfang hatten wir nur Lust, Sie ein wenig zu hänseln. Sie bildeten mit Béatrice ein so inniges Paar, eine Verbindung von zwei Naiven, die im Orient die große Aufregung erleben wollen. Durch Ihre Freundlichkeit untereinander ließen Sie den Glanz einer unmöglichen Bindung wieder aufleben. Ich empfand Ihnen gegenüber eine Mischung aus Neid und Spott, und der Spott überwog. Wir haben Sie getestet: Wie dreiviertel der Paare haben Sie nicht standgehalten. Ich kämpfe immer um die Befreiung von Leuten, die durch eine zu starke Bindung besetzt sind, ich liebe es, eine Idylle zu zerrütten, die Komödie der großen Liebe zu entlarven. Und ich habe mich in der Routine Ihres Daseins eingenistet, wie ein Brotkrümel, der einem im Hals stecken geblieben ist.«

Ich fühlte mich lächerlich, wieder so vor ihm zu sitzen und von seinem Wortschwall überschüttet zu werden.

»Nichts haben Sie zerrüttet!«

»Ich hatte Sie in der Hand, und Sie haben gezappelt wie ein Insekt. Als ich Sie wegen Asien attackierte, waren Sie sofort verärgert. Ich hatte die armen Larven gestört, die Ihnen die Gedanken ersetzten. Ich hatte übrigens vom ersten Augenblick an richtig vermutet. Ich hatte an Ihnen meinen schlechten Geruch gewittert. Sie mit Rebecca zu ködern, war dann nur noch ein Kinderspiel, vor allem, weil Sie zunächst einen gewissen Charme an Ihnen fand.«

Ich gab mich gleichgültig, doch jedes seiner Worte traf mich wie Ohrfeigen.

»Und was sollen diese Erklärungen?«

»Jeder Mann wünscht sich im stillen, daß ein anderer Mann ihn von der Sorge des Begehrens befreit und ihm ein für allemal das begehrenswerte Objekt zeigt. Ich habe Ihnen gesagt, wer schön ist und wer nicht. Ich habe Ihnen mit der Beschreibung meiner Genüsse Genuß bereitet, ich habe Sie mit meiner Perversion entsetzt. Das, was ich erlebt hatte, wollten Sie Ihrerseits erleben und zusätzlich noch die Genugtuung haben, mich zu hintergehen. Es war nicht nur Ihr Groll, der mich ehrte, Sie waren mein Satellit, Sie lebten unter meiner Schwerkraft. Ich habe Ihnen ein neues Gefühl eingepflanzt, meine Gier hat die Ihre geweckt. Meine Leidenschaft hat die anderen Leidenschaften in Bewegung gebracht, ich habe sie überall widerhallen lassen. Und dennoch, durch das ständige Reden über die Frauen, sind sie es, die uns am Ende betrogen haben.

Sehen Sie, Didier, mit Ihnen als Mittelsmann habe ich meine ganze Geschichte mit Rebecca im Zeitraffer wiedererlebt; Sie haben sich beim Kontakt mit ihr verbrannt, wie ich vor Kummer über sie verglüht bin. Aber Sie waren der Sache nicht gewachsen, Ihr Begehren war zu schwach, denn es war von dem meinen kopiert. Sie haben als Komödie nachgelebt, was ich als Tragödie durchlebt habe, Sie haben sich wie ein simpler Mensch in einer komplizierten Geschichte benommen. In meinem Vorgehen lag weniger Falschheit, als Dummheit in dem Ihren.«

Ich hörte, daß das Wasser zu sieden begonnen hatte. Warum war ich nur wieder hergekommen, um mich zu besudeln, indem ich ihn anhörte?

»Sie haben nicht viel Achtung vor mir«, stellte ich kläglich fest.

»Die verdienen Sie auch nicht. Mit mir hat auch niemand Mitleid. Sie glauben, daß ich mich selbst hasse? Da irren Sie sich. Ich ziehe es vor, die Leute zu hassen, die mich umgeben, das erspart es mir, mich selbst nicht ausstehen zu können. Ich wünsche glücklichen Menschen alles nur denkbare Schlechte, wegen des Schmerzes, den sie mir durch ihr beschissenes Glück zufügen. Und, sehen Sie, die erhabenste Kunst des bösen Menschen besteht darin, sein Spiel offen darzulegen, während er es ausführt, und der Missetat auch noch die Schamlosigkeit hinzuzufügen. Niemand erlebt eine größere Genugtuung als derjenige, der seine Karten offen auf den Tisch legt, ohne sich dabei in Gefahr zu begeben.«

Er schwenkte seinen Stuhl herum, stellte den Wasserkessel ab, rückte die Tassen auf dem Tablett zurecht und tat einen Teebeutel in jede. Als er sich umdrehte, hatte er wieder dieses irritierende Grinsen, in dem eine riesige Reserve von Waffen und Pfeilen enthalten war.

»Wenn Sie wüßten, Didier, wie das Publikum gestern abend über Ihren peinlichen Schnitzer gelacht hat. Heute früh redete die Besatzung über nichts anderes. Diese mediterranen Männer – zwei Frauen, die miteinander schlafen, das macht sie heiß! Der Gegensatz zwischen Ihrem häßlichen Benehmen und der Sanftheit, die Béatrice Ihnen gegenüber an den Tag legte, hat Sie alle Sympathien gekostet. Eine Dame sagte mir, nachdem Sie fortgegangen waren: ›Es wäre wirklich ein Jammer gewesen, wenn sie einem Schwein wie dem da treu geblieben wäre.‹«

»Franz, halten Sie den Mund!«

Jedes seiner Worte war wie ein Skalpell, das mir ins Fleisch schnitt. Er fing wieder an, mich zu peinigen. Ich hatte Lust, ihn mit meinen Beschimpfungen zu steinigen!

»Der reingefallene Hahnrei.«

»Wie bitte?«

»Ich sagte: der reingefallene Hahnrei. Das sind Sie: Der mittelmäßige Mann, der nach ein paar Jahren des Ehelebens den Trott durchbrechen will, irgendeinem Hühnchen den Hof macht und mitansehen muß, wie seine bessere Hälfte ihm das Hühnchen in dem Augenblick wegschnappt, wo er es vernaschen wollte. Er wird zum Spielzeug des Publikums, das über das Ereignis lacht, das jeder hatte kommen sehen, außer dem Schurken selbst, der es durch seine Tolpatschigkeit verursacht hat.«

»Sie sind wirklich widerwärtig.«

»Ich weiß, Didier. Nichts freut mich mehr als Ihre Abneigung gegen mich. In gewissem Sinn ist es ein Glück, daß Sie bei Rebecca keinen Erfolg hatten, sonst hätte sie nicht mitgespielt. Gutmütig wie sie ist, hätte sie das Desaster laut verkündet, und Ihnen wäre das Fiasko erspart geblieben. Wenigstens sind Ihre Illusionen intakt geblieben... obgleich... obgleich Béatrice ihr Ihre Probleme der ersten Wochen anvertraut hat.«

»Meine Probleme?«

»Ja, Sie verstehen schon: Sie haben, wie es scheint, mehr als einen Monat gebraucht, um ihr die Ehre zu erweisen.«

Diese Anspielung auf eine geheime Episode aus dem Liebesleben mit meiner Gefährtin – ein Übermaß an Gemütsregung hatte mich gehindert, während mehrerer Wochen ihr Liebhaber zu sein – versetzte mich in rasende Wut.

»Béatrice hat Ihnen davon erzählt?«

»Nicht mir, sondern Rebecca, die es mir sofort weitererzählt hat.«

»Sie sind niederträchtig, Franz.«

»Alle Welt weiß, daß die Intellektuellen große Gemütsmenschen sind. Am Ende sind wir, Sie und ich, im selben Boot. Mit oder ohne, das Resultat ist das gleiche.«

»Jetzt ist das Maß endgültig voll«, sagte ich und stand auf. »Sie haben mir auch nichts erspart.«

»Es ist wahr, Sie haben von mir eine beträchtliche Dosis Demütigung abgekriegt, und dennoch ist das noch gar nichts.«

»Das bezweifle ich, denn ich gehe jetzt.«

»Aber nein, Ihre Feigheit macht Sie fähig, jeglichen Affront zu ertragen.«

Diese letzte Bosheit und die erdrückende Atmosphäre machten, daß ich ihn beschimpfte, während ich die Tür öffnete.

Ein stechender Schmerz zerriß mir den Schädel von Schläfe zu Schläfe. Franz lachte theatralisch wie ein siegreicher Verräter, dann fügte er hinzu:

»Ich merke, daß Sie jetzt reif sind, genau richtig. Es stimmt, ich hatte immer nur die eine Absicht: Ihnen zu schaden. Sehen Sie, ich will unsere Freundschaft nicht auf ein bißchen Unrat errichten, sondern auf einer ganzen Pyramide von Dreck. Und mein Bericht war selbst auch nur eine böse Tat. Je weiter ich fortschritt, desto mehr sah ich Sie in dem Netz der Sätze verfangen, und fühlte, wie sich in mir der Wunsch manifestierte, dieses Bekenntnis für andere Ziele einzusetzen. Ich hatte in Ihnen den Einfaltspinsel gewittert, der unterliegen würde. Das war eine Gelegenheit, die sich vielleicht nie wieder bieten würde. Ich habe oft genug zu scheitern geglaubt, aber Sie sind mir mit einer solchen Gehorsamkeit immer wieder ins Netz gefallen. Mein Sieg ist verbal, ich verdanke ihn der Angemessenheit der Worte.«

»Ihr Sieg? Was für ein Sieg? Denn ich gehe jetzt.«

»Nein, Didier, diesmal entkommen Sie nicht. Sie werden Zeuge eines Unfalls sein. Doch Sie werden dafür verurteilt werden, denn mich würde man niemals verdächtigen.«

Ich stand, bereit fortzugehen, in der Türöffnung, einen Fuß schon draußen. Ich hätte sofort gehen müssen. Ich zögerte eine Sekunde lang, und das war fatal. Etwas Entsetzliches geschah. Ehe ich einen Schritt tun konnte, hatte der Invalide den Wasserkessel geneigt und ein paar Tropfen um Rebeccas Gesicht herum aufs Kopfkissen geträufelt. Nein, das würde er doch nicht! Wäre ich in diesem Moment davongerannt, hätte er aus Mangel an Zeugen nicht gewagt, sein Verbrechen durchzuführen. Doch leider wurde ich von einem Anfall von unüberlegter Solidarität gepackt, und genau wie mit dem ertrinkenden Kätzchen in Venedig, stürzte ich mich auf ihn, um ihn zurückzuhalten. Er brach in ein Gelächter aus, wie man es nur zustande bringen kann, wenn man kein Mensch mehr ist. Und kaum hatte ich seine Hand gepackt, klemmte er mich in den Schraubstock seiner Pranken und zwang mich, den Kessel mit kochendem Wasser über das Gesicht seiner schlafenden Gattin zu neigen.

Der Rest ist mit wenigen Worten gesagt. Es gab einen

kurzen Kampf, er war wesentlich stärker als ich, ich machte meine Arme mit aller Macht steif, bis es schmerzte, aber ich war machtlos gegen die Klauen des Kranken, der die Kräfte von einer ganzen Meute zu haben schien. Er zermalmte mir so die Hände, daß sie nachgaben. Der Deckel des Kessels fiel herunter und das Wasser ergoß sich auf das Gesicht seiner Gattin. Unter dem kochenden Guß begann die junge Frau sich zu wehren, stieß einen erstickten Schrei aus, ein Stöhnen innerer Qual, dann fiel sie in Ohnmacht. Jetzt fing der Invalide an zu brüllen und auf englisch um Hilfe zu schreien. Seine Augen funkelten, das Blut war ihm ins Gesicht gestiegen, der keuchende Atem hob und senkte seine Brust. Ich verlor den Kopf, versuchte, mich zu befreien, den Kessel aufzurichten, aber Franz hielt meinen Arm verdreht und überwältigte mich. Zwischen zwei Rufen lachte er, als sympathisiere er mit der Flüssigkeit, die das Gesicht von Rebecca verbrühte, und führte den Strahl bis auf ihre Brust. Plötzlich kam aus dem Gang das Geräusch hastiger Schritte, ein Matrose stürmte in die Kabine, und ich bekam einen Schlag in den Nacken. Als ich wieder zu mir kam, war ich gefesselt und von drohend dreinschauenden Männern umstellt. Franz zeigte leichenblaß mit dem Finger auf mich und schluchzte:

»Er wollte sie umbringen. Ich habe versucht, ihn daran zu hindern, aber ich bin nur ein Invalide ohne jede Kraft, er wollte meine Frau ermorden.«

Epilog

Ich saß seit einem Monat in einem Gefängnis in Istanbul. Der Boden schwankte noch immer, als hätte ich den Dampfer nicht verlassen. Allein, fern von allen, in einer fremden Gegend unter feindseligen Zellengenossen, verloren für die einzige Frau, die ich liebte, verfiel ich in tiefe Verzweiflung. Einmal in der Woche folgte ich schwankend den Polizisten, die mich bis zu meinem Rechtsanwalt Herrn D. brachten, einem Mitglied der Anwaltskammer von Istanbul und vom Tribunal als mein Verteidiger bestellt. Mein Fall war ernst, das verhehlte er nicht. Gegen mich sprach, daß ich auf frischer Tat ertappt wurde, und die Zeugenaussagen waren für mich nicht günstig, insbesondere die von Tiwari und Marcello. Er riet mir, schuldig zu plädieren. Er hatte mir schon mehrere 1000 Dollar Provision abgenötigt, und in Kenntnis der Korruption der türkischen Verwaltung fürchtete ich, daß er mich weiterhin ausnehmen würde, ohne irgend etwas zu erreichen. Das einzige, was er für mich hatte durchsetzen können, war ein Besuch von Béatrice. Ich sah sie für 20 Minuten zwischen zwei Wärtern in einem kleinen, zerbröckelnden Raum. Die Unterhaltung war ein Fehlschlag. Sie glaubte an meine Schuld und weigerte sich, mich anzuhören. Mein Verhalten auf dem Dampfer hatte sie angewidert, und sie hatte nicht vor, das Zusammenleben mit mir wieder aufzunehmen. Sie würde die Reise nach Indien zusammen mit Marcello fortsetzen, der vermutlich ihr Liebhaber geworden war. Mit dem nationalen Gesetz riskierte ich eine Strafe von mindestens 20 Jahren, da das Verbrechen auf einem türkischen Schiff in türkischen Hoheitsgewässern begangen worden war. Das französische Konsulat konnte nichts für mich tun: andere Delikte als Paß- oder Drogenhandel fielen nicht in sein Ressort. Ich verbrachte all diese Wochen in einem Zustand von Trübsal und Selbstverachtung. Überzeugt, durch meine Schwäche zum Martyrium einer Frau beigetragen zu haben, betrachtete ich mich am Ende selbst als verantwortlich und meine Verurteilung als gerechtfertigt. Ich speicherte Verbitterung wie eine Pflanze, die bei lebendigem Leibe verfault. Mein Vater, den ich brieflich benachrichtigt hatte, sollte mit weiterem Geld für die Prozeßkosten nach Istanbul kommen. Unter diesen düsteren Aussichten erhielt ich einen Brief von Franz:

Lieber Didier,
wie soll ich Ihnen meine Dankbarkeit ausdrücken? Gewiß, ich habe Sie wirklich bis zum äußersten getrieben, aber dieser Exzeß an schlechter Laune ... Man könnte meinen, Sie hätten mir eine Rache auf einem Tablett präsentiert, die ich mir nicht einmal auszumalen gewagt hätte. Ihr Fehler bestand darin, meinen Bluff ernst zu nehmen. Ich nehme es Ihnen nicht übel: Diese Angelegenheit läßt unsere Auseinandersetzungen in einer lachhaften Ewigkeit erstarren.

Die wundervolle Wissenschaft der Medizin: Sie hat nichts für mich tun können, sie hat nichts für Rebecca tun können. Der Sehnerv konnte nicht gerettet werden. Die Brandnarben sind unheilbar. Das Blinzeln des gesunden Auges bildet einen abstoßenden Gegensatz zu der Unbeweglichkeit des toten, dieses glasigen Auges mit einer nichtgewollten Spur von Boshaftigkeit. Jeden Tag zu der Stunde, wo Sie sie »überflutet« haben, weint sie mit ihrem einen Auge, das andere bleibt trocken. Sie wird nicht mehr gefallen; ich will sagen, die Einäugige gefällt nur noch mir, dem Hinkebein. Sie sieht die Schönheit der Welt, das Gewühl auf den Straßen, doch niemand sieht sie, denn Monster schaut man nicht an. Jeder trägt die Stigmata des Kampfes. Ihnen ist zu verdanken, daß wir gemeinsam altern werden: Das Gleichgewicht ist wiederhergestellt. Ich bin wieder ihr ein und alles, wir bilden ein wundervolles Paar von Vogelscheuchen. Bevor Sie uns kennengelernt haben, waren Sie ein nutzloser, kleiner Mann: Sie haben zwei Seelen wieder miteinander verbunden.

Wissen Sie, warum mir diese Lösung so besonders gut gefällt? Weil sie nur Ihrer Tolpatschigkeit zu verdanken ist, Ihrer rührenden Tolpatschigkeit.

Ich bin erleichtert: Ich werde aufhören, alles, was auf Erden und unter dem Himmel lebt, zu beleidigen. Ich habe sogar die Absicht, wieder zu arbeiten. Nach zwei Jahren der Untätigkeit interessiert mich mein Beruf wieder. Rebecca wird vielleicht einen Friseursalon eröffnen — man kehrt immer wieder zu seinen Ursprüngen zurück. Ich habe jetzt das Gefühl einer unveränderlichen Gleichheit zwischen uns: Wir werden uns immer gut genug verstehen, um uns auf Lebenszeit gegenseitig zu verfluchen.

Hier nun der eigentliche Anlaß meines Briefs: Ich ziehe meine Klage gegen Sie zurück. Ich widerrufe meine Aussagen und rate Ihnen, für die Unfallthese zu plädieren. Mir haben Sie es zu verdanken, daß Sie das Gefängnis kennengelernt haben, eine pikante Erfahrung für einen Pädagogen. Machen Sie ein Buch daraus.

Sie waren es leid, Sie selber zu sein, ohne die Kraft zu finden, ein anderer zu werden. Sie hatten nicht das Talent für Ihre Ambitionen. Sie haben versucht, ein Fenster zu öffnen, das Orient heißt. Sie haben nicht lange gebraucht, um zu erkennen, daß es sich um eine Fata Morgana handelte. Sie sind schon humpelnd losgefahren, ihre Seele hatte überall Risse. Der Boden, auf den Sie sich stützten, war zersplittert. Machen Sie Asien wie ich zur Utopie eines Woanders, das erspart es Ihnen hinzufahren. Glauben Sie mir, es gibt keinen geographischen Ausweg. »Verzichte auf diese Welt, verzichte auf die andere Welt, verzichte auf das Verzichten«, hat ein muselmanischer Mystiker gesagt.

Noch etwas: Bemitleiden Sie sich nicht zu sehr über Ihr Unglück (Sie werden mich für einen unerträglichen Moralisten halten. Was soll's, wir schwimmen in guten Gefühlen).

Bedenken Sie, daß trotz Ihres Pechs, die großen Irregeleiteten noch immer die Frauen sind: Man hat so viel über sie gesprochen, daß man ganz einfach vergessen hat, sich um ihr Schicksal zu kümmern. Am Ende dieses Jahrhunderts ist es noch immer vorteilhaft, sich männlich zu deklinieren, statt weiblich. In der Politik wie in der Liebe ist der einzig richtige Platz an der Seite der Verlierer.

Ein letztes Wort über Béatrice: Sie hat uns geschrieben, um zu erfahren, wie es Rebecca geht. Marcello ist eines Nachts in Goa verschwunden und hat alle ihre Sachen und ihr Geld mitgenommen. Es scheint, daß sie unter seinem Einfluß Geschmack am Heroin gefunden hat und zu allem bereit ist, um es sich zu beschaffen, sogar, sich für reiche Saudiaraber und Jemeniten, die nach Bombay kommen, zu prostituieren. Was für ein weiter Weg von dem Vorortgymnasium, wo sie Sprachen unterrichtete, zum Strich von Bombay! Jetzt gehört sie mit ein paar 1000 Italienern und Franzosen zu der letzten Welle verstörter Kinder, die zwischen Katmandu und Panaji am indischen Trugbild gekentert sind. Mögen sie alle in ihrem orientalischen Morast krepieren, diese Süchtigen des verhießenen Landes! Aber nehmen Sie es ihr nicht übel: Sie ist typisch für diese 30jährigen Frauen, die glauben, ihr Leben verändern zu können, indem sie von allen Genüssen kosten, und die dann von dieser Emanzipation ebenso betrogen werden wie ihre Mütter von der ehelichen Ordnung. Ich verlasse Sie jetzt. Dieser Schluß versandet in humanistischen Klischees. Trösten Sie sich mit diesem Gemeinplatz: Es gibt Siege, die in die Sackgasse führen, und Niederlagen, die neue Wege eröffnen.

Mein Prozeß wird erst im Juli stattfinden. Die Prozesse der politischen Extremisten haben in der Türkei die Strafprozesse schrecklich verzögert. Der Rechtsanwalt hat mir einen Freispruch versprochen, wenn ich ihm eine letzte Zahlung von 2000 Dollar zukommen lasse. Ich werde also zu dem Termin freigelassen werden, wo ich nach Frankreich zurückkehren sollte.

Ich werde den »Blauen Führer« auswendig lernen, dann kann ich antworten, wenn man mich ausfragt.

Überrascht habe ich festgestellt, daß Béatrice vollständig aus meinem Bewußtsein verschwunden ist. So, als hätte es sie nie gegeben, als hätten wir nie zusammen das Schiff für eine Pilgerfahrt bestiegen, die zu einer derben Posse degenerierte. Wenige Wochen haben genügt, um ihr Bild abzunutzen, das mehrere Jahre geduldig erarbeitet und poliert wurde.

So hoffe ich, daß die Statisten dieses grausamen Spiels nach und nach aus meinem Gedächtnis verschwinden werden. Und eines Tages, der hoffentlich nicht fern ist, werden mir ihre Namen nichts mehr sagen. Nicht einmal mehr Haß oder Abscheu. Schon wurde die Truva, wie ich hörte, aus finanziellen Gründen abgetakelt. Vom 28. Dezember bis zum 1. Januar hat sie mit uns ihre letzte Reise durchgeführt.

Vergangene Woche haben mich meine Eltern besucht. Man hat mich in ein anderes, liberaleres Gefängnis verlegt, das europäischen Delinquenten vorbehalten ist. Dieses Gefängnis heißt »Sàrk«. Ich habe meinen Anwalt gefragt, was das auf türkisch heißt. Er hat mir geantwortet: Orient.

GOLDMANN TASCHENBÜCHER

Fordern Sie das kostenlose Gesamtverzeichnis an!

Literatur · **U**nterhaltung · **B**estseller · **L**yrik

Frauen heute · **T**hriller · **B**iographien

Bücher zu Film und Fernsehen · **K**riminalromane

Science-Fiction · **F**antasy · **A**benteuer · **S**piele-Bücher

Lesespaß zum Jubelpreis · **S**chock · **C**artoon · **H**eiteres

Klassiker mit Erläuterungen · **W**erkausgaben

****

Sachbücher zu Politik, Gesellschaft,

Zeitgeschichte und Geschichte; zu Wissenschaft,

Natur und Psychologie

Ein Siedler Buch bei Goldmann

****

Esoterik · **M**agisch reisen

****

Ratgeber zu Psychologie, Lebenshilfe,

Sexualität und Partnerschaft;

zu Ernährung und für die gesunde Küche

Rechtsratgeber für Beruf und Ausbildung

Goldmann Verlag · Neumarkter Str. 18 · 8000 München 80

Bitte senden Sie mir das neue Gesamtverzeichnis.

Name: _____

Straße: _____

PLZ/Ort: _____